AF235644

Jm

Johanna Moertl

JEDER STURM

ZEIGT MIR DEIN

HERZ

Roman

Deutsche Erstausgabe Juni 2022
© Johanna Moertl
Alle Rechte vorbehalten.

Die Handlungen und Figuren dieses Romans sind
frei erfunden. Ähnlichkeiten mit lebenden oder toten Personen
sind rein zufällig und nicht beabsichtigt.

1. Auflage
Inhalt: Johanna Moertl
Lektorat: Elja Janus
Korrektorat: Britta Schmeinck
Umschlaggestaltung: Dream Design - Cover and Art

Herstellung und Verlag: BoD – Books on Demand, Norderstedt

ISBN 9783756214358

Schreibe mir gern unter:
books@johannamoertl.com
Besuche mich auf:
www.johannamoertl.com
Instagram @johanna_moertl

Für Mütter und Töchter
Diese Beziehung ist oft wundervoll,
manchmal schwierig,
aber immer einzigartig.

PROLOG

„Mama! Mama! Mama!" Wieso kommst du nie, wenn ich dich rufe? Wo steckst du denn?

„Mamaaaaaa! Ich will dir was ZEIGEN!"

Keine Antwort.

Leise, aufmerksam lauschend verlasse ich mein Kinderzimmer und gehe die Treppe hinunter. In der Küche hantierst du nicht, du arbeitest auch nicht in deinem Büro. Vor deinem Schreibtisch bleibe ich unentschlossen stehen. Soll ich im Keller oder in der Waschküche nachsehen? Da ertönt Kleinkindgeschrei von draußen. O nein! Schnell wende ich mich zum Fenster um und spähe nach draußen. Alejo ist hingefallen. Strampelnd liegt er im Staub der Schotterstraße. Armer Alejo.

Doch da bist ja auch du. Erleichtert atme ich den Schreck aus. Beschwerlich nimmst du seine Hand und hilfst ihm hoch. Dein Bauch ist so dick, dass du dich kaum mehr bücken kannst. Schniefend hängt er sich an deinen Rock und du wendest dich wieder Papa zu, der mit einer Reisetasche vor dir steht. Ach, wie ich wünschte, er würde mich zu dem

Reitturnier mitnehmen. Was würde ich dafür geben, einmal dabei sein zu dürfen, wenn er und Maestro die Siegerschleife überreicht bekommen. Platzen würde ich vor Stolz.

Auch jetzt platze ich beinahe, allerdings vor Neugier. Was besprecht ihr da draußen so Wichtiges? Du hast doch nicht einmal mein lautes Rufen gehört. Dein Gesicht kann ich nicht erkennen, du stehst mit dem Rücken zu mir, doch deine Gesten sind zornig, abgehackt, genauso, wie du dich aufregst, wenn Alejandro mit Pferdemist unter den Schuhen durchs Haus läuft.

Du zeigst auf die Koppel, auf Alejandro, das Haus. Kurz zucke ich zusammen. War ich damit gemeint? Was hab ich diesmal falsch gemacht? Ich will das Fenster öffnen, um zu hören, was du sagst, doch noch ehe ich den Knauf berührt habe, wirft Papa die lederne Tasche in den Staub und stapft in Richtung Stall davon. Eilig läuft ihm der kleine Alejo mit seinen Stummelbeinchen hinterher. Meine Hand schnellt von dem Knauf zurück, als hätte sie sich verbrannt.

Du siehst ihnen nach, hebst dann beschwerlich die Reisetasche auf und trottest mit hängenden Schultern zum Haus. Hektisch ducke ich mich und krabble unter die alte Chaiselongue. Du kannst es nicht leiden, wenn wir Kinder allein in deinem Büro sind.

Wie gemein du immer bist. Hast du Papa verboten, zu dem Regionalturnier zu fahren? Gönnst du ihm selbst das nicht mehr? So wie mir nicht den Ballettkurs in Ronda, zu dem alle aus der ersten Klasse gehen? Auch den schönen Hengst, den er gekauft hat, musste er wieder zurückgeben. Immer willst nur du die Bestimmerin sein. Nie dürfen wir was.

Es dauert nicht lange, da höre ich zu meinem Schreck Schritte und du schlurfst in den Raum, fast so schwerfällig wie die alte Umbria, die letztes Jahr vom Tierarzt eingeschläfert werden musste. Wie sie mich angesehen hat, ihren letzten Blick, als ich mich von ihr verabschiedet habe, den werde ich nie und nimmer vergessen. Der schnürt mir noch jetzt die Kehle zu.

Ohne mich zu bemerken, setzt du dich an den Schreibtisch, legst die Arme darauf und auf sie deinen Kopf. Leise und langsam, wie in Zeitlupe. Die Bewegung erinnert mich daran, wie Papa Maestro die tiefe Verneigung ausführen lässt. Doch der richtet sich nach wenigen Augenblicken wieder auf. Du nicht. Aber ich kenne das schon, seit der Schwangerschaft bist du einfach immer müde. Und wenn du müde bist, bist du schlecht gelaunt. Zu schlecht gelaunt zum Spielen, zu schlecht gelaunt, um mit mir ins Dorf zu fahren, zu schlecht gelaunt, um mich beim Kochen helfen zu lassen. Du machst das lieber allein, sagst du. Dann werde ich dich eben nicht mehr danach fragen.

Wie lange liegst du schon da? Bist du etwa eingeschlafen? In der Stille fühlt es sich so eng an, als würde der Raum immer kleiner. Ich will hier raus. Doch plötzlich zitterst du, ziehst mehrmals die Nase hoch, die Schultern beben. Weinst du? Immer lauter wird das Schluchzen. Es ist eher ein Heulen, langgezogen, voller Schmerz. Es klingt wie der Wind, wenn er nachts um unser Haus pfeift.

Ich bin wie erstarrt und wage kaum, zu atmen. Nie habe ich dich weinen sehen, nie unglücklich erlebt. Müde ja, erschöpft, auch genervt von meinen Fragen und Alejandros Tollpatschigkeit. Aber so?

Es macht mir Angst, denn etwas Schreckliches muss geschehen sein. Eine Mama weint doch nicht, nicht so. Eine Mama tröstet. Was, wenn du unglücklich bist und uns nicht mehr haben willst? Oder was, wenn ihr euch scheiden lasst und Papa uns verlässt, wie der Vater von Fabio und Alicia, der sich einfach aus dem Staub gemacht hat?

Heiß strömt die Angst in meinen Magen, in meinen Augen sammeln sich Tränen. Ich muss was tun. Soll ich dich trösten? Obwohl ich gar nicht hier sein sollte? Mich von dir beruhigen lassen, dass gar nichts ist? Soll ich dich fragen, warum du weinst? Kann ich dir denn helfen? Ich muss es jedenfalls versuchen.

Lautlos rutsche ich hervor, langsam schiebe ich mich auf die Knie. Deine Haare liegen strähnig auf dem Tisch, wegen Alejos Ungeduld hast du heute Morgen wieder auf die Dusche verzichtet. Du tust mir leid. Er kann auch wirklich nervig sein. Wahrscheinlich sollte ich öfter mit ihm spielen.

Doch vielleicht ist heute Abend schon wieder alles gut, dann lachen wir zusammen über die Cartoons im Fernsehen und ich darf die Tritte des Babys spüren. Das ist immer schön. Am liebsten würde ich schon jetzt die Hand auf deinen Bauch legen. Stattdessen stehe ich nur da und weiß nicht einmal, ob ich deine Schulter berühren darf.

„Mama? Kann ich dir helfen?"

Mit einem Aufschrei schreckst du noch mitten in meiner Frage hoch, deine rotgeränderten Augen starren mich an. Wie die Augen einer Hexe sehen sie aus. Kalt läuft es mir den Rücken hinunter. Deine Nasenflügel beben, ebenso das Kinn.

„Raus mit dir! Verschwinde! LASS! MICH! IN! RUHE!"

Dein Brüllen ist so laut, wie von einer Sturmböe erfasst taumele ich ein paar Schritte zurück. Plötzlich rinnt es heiß und nass meine Hosenbeine entlang. Die Tränen hingegen lösen sich in Luft auf. Vor Scham wird mir schwarz vor Augen.

Weg. Nur weg. Weg von dir.

So schnell ich kann, laufe ich in mein Zimmer zurück und setze mich atemlos, den Rücken an die geschlossene Tür gelehnt, auf den Boden. Mein kleines Herz rast und meine Augen brennen. Der Schreck wühlt in meinem Magen. Er tut richtig weh. Ich wollte dir doch nur helfen und du schickst mich weg. Du verdienst es nicht, dass man dir hilft. Dir kann man es nicht recht machen. Zumindest ich, ich kann es nicht. Nun rinnen doch die Tränen.

Die Hose ist klamm und riecht eklig. Ich schäme mich so sehr, dass ich zittere. Da schlägt das geöffnete Fenster lautstark zu und wieder auf. Erschrocken kreische ich auf. Dann stehe ich zögerlich auf und trete ans Fenster. Gibt es wieder ein Gewitter heute? Das kommt hier zwischen den Bergen oft sehr plötzlich.

Tatsächlich, dahinten ist der Himmel dunkelgrau, bedrohlich, kein einziger Vogellaut ist mehr zu hören. *Das ist die Ruhe vor dem Sturm,* sagt Papa immer. Doch heute macht sie mir keine Angst. Im Gegenteil. Heute gibt sie mir seltsame Kraft. Weit lehne ich mich hinaus. Der Wind zerzaust mein Haar und trocknet ungefragt die Tränen. Doch der Schmerz, der sie hinausgetrieben hat, ist immer noch da.

Nie wieder biete ich dir meine Hilfe an. Nie wieder sollst du wissen, wie sehr du mich verletzt. Ganz sicher darfst du nicht sehen, was für einen großartigen Pferdestall ich gebaut habe. Denn dir, DIR werde ich überhaupt nie wieder etwas von mir zeigen.

Plötzlich fährt ein greller Blitz zur Erde, und als der Donner zwischen den spitzen Bergen die Stille zerreißt, brülle ich aus vollem Hals: „NIE. MEHR. WIEDER."

EINS

„Buenos días! Wie geht es Ihnen? Hatten Sie einen schönen Abend gestern?" Ich zwinkere dem älteren deutschen Ehepaar freundlich zu, als ich die Frühstücksterrasse betrete.

„Vielen Dank noch mal, Marisol. Es war großartig", ruft mir eine junge Mutter aus England entgegen. Die kleine Zirkusaufführung, die ich organisiert habe, hat ihren Kindern gestern wohl viel Freude bereitet.

„Sehr gern! Es freut mich, dass die Kleinen Spaß hatten."

Nelio, einer unserer jungen Kellner, geht an mir vorbei und flüstert grinsend: „Na, wieder einmal alle glücklich gemacht?"

„Ach du." Ich deute einen kleinen Stoß in seine Rippen an. „Du könntest dich auch mal ein bisschen bemühen. Lächeln! Immer lächeln!" Und damit scheuche ich ihn lachend weiter.

Mit einem tiefen Atemzug lehne ich mich an das Geländer und werfe einen Blick auf den gepflegten Garten mit seinen haushohen Palmen und den Blüten in allen erdenklichen Farben und Formen. Dahinter liegen der goldgelbe Strand, das wogende Meer und schließlich die Unendlichkeit des Himmels. Wobei, das stimmt nicht ganz. Die Küste Marokkos durchbricht die gerade Linie des Horizonts. Und heute ist sie von Tarifa aus besonders deutlich zu sehen. Ich bin nie ein großer Fan des Meeres gewesen, aber dieser tägliche Anblick wird mir bestimmt fehlen.

„Mach doch nicht so ein Gesicht. Sonst verlierst du noch deinen Ruf als unser Sonnenschein." Meine Chefin Isabelle, die Direktorin des Hotels, ist neben mich getreten und sieht mich grinsend von der Seite an. „Du bist doch nur einen Monat weg. Wird schon noch alles genauso aussehen, wenn du zurückkommst."

Ertappt drehe ich mich zu ihr um. „Du hast recht. Danke noch mal, Isabelle, dass ich mir so lange Urlaub nehmen kann. Ich weiß, das ist nicht selbstverständlich …"

„Besser jetzt als später." Sie legt die Hand auf ihren kaum gerundeten Bauch. „Noch bin ich voller Elan und kann dich entbehren. Im Winter musst du den Laden vermutlich allein schmeißen."

Mir wird warm ums Herz. Ihr Vertrauen bedeutet mir unendlich viel.

„Aber jetzt lass uns raufgehen. Señor Bautista ist soeben angekommen." Ihre Worte lassen leise Nervosität in meinem Magen kitzeln. Die der vorfreudigen Sorte.

Nebeneinander schreiten wir durch die Lobby und begrüßen den Architekten, der an der Rezeption auf uns wartet. Dann nehmen wir den Lift in den ersten Stock und betreten die Büroräume. Isabelle setzt sich, während er seinen Laptop an den Beamer anschließt und mir dann zunickt.

Unauffällig wische ich meine feuchten Hände an meinem Rock ab und räuspere mich. Hoffentlich habe ich mich mit meiner Eigeninitiative nicht zu weit aus dem Fenster gelehnt. „Also, Señor Bautista und ich haben ein neues Konzept für unsere Bibliothek ausgearbeitet. Durch ihre Lage im Keller wurde diese ja bisher kaum genutzt. Viele Gäste wussten nicht einmal, dass es eine gibt, geschweige denn, dass sie die Bücher natürlich auch an den Pool oder Strand mitnehmen können. Also haben wir uns überlegt, hier direkt neben dem Außenpool einen Wintergarten mit üppiger Bepflanzung, also sozusagen eine Orangerie inklusive Bibliothek zu bauen. Sie soll die Gäste direkt einladen, zu schmökern, wenn sie daran vorbeikommen, oder es sich bei schlechtem Wetter unter Palmen und Oleandern gemütlich zu machen. Hier ist die Simulation, wie es aussehen könnte." Ich zeige auf die Leinwand hinter mir und wende mich dann wieder Isabelle zu. Noch kann ich nicht sagen, was sie von meiner Idee hält. Ihr Gesichtsausdruck ist neutral, abwartend. Gut, dann muss ich sie eben noch mehr überzeugen. Nur nicht aus der Ruhe bringen lassen.

Ich hole tief Luft. „Außerdem habe ich mir Gedanken darüber gemacht, wie wir mehr andalusische Autoren in die Regale bringen können, denn die Regionalität in den künstlerischen Bereichen ist doch ein herausstechendes Merkmal unserer Kette. Wir können Lesungen veranstalten und immer wieder andere Schwerpunkte setzen, sodass die Gäste, die uns regelmäßig besuchen, stets neue Akzente vorfinden. Ich bin der Meinung, dass sich das Hotel dadurch noch weiter von der Konkurrenz abheben wird, die ja hauptsächlich auf den Badeurlaub setzt, und so besondere Exklusivität sowie ein hohes Niveau ausstrahlen wird. Was meinst du?"

Gespannt halte ich die Luft an, doch nun sieht Isabelle erfreut aus, zumindest interessiert, würde ich sagen. „Zeig mal die Kalkulationen."

Das ist doch ein gutes Zeichen. Sofort fällt ein großer Brocken Anspannung von mir ab und ich reiche ihr die Unterlagen. Während sie sie durchblättert, wendet sie sich an Bautista. „Und schaffen Sie das vor dem Winter?"

„Sicher, alles gar kein Problem." Entspannt schlägt er ein Bein über das andere. Der Mann ist die Ruhe selbst. Doch Isabelle hat für Architekten stets wenig Vertrauen übrig.

„Möglichst, ohne den Badebetrieb allzu sehr zu stören? Auf die praktischen Dinge achten Sie ja für gewöhnlich weniger …" Sie fixiert ihn skeptisch.

Nun wird er doch eifriger und beugt sich gestenreich zu ihr. „Nein. Nein, keine Sorge. Wir warten die Hauptsaison ab und lassen in dieser Zeit den Bausatz anfertigen, die Errichtung ist dann im Herbst schnell erledigt. Unser Büro hat viel Erfahrung mit Wintergärten. Sie werden ganz sicher zufrieden sein."

Meine Chefin schmunzelt. „Ich nehme Sie beim Wort, denn das Konzept gefällt mir. Schicken Sie mir die Dateien? Dann leite ich sie noch heute an das Headquarter weiter."

„Natürlich. Sehr gern." Hocherfreut springt er auf und packt seine Sachen zusammen. Von mir fallen auch noch die restlichen Anspannungs-Bröckchen ab und ich atme gelöst aus.

„Gute Arbeit, Marisol." Lächelnd nickt sie mir zu. „Lass uns hoffen, dass der Vorstand zustimmt. Dann kannst du im Herbst deinen ersten Bau leiten."

Die Freude hüpft in meiner Brust, der Stolz. Ich kann es kaum erwarten.

Ein paar Stunden später ist es so weit. Mein letzter Arbeitstag vor meinem langen Urlaub, der gar keiner ist, ist vorbei. Missmutig räume ich meinen Schreibtisch auf. Ich wünschte, ich müsste nicht gehen. Das Display meines Handys zeigt fünf Anrufe in Abwesenheit. Alle von meiner Mutter. Was habe ich jetzt schon wieder falsch gemacht? Entschlossen lasse ich es in meiner Handtasche verschwinden und klopfe kurz an die offene Verbindungstür unserer Büroräume, ehe ich zu meiner Chefin hineingehe.

„Mach's gut, Isabelle. Grüß Raúl und die Kleine von mir." Mit schwerem Herzen umarme ich sie.

Unseren Größenunterschied, ihre eins achtzig und meine eins neunundfünfzig, überbrückt sie durch einen leichtfüßigen Schritt nach hinten. Herzlich erwidert sie meine Küsschen links und rechts. Mit einem Mal muss ich daran denken, wie sie vor zwei Jahren hier ankam, mit gehetztem Blick und einem harten Zug um den Mund. Ebenso hart wie ihr Vorgehen in Verhandlungen. Doch von der kühlen Karrierefrau ist kaum etwas übriggeblieben. Längst ist sie eine von uns geworden. Die Erinnerung lässt mich trotz der Wehmut lächeln. Ich werde sie vermissen.

Winkend lasse ich sie zurück, fahre nach unten in die Lobby und nehme meinen Koffer, den ich am Morgen hinter der Rezeption abgestellt habe. Ich wollte nicht noch einmal den Umweg über meine Wohnung nehmen, zumal ich dann auch Marcos noch einmal begegnet wäre. Und nach der gestrigen Unterhaltung ist es wirklich besser, wenn wir uns vorerst ein wenig aus dem Weg gehen …

Nun bin ich auch so schon sehr spät dran. Ich rufe unserem Concierge Antonio ein lautes „Hasta luego! Bis bald!" zu und eile aus dem Hotel. In der Einfahrt läutet mein Handy. Schon wieder meine Mutter. Was ist denn bloß so wichtig?

Ohne den Koffer abzustellen oder langsamer zu werden, hebe ich ab. „Mama? Ich hab es eilig, bin schon auf dem Weg zum Bus."

Nach ein paar Schritten halte ich doch an. „Was heißt, ich brauche mich nicht zu beeilen?" Und stelle den Koffer ab. „Welche Mitfahrgelegenheit? Was? Ach so, okay. Dann bis später." Mit einem lauten Seufzer stecke ich das Telefon wieder weg und setze mich am Rand der Hotelauffahrt rittlings auf den Koffer. Immer durchkreuzt sie meine Pläne und seien sie auch nur so winzig wie die Wahl des Transportmittels. Das fängt ja schon gut an …

Fünf Minuten später fährt ein schwarzer SUV in die Auffahrt des Hotels und bleibt vor mir stehen.

Das Fenster der Beifahrerseite wird heruntergelassen und Carmen, die beste Freundin meiner Mutter, strahlt mich an. „Marisol, mein Schatz! Wir können dich doch mitnehmen, das ist doch selbstverständlich. Wirf den Koffer hinten rein und steig ein."

„Hallo, Carmen. Danke." Ich nehme meinen Koffer und wende mich zum Heck des Wagens. Auf der Fahrerseite steigt jemand aus, um mir zu helfen. Doch als ich sehe, dass es nicht Carmens zweiter Ehemann Bruno ist, stellen sich meine Nackenhaare einzeln auf. Scheiße. Fabio. Auch das noch.

„Hola, Marisol, lange nicht gesehen." Er wirft mir einen freundlichen Blick zu. Überraschend freundlich, wenn man bedenkt, dass er mich mein ganzes Leben lang ignoriert hat. Also fast mein ganzes Leben lang. Dann mustert er mich aufmerksam und mein Puls beschleunigt sich – durch plötzlich aufsteigende Wut und Scham und … ach egal. Warum tut er so scheinheilig?

Es kostet mich alle Kraft, wenigstens höflich auszusehen, doch ein echtes Lächeln will mir nicht gelingen. „Tatsächlich", knurre ich. Zumindest ist es so lange her, dass ich noch nicht gesehen habe, dass er das schwarze, gewellte Haar nun länger trägt. Vermutlich hat ihm jemand gesagt, dass er damit aussehen würde wie Jon Snow aus *Game of Thrones*, wenn auch nicht so blass.

Verdammt, die Serie kann ich mir nun nicht mehr ansehen, ohne an ihn denken zu müssen. Und dabei ist das unsere Freitagabendbeschäftigung, also Marcos' und meine. Aber das hat sich für eine Weile ja sowieso erledigt …

Sein prüfender Blick nervt. Also drücke ich ihm die Stange meines Koffers in die Hand und will mich hinter Carmen auf die Rückbank setzen.

Doch er ruft mich zurück. „Nein, hier auf diese Seite. Dort sitzt schon Alicia."

Ich stocke mitten in der Bewegung und drehe mich um. Seine Schwester ist also auch dabei. Das scheint ja ein richtiger Familienausflug zu sein. Ohne ihn eines weiteren Blickes zu würden, umrunde ich noch einmal das Heck und folge ihm dann zur Fahrerseite.

„Hola, Alicia", sage ich beim Einsteigen.

Doch sie sieht kaum von ihrem Handy auf. „Hi, Marisol." Ihre langen Fingernägel klackern hektisch über das Display.

Nachdem ich mich angeschnallt habe, fährt Fabio los.

Carmen dreht sich, so gut ihr fülliger Körper es zulässt, zu mir um. „Ist das nicht schön, dass wir alle wieder einmal zusammen sind? Genau wie früher. Ich habe Dolores schon so oft damit in den Ohren gelegen, doch deine Mutter hat ja nie Zeit. Seit wir weggezogen sind, durfte ich froh sein, dass sie mich zumindest einmal im Jahr an meinem Geburtstag getroffen hat, die ganzen sechs Jahre lang! Und dabei waren wir doch fast schon so was wie eine Großfamilie."

Komisch, dass meine Mutter sie dann gerade heute eingeladen hat. „Ähm, Carmen, ihr seid schon vor zehn Jahren weggezogen."

„Was? Das glaub ich nicht. Zehn Jahre? Fabio, kann das sein?" Bestürzt dreht sie sich wieder nach vorn und sieht ihn von der Seite an.

Doch Fabio blickt weiterhin konzentriert auf die Fahrbahn vor sich. „Ich weiß nicht, Mama, wahrscheinlich waren es sechs, höchstens sieben …"

Unbemerkt verdrehe ich die Augen. Ich könnte jetzt erklären, dass es kurz nach meinem dreizehnten Geburtstag war, doch ich sage nichts. Ob sechs, zehn oder hundert Jahre, INNERLICH hat sich Fabio anscheinend kein Stück verändert. Er wollte es damals schon stets den Erwachsenen recht machen.

„Es waren zehn, Mutter. Fabio kann nicht rechnen." Alicia lächelt mir knapp zu, ehe sie sich wieder ihrem Handy zuwendet.

„Ach so, na gut, egal. Umso schlimmer, dass wir so lange kein Treffen ALLER Familienmitglieder hatten", mault Carmen und fährt dann munterer fort. „Aber ihr seid euch doch bestimmt manchmal über den Weg gelaufen, seit du hier in Tarifa arbeitest? Ihr jungen Leute habt doch bestimmt Überschneidungen im Freundeskreis …"

Keiner antwortet ihr. Die Frage scheint nicht nur mir unangenehm zu sein. Denn ja, das haben wir tatsächlich. Immer wieder bin ich Fabio und Alicia in den letzten zwei Jahren begegnet, auf Partys, am Strand oder wenn Marcos eines seiner kleinen Konzerte gab … Aber nur, weil wir miteinander aufgewachsen sind, nur weil unsere Mütter beste Freundinnen sind, müssen wir das noch lange nicht auch sein. In stummem Einvernehmen taten wir einfach so, als hätten wir einander nicht bemerkt.

Es ist Fabio, der sich nach einer Weile ein Herz fasst und antwortet, vielleicht auch nur, um seiner Mutter wieder einmal recht zu geben.

„Es stimmt, wir haben uns ein paarmal gesehen, doch seit ich den Master mache, kaum mehr."

Ach, deshalb ist er als Profi aus dem Team ausgestiegen und surft nur mehr als Amateur, wie Adrian, ein Freund von Marcos, erzählt hat.

„Was studierst du denn?", platzt es aus mir heraus – wieso auch immer.

Für einen Moment begegnen sich unsere Blicke im Rückspiegel, gleichzeitig sehen wir wieder weg. Er räuspert sich leise, ehe er antwortet. „Betriebswirtschaft."

Erstaunt blicke ich noch einmal in den Spiegel, doch er findet die Straße wohl interessanter als mich. Mit einem so trockenen Fach habe ich bei ihm jetzt nicht gerechnet. Er war immer eher impulsiv als analytisch.

„Und du, Alicia?" Ich wende mich meiner ehemaligen Klassenkameradin zu.

„Ich studiere Modedesign in Marbella." Das überrascht mich dafür weniger. Wie immer, wenn ich sie aus der Ferne in einem Club tanzen oder in einem Café sitzen gesehen habe, ist sie auch jetzt topmodisch gestylt und kunstvoll geschminkt. Genau das Gegenteil von mir.

„Toll!", sage ich freundlich. Keine Ahnung, ob es das ist, aber für sie vermutlich schon. Bereits als Kind hat sie lieber Modezeitschriften durchgeblättert, als mit uns herumzutoben. Sie lächelt mich an.

Da dreht sich Carmen wieder eifrig nach hinten. „Und du, Liebes? Erzähl. Wie läuft es im Hotel? Dein Managementpraktikum ist doch bestimmt vorbei?" Als wenn sie nicht ohnehin jede Neuigkeit in dem wöchentlichen Telefonat mit meiner Mutter erführe.

„Ja, das ist es, aber es gefällt mir hier wirklich. Ich bin geblieben, um meine Direktorin zu unterstützen, die bald ihr zweites Kind bekommt."

„Und wegen der Liebe, wie man hört?" Ein kleiner Stich fährt in mein Herz. Was hört man denn da? Hat Mama mit ihr über Marcos und mich gesprochen? An Klatsch und Tratsch war Carmen schon immer interessiert.

„Äh … natürlich … auch wegen meines Freundes Marcos", sage ich bedeutungsvoll.

Fabio hebt beinahe unmerklich das Kinn und wirft im Rückspiegel einen Blick auf mich. Leider sehe auch ich in dem Moment wieder nach vorn, und als sein abschätzend verengter Blick auf meinen trifft, spüre ich die Röte in meinen Wangen aufsteigen und meinen Herzschlag sich beschleunigen. Was interessiert ihn das? Oder glaubt er mir nicht, dass ich einen Freund habe? Gerade ihm kann das doch total egal sein. Wie können so blassgraue Augen bloß unter solch rabenschwarzen Augenbrauen liegen? Rasch sehe ich wieder aus dem Fenster.

ZWEI

Nach ungefähr zweieinhalb Stunden Fahrtzeit sind wir da. Gute dreißig Kilometer außerhalb von Ronda liegt unsere Yeguada, das Gestüt meiner Familie. Oh, wie sich meine Brust beim Anblick der vertrauten Berglandschaft weitet. Wie sehr habe ich die grünen Hügel und karstigen Felsen vermisst. Die ausladenden Kronen der Korkeichen lassen mich gar glauben, sie breiteten die Arme aus, um mich willkommen zu heißen. Hier in der Sierra de Grazalema, dem Gebiet, zu dem auch unser Dorf gehört, ist die Vegetation üppig, denn sie ist die regenreichste Gemeinde in ganz Spanien. Ein breites Lächeln schleicht sich auf mein Gesicht und ich nehme jedes kleinste Detail in mich auf.

Als wir an den kilometerlangen Koppeln vorbei die breite Schotterstraße entlangfahren, galoppiert mein Herz mit den jungen Hengsten um die Wette. Ich kann mich kaum an ihnen sattsehen. Diese Schönheit, die Kraft, die Energie. Und dann taucht es vor uns auf, das rotorange-leuchtende Dach der Finca, in der meine Familie seit Generationen lebt und arbeitet.

Der Wagen hält, da habe ich mich bereits abgeschnallt. Tief ziehe ich den würzigen Duft in meine Lungen, während ich aussteige. So riecht nur die weiche Luft der Wälder, geschwängert mit Gras und Erde, vermengt mit aufgeheiztem Stein und dem Sand der Straße. So riecht es nur daheim.

„Marisol!" Die glockenhelle Stimme kann nur meiner jüngsten Schwester Lucía gehören. Kaum, dass ich ausgestiegen bin, wirft sie sich jauchzend in meine Arme und ich wirble sie herum.

„Wie groß du geworden bist! Hast du schon einen Wackelzahn?"

„Ja, sieh mal." Mit der Zunge biegt sie ihn viel zu weit nach vorn. Es sieht schaurig aus.

Lachend schüttle ich mich. „Iiiih."

Dann sehe ich auch die restlichen Mitglieder meiner Familie. Mama und mein Bruder Alejandro treten aus dem Haupthaus, während Papa mit meiner Schwester Paloma vom Reitplatz kommt. Auch Carmen, Fabio und Alicia sind aus dem Wagen gestiegen und es gibt ein großes Hallo, jede Menge Küsse und Umarmungen.

„Papa!" Seufzend falle ich in seine starken Arme und er drückt mich fest an seine Brust.

„Mi corazón! Mein Herz! Endlich bist du wieder da." Und gleich mehrmals küsst er mich links und rechts.

Mir fällt auf, dass sogar Fabio, der eigentlich ein angeborenes Pokerface besitzt, verlegen und erfreut aussieht, als

Papa ihm dann väterlich das Haar zerzaust und Mama ihm einen Kuss auf die Wange drückt. Sie haben einander tatsächlich ewig nicht gesehen … Meine eigene Umarmung mit meiner Mutter fällt im Vergleich etwas steifer aus.

Doch dann baut sich Alejandro vor mir auf. Und als mich mein neunzehnjähriger Bruder so vertraut und fröhlich angrinst, kann ich nicht anders, als ihn stürmisch an mich zu drücken.

Fest schlingt er die Arme um mich, biegt sich nach hinten, und da er um ein gutes Stück größer ist als ich, heben meine Füße vom Boden ab. Lachend strample ich, bis er mich wieder runterlässt.

Paloma, unser von Natur aus eher zurückhaltender Teenager, steht wartend daneben, doch auch ihre sanfte Umarmung lässt etwas in mir über dem Boden schweben.

Dann öffnet Fabio den Kofferraum und Papa nimmt ihm meinen Koffer ab, während Mama langsam und gemächlich alle anderen auf die Terrasse führt, wo der große Tisch bereits mit Kaffee und Mandeltorte gedeckt ist.

Lucía, die neben mir sitzt, hat mir so viel zu erzählen, es sprudelt nur so aus ihr heraus, sodass ich mich am Gespräch der Erwachsenen glücklicherweise nicht beteiligen muss. Doch dadurch entgeht mir auch eine für mich wichtige Information.

Langsam lasse ich mich zu meiner anderen Seite kippen, bis meine Schulter Alejandros berührt. „Was sagten sie? Wann fahren Mama und Papa los?", raune ich ihm zu.

Mein Bruder streicht sich das glatte, mittelbraune Haar zur Seite, das er wohl absichtlich so lang lässt, sodass es ihm cool vors Gesicht fallen kann. „Sie fahren heute nach dem Abendessen und übernachten in Málaga. Der Flieger geht morgen zeitig in der Früh …"

„Was, echt? Heute schon?" Ich sehe rüber zu Mama, doch sie sitzt zu weit entfernt, da müsste ich schon über meine Schwestern, Papa, Alicia, Fabio und Carmen hinweg-schreien, wenn ich sie etwas fragen wollte.

Erst jetzt fällt mir auf, dass sie blass aussieht, grau, mü-de und erschöpft. Immer wieder greift sie sich an den Hals und öffnet den Mund, als könnte sie nicht gut durchatmen. Bei dem Anblick zieht sich etwas in mir zusammen. Doch ich werde mich hüten, zu fragen, ob es ihr nicht gutgeht. Ihre Antwort kenne ich von klein auf: Stress, Stress … Keine Ahnung, warum sie kaum etwas anderes tut, als zu arbei-ten, sich nie etwas gönnt. Ich verstehe es nicht, aber ich kenne es auch nicht anders. Wie gut, dass meine Eltern end-lich diesen Urlaub antreten, von dem sie sprechen, seit ich denken kann. Sie waren seinerzeit nicht einmal auf Hoch-zeitsreise.

Nach dem Kaffee löst sich die Gesellschaft auf. Mama und Carmen wollen sich in die Kühle des Hauses zurückziehen, um sich auszuruhen, und ich würde mich ihnen gern anschließen. Es gibt schließlich noch unzählige Dinge zu besprechen. Doch irgendetwas sträubt sich in mir. Ob es das Gefühl ist, ihr hinterherzulaufen, oder das, sie zu stören, kann ich nicht recht einordnen. Und dann bitten und betteln Lucía und Paloma auch noch so lange, bis ich mich bereiterkläre, doch mit den anderen die Fohlen und Jährlinge zu bestaunen.

Lucía rennt voraus, dahinter Paloma und Alicia. Papa folgt mit Fabio, der ihn über die Geschäfte ausfragt, und Alejandro begleitet mich.

„Wie viele Pferde habt ihr zurzeit genau?", will Fabio wissen.

Mein Vater nimmt die braune Schieberkappe ab und wischt sich den Schweiß von der Stirn. Sein hellbraunes Haar ist recht schütter geworden, wie ich feststelle. Und das versetzt mir einen Stich. Wann sind meine Eltern bloß so alt geworden? War ich denn so lange nicht mehr hier? Oder habe ich sie nur schon lange nicht mehr richtig angesehen?

„Achtzig, fünfzig davon reinrassige Spanier, von denen zwanzig zum Verkauf stehen", antwortet er und Fabio nickt.

„Und, wie geht es dir in Bezug auf die bevorstehenden Wochen?", raunt Alejandro mir zu und grinst unsicher.

„Gut, gut, ich mache mir keine Sorgen. Immerhin leite ich, wenn meine Chefin nicht da ist, ein riesiges Fünf-Sterne-Hotel. Da werde ich das mit den paar Gästezimmern und

Verkäufen schon hinkriegen. Schließlich habe ich achtzehn Jahre hier gelebt. Und außerdem: Mama ist nicht da, ist also quasi Urlaub für mich." Ich lache hämisch, Alejandro versteht mich schon, aber ehrlich gesagt, ein bisschen mulmig ist mir schon. Ist bestimmt nur Lampenfieber …

Mein Bruder zieht die Augenbrauen hoch und presst die Lippen aufeinander. Das soll wohl ausdrücken, dass er davon nicht wirklich überzeugt ist. Beunruhigt mich das? Ach wo, er macht sich immer viel zu viele Sorgen. Das wird schon alles klappen.

An der Koppel der Fohlenherde angelangt, lassen wir die Arme über den Zaun hängen, auf den sich Lucía bereits rittlings gesetzt hat, und sehen zuerst den Ein- und Zweijährigen zu. Dann wandern wir weiter zu den vom „Kindergarten" abgetrennten Stuten mit den jüngeren Fohlen.

„Seht nur, da drüben ist Conmigo, das ist mein Liebling. Er ist der Frechste", ruft Lucía.

„So wie du, cachetona!" Mein Vater lacht. *Pausbäckig* und frech ist Lucía tatsächlich.

Gott, wie herzallerliebst die kleinen, langbeinigen Pferdchen über die Wiese tollen. Wie viel Freiheit und Lebenslust ihre Sprünge ausstrahlen. Das will ich auch.

Wie aufs Stichwort klatscht Papa einmal in die Hände. „Wer kommt mit auf einen Ausritt?" Und er blickt strahlend in die Runde.

„Auf JEDEN Fall." Jubelnd lege ich den Arm um ihn.

„Ich bin auch dabei", sagt Fabio grinsend und meine Mundwinkel wandern langsam Richtung Boden.

„Jippie!", ruft Lucía und springt vom Zaun.

„Sorry, ich muss Taranto trainieren", sagt Paloma pflichtbewusst.

„Schade", murmle ich und wir lächeln uns kurz an.

Aber Papa nickt ihr zu. „Ist gut, mi vida." Dann sieht er aufmunternd zu Alicia und Alejandro. „Und ihr?"

Alicia macht einen Schritt zurück. „Nein danke, ich passe."

Und Alejandro beeilt sich, zu erklären: „Ich bleibe bei dir, Alicia. Wollen wir an den Pool?"

Das lässt mich schmunzeln. Der macht sich mittlerweile noch schneller aus dem Staub als früher.

„Gut, dann schnell, geht euch umziehen." Papa meint natürlich Fabio und mich, doch Alicia und Alejandro machen ebenfalls kehrt und folgen uns, wenn auch langsamer, zum Haus zurück.

Schweigend gehen Fabio und ich nebeneinanderher. Wir kennen einander seit meiner Geburt und doch muss ich feststellen, dass wir nur wenige persönliche Worte miteinander gewechselt haben. Als Kinder haben wir fast täglich zusammen gespielt, uns im Heu eine Höhle gebaut, im Pool herumgetobt. Doch je älter wir wurden, umso deutlicher wurde der Altersabstand von drei Jahren. War er am Ende ein sechzehnjähriger Bursche, in den die Hälfte der Mädchen des Dorfes verknallt war, war ich eben nur eine weitere Dreizehnjährige mit Zahnspange und für ihn vollkommen uninteressant.

„Schön, wieder hier zu sein, nicht wahr?" Seine warme Stimme reißt mich aus meinen Gedanken. Überrascht wende ich den Kopf. Er sieht mich sogar lächelnd an.

„Mhm." Ich nicke irritiert. Vielleicht lernt man im Masterstudium ja auch, wie man höflich Konversation macht. Ein paar Jahre früher hätte ihm diese Fähigkeit auch nicht geschadet. Um exakt zu sein, zwei.

Glücklicherweise trennen sich unsere Wege, er wendet sich nach links zum Gästehaus und ich betrete das Hauptgebäude. Kühl und leise empfängt mich das alte Bauernhaus. Die dicken Steinmauern schirmen Hitze und Geräusche von draußen ab, es scheint, als betrete man eine andere Welt. Neben der Treppe steht die alte, bemalte Bauerntruhe meiner Urgroßmutter. Wie beiläufig fahre ich mit den Fingern unter dem Vorsprung des Deckels entlang und muss lächeln. Nur Alejandro und ich wissen von den Initialen, die dort eingeritzt sind. Natürlich, denn es sind ja unsere.

Ich steige in den ersten Stock hinauf und betrete das kleine Gästezimmer, das ich bewohne, wenn ich zu Besuch bin, denn mein altes Kinderzimmer ist seit meinem Auszug Lucías Zimmer.

Auf dem Bett liegt bereits meine gewaschene, olivgrüne Reiterhose, die eingerissene Gürtelschlaufe fein säuberlich vernäht. Das entlockt mir einen anerkennenden Pfiff. Mama ist immer vorausschauend, stets bestens organisiert. Ich ziehe mich um und finde unten im Dielenschrank auch meine braunen Reitstiefeletten. Nachdem ich sie zugeschnürt habe, werfe ich einen Blick in den alten Spiegel mit dem kunstvoll geschnitzten Holzrahmen. Ein Erbstück, er hängt hier wohl schon, solange die Finca existiert.

Fieberhaft krame ich in der kleinen Schublade unter dem Spiegel nach einem Haargummi. Ebenso wie Fabios ist auch mein dunkelbraunes Haar länger geworden seit unserer letzten Begegnung. Nun ist es überschulterlang, nur vorn habe ich mir ein paar kürzere Stufen schneiden lassen. Doch ich kann kein Haargummi finden. Gut, dann lasse ich es eben so.

Als ich aus dem Haus trete, ist Fabio schon auf dem Weg zum Stall, doch ich bleibe absichtlich ein paar Meter hinter ihm, habe keine Lust auf weiteren Small Talk. Er trägt blaue Jeans und ein hellgraues Poloshirt. Die braunen Lederstiefel knarzen auf dem Schotterweg. Hat er sich extra für dieses Treffen neue gekauft? Oder reitet er auch sonst in seiner Freizeit? Ich hätte vermutet, dass er es mit dem Umzug ans Meer und seiner damals neuentdeckten Leidenschaft, dem Surfen, aufgegeben hat.

Papa und Lucía haben bereits vier Pferde auf dem Platz vor dem Stall angebunden und sind dabei, die Sättel aus der Kammer zu holen. Für die sechsjährige Lucía sind die großen Ledersättel noch recht schwer, doch sie schleppt tapfer einen heraus. Sofort greift Fabio ein und legt ihn auf den Rücken des Pferdes, das Lucía ihm weist.

Nun habe auch ich den nach Leder und Fett duftenden, halbdunklen Raum erreicht und schließe für einen Moment glücklich die Augen. Wie viele Wintertage haben wir hier herumlümmelnd verbracht? Leder eingefettet, damit es geschmeidig bleibt, unzählige Bandagen eingerollt, dazwischen Karten gespielt. An den holzgetäfelten Wänden hängen die Sättel und Zaumzeuge wie eh und je, in einer Ecke steht der offene Schrank mit Satteldecken, Gamaschen und Lederpflegeprodukten. Nur die alte Holzbank in der Mitte des Raumes sieht kleiner als damals und irgendwie verlassen aus, dabei war sie immer das Herzstück unserer *Höhle*.

Papa reicht mir einen Sattel. „Ich dachte an Utrerana für dich, mi corazón. Oder willst du lieber einen Hengst?"

„Nein, ich mag sie, sie ist mutig und trittsicher im Gelände. Alles gut."

Während Papa einen weiteren Sattel holt, trete ich nach draußen und begrüße flüsternd die Stute. „Hola, bonita, meine Schöne! Geht's dir gut?" Sanft streiche ich über ihre seidigen Ganaschen und die samtweichen Nüstern. Dann grabe ich die Hände in ihre Mähne und lehne die Stirn an ihren Hals, atme ihr Fell, atme Wärme und Glück, ehe ich mich wieder aufrichte.

„Und du, nimmst du wieder Ufano, wie letzte Woche?", fragt Papa und reicht Fabio den Sattel.

Ich halte die Luft an und lausche.

„Ja, danke. Ufano ist toll, wir sind gut miteinander ausgekommen."

Er war letzte Woche schon mal hier? Und dabei sagte Carmen doch, sie hätte meine Mutter ewig nicht gesehen. War er etwa allein da? Na ja, es geht mich nichts an, was er in seiner Freizeit macht. Vielleicht hat er im Dorf Verwandte besucht. Eigentlich höflich von ihm, dass er auch bei meinen Eltern vorbeigeschaut hat. Schließlich hat nicht jeder solche Unstimmigkeiten mit meiner Mutter wie ich. Also ER ganz sicher nicht. Er war bei Erwachsenen immer schon ein Schleimer.

Nachdem ich noch einmal den Sattelgurt festgezogen habe, sitze ich auf. Ich freue mich auf den Ausritt, habe bestimmt seit einem halben Jahr nicht mehr auf einem Pferd gesessen. Meine Besuche hier finden, seit ich mit Marcos zusammen bin, immer seltener statt und dann handelt es sich meist um die Geburtstagsfeier eines unserer Familienmitglieder, da bleibt dann auch keine Zeit für einen Ritt.

Es wundert mich, dass Papa die Ruhe dafür findet, nachdem er und Mama heute noch zu ihrer Reise aufbrechen wollen. Doch andererseits, was gäbe es für meinen Vater Entspannenderes, als auf dem Rücken seines geliebten Maestros zu sitzen?

Im Schritt reiten wir los, zuerst über die Schotterstraße, danach einen schmalen Trampelpfad am Rande eines Feldes entlang.

Dann lenkt Papa Maestro neben meine Stute. „Na, mein Herz, wie ist es dir ergangen? Hast du die Pferde und deinen alten Papa gar nicht vermisst?"

„Doch schon, natürlich, aber die Arbeit im Hotel ist so aufregend und erfüllend für mich." Allein darüber zu sprechen, lässt mich strahlen. „Es macht einfach Spaß, all die Dinge anwenden zu können, die ich auf der Uni gelernt habe. Es verschafft mir unglaublich viel Freude, mit Menschen zu arbeiten … Oh, tut mir leid, Papa." Ich hoffe, ich habe ihn mit meiner Begeisterung nicht gekränkt.

„Ach, das muss dir nicht leidtun, wir freuen uns über jede Erfahrung, die du sammelst. Es wird bestimmt von Nutzen sein", sagt er bedeutungsschwer.

Irritiert runzle ich die Stirn. Doch bevor ich über seine Worte nachdenken kann, ruft Lucía von hinten neben Fabio: „Los, da vorn ist der breite Waldweg, lasst uns galoppieren."

„Na, na, na, erst mal im Trab, meine Wilde", erwidert Papa, doch sie ist schon ungestüm an uns vorbeigeprescht.

DREI

Ich überlasse es gern Papa und Maestro, meiner kleinen Schwester nachzujagen. Der alte Junge hat es immer noch drauf. Maestro, meine ich natürlich. Doch auch Utrerana hebt freudig den Kopf und ich spüre ihre Lust zu rennen. Da sind wir schon zwei. Ein kurzer Druck meiner Schenkel genügt und sie springt in einen flotten Galopp. Ich stelle mich in die Steigbügel, beuge mich vor und gebe Zügel, lasse sie laufen, so schnell sie will. Bäume und Sträucher ziehen an uns vorbei, Olivenhaine und wilde Blumen. Der Gegenwind lässt mein offenes Haar fliegen und mit ihm weht auch ein unbändiges Glücksgefühl durch mich hindurch. Mit jedem dumpfen Hall der Hufe auf dem erdigen Boden erwacht mehr und mehr die Lebenslust in mir. Mit jedem Sprung katapultiert sie mein Herz in ungeahnte Höhen.

Nie bin ich in einem Rennauto gefahren, ich habe nie auf einem Motorrad gesessen oder einen Fallschirmsprung gewagt. Den Rausch echter Geschwindigkeit kenne ich also nicht.

Was ich kenne, ist diese Art Trance, eins zu werden mit einem Lebewesen, das sechsmal so viel wiegt wie ich und sich dennoch von mir leiten lässt. Wenn sich unsere Atmung synchronisiert, wenn unsere Herzen im gleichen Takt trommeln und die Landschaft an uns beiden vorüberfliegt, dann bleibt die Zeit für einen Augenblick stehen.

Wie konnte ich gerade eben noch behaupten, das Leben im Hotel würde mir mehr bedeuten als das Leben hier? Wie konnte ich vergessen, was die Pferde mir stets waren – ein unersetzbarer Bestandteil meines Lebens, meiner Familie. Und zwar jener Teil, für den ich immer in Ordnung bin, so wie ich bin. Für den ich mich nie anstrengen muss, um akzeptiert zu werden, der immer Zeit für mich hat und ein offenes Ohr. Das könnte ich gerade nur zu gut gebrauchen … bei der Aufgabe, die vor mir liegt.

Vielleicht spürt Utrerana meinen Stimmungswandel, dass mir das Herz plötzlich wieder schwer in der Brust sitzt. Denn sie wird langsamer und ich lasse sie in Trab fallen und gleich danach in Schritt. Das Hochgefühl, das ich eben noch verspürt habe, ist einer Beklemmung gewichen. Ich sollte umkehren und endlich mit Mama sprechen, mir alles erklären lassen, damit ich keine Fehler begehe, damit niemand, damit SIE nicht wieder enttäuscht von mir ist.

Fabio hat zu mir aufgeholt und kaum ist er neben meiner Stute, fällt auch Ufano wieder in Schritt.

„Da hättest du jetzt aber energischer sein müssen", sage ich großspurig. Kann sein, dass ich es gerade nötig habe, jemanden zurechtzuweisen. Das ist der lange Schatten meiner Mutter, der hier in ihrer Nähe viel deutlicher nach mir greift als anderswo.

Er lacht bitter auf. „Ha! Das hätte ich wohl vor zwei Jahren sein sollen!"

Vor Schreck verspannt sich mein Körper und Utrerana hält an, in dem Glauben, es wäre eine Parade. Wie kann er jetzt davon anfangen? Einfach so, ohne Vorwarnung.

Natürlich bleibt auch Ufano artig stehen, wie es sich für ein Herdentier gehört, und beginnt, an den langen Grashalmen am Wegesrand zu knabbern.

Aufgebracht starre ich Fabio an. „Energischer wohl kaum. Aber ein Wort oder zwei wären vielleicht angebracht gewesen."

Er macht einen verwunderten Gesichtsausdruck. „Dachte nicht, dass du darüber reden wolltest. Aber das können wir jetzt gern nachholen."

Das *Wir* geht mir ordentlich gegen den Strich. „Pff. Nach zwei Jahren? Und dann noch bei diesem sogenannten Familientreffen? Sicher nicht." Was bildet der sich ein? Dass ich Lust darauf habe, diesen Abend noch einmal Revue passieren zu lassen? Dass mich das Ganze überhaupt noch interessiert? Lächerlich.

„Nun ja, wir werden in den kommenden Wochen genug Gelegenheiten dafür haben …"

Schon wieder ein *Wir*. Dieses Mal durchzuckt mich nicht nur die Wut, sondern auch eine böse Vorahnung. „Was soll das heißen?", fauche ich.

Er runzelt die Stirn. „Hat dir Dolores nicht gesagt, dass ich hierbleibe?"

Ungläubig starre ich ihn an. In dem Moment höre ich Hufgeräusche näherkommen und Papa und Lucía traben auf uns zu.

Schon von fern rufe ich meinem Vater entgegen: „Wieso bleibt Fabio hier, obwohl ihr weg seid?"

Papa macht ein betretenes Gesicht und gibt die Antwort, die ich eigentlich hätte kommen sehen müssen. „Das soll dir alles deine Mutter erklären." Typisch.

Entrüstet lasse ich die drei einfach stehen, wende meine Stute und drücke resolut die Waden in ihre Flanken. Sofort springt sie in einen schnellen Trab in Richtung Heimatstall.

Verschwitzt und atemlos trample ich kurz darauf ins Haus. Mama finde ich in ihrem Büro hinter ihrem, wie ich feststelle, ungewöhnlich unordentlichen Schreibtisch. Carmen liegt halb auf der altmodischen Chaiselongue in der gegenüberliegenden Ecke und leistet ihr Gesellschaft. Als ich hineinplatze, drehen sie überrascht die Köpfe.

„Mama, kann ich mit dir sprechen?" Mein Herz klopft wild, wie bei jeder Konfrontation mit ihr.

„Natürlich." Ihr Blick ist etwas verschleiert, vermutlich hat sie eine Woche lang vorgearbeitet, damit ich ihr nicht stümperhaft in ihr Lebenswerk hineinpfusche. In meinem Magen brennt es schmerzhaft.

Carmen schaut zwar neugierig drein, steht aber auf. „Ich wollte ohnehin sehen, was das Essen macht …"

Sobald sie die Tür hinter sich geschlossen hat, schieße ich empört los.

„Mama, warum bleibt Fabio hier, während ihr weg seid? Etwa auch Carmen und Alicia? Warum haltet ihr die Zimmer nicht frei für zahlende Gäste? Traust du mir das auch nicht zu? Oder sollen die mich etwa kontrollieren? Du weißt doch, wie mühsam Carmen und Alicia sein können, dann bin ich den ganzen Tag damit beschäftigt, ihre Wünsche zu erfüllen, und habe nicht genug Zeit für alle anderen Aufgaben."

Meine Mutter hebt die Hand, um mich zum Innehalten aufzufordern, und ich verstumme mit heißen Wangen. „Sie bleiben nicht, fahren weiter nach Sevilla."

„Aber warum hat Fabio dann gesagt, dass …"

„Er schon."

Verflucht. „Als Gast?"

„Nein, um dich zu unterstützen. Damit ein Mann im Haus ist."

„Pff. Alejandro ist ein Mann."

„Der vor jeder Ratte Angst und keinen Funken Tatkraft im Leib hat." Sie lächelt resigniert.

„Ja, aber Paloma ist auch fast erwachsen, also brauchen wir keinen Aufpasser ..." Wir starren einander an, ich wütend, sie müde.

„Marisol, ich habe Fabio gebeten, dass er dir hilft, und so wird es gemacht." Lautstark zieht sie die Luft ein und lässt sich in die Lehne sinken. „Ich bin so erschöpft. Lass mich bitte diesen Urlaub antreten, in dem Wissen, dass es euch und der Yeguada gut geht, ja? Mehr will ich nicht. Ende der Diskussion. Komm lieber her, dann zeige ich dir die Geschäftsbücher und wo ich die wichtigsten Dateien abgespeichert habe. Die nächsten Termine habe ich ..."

Erbost schnaube ich durch die Nase. „Dann zeig das doch Fabio!" Ich mache auf dem Absatz kehrt und stampfe hinauf in mein Zimmer. MIT den schmutzigen Stiefeletten. Ich weiß, sie hasst es, wenn wir den Dreck aus dem Stall mit in die Schlafzimmer nehmen.

Erst als ich sie mir von den Füßen streife, wird mir bewusst, dass das keine wirkungsvolle Rebellion darstellt, da ich diejenige bin, die in den nächsten Wochen hier für Ordnung sorgen muss oder zumindest dafür Verantwortung trägt. Aber vielleicht kann ja Fabio das Putzen übernehmen, wenn er sich hier schon so wichtigmacht.

Plötzlich fühle ich mich erschöpft, als hätte man jeden Tropfen Elan aus mir herausgesaugt. So ist es immer mit ihr.

42

Wieso fühle ich mich in ihrer Gegenwart nur so ungenügend? Warum fällt es mir so schwer, für mich einzustehen? Missmutig werfe ich mich auf das Bett. Am meisten ärgere ich mich über mich selbst. Ich war doch tatsächlich ein wenig stolz, dass meine Mutter den Beschluss gefasst hat, einen langen und langersehnten Urlaub anzutreten und MICH als ihre Vertretung einzusetzen. Wie dumm von mir. Sie vertraut mir nicht, sie traut mir nichts zu und nun lässt sie mich nicht einmal allein Fehler machen. Nein, nun soll ich auch noch mit Fabio zusammenarbeiten. Na warte. Wenn der sich hier als der Chef aufspielt, kann er was erleben. Grollend verschränke ich die Arme über der Brust.

Ich schmolle so lange, bis ich unter meinem Fenster, wo die Terrasse liegt, Geschirr klappern höre. Also stehe ich auf und sehe hinunter. Alejandro, Alicia und Lucía decken den Tisch zum Abendessen und scheinen sich gut zu amüsieren. Auf Alicias Handy erscheint wohl eine Nachricht oder ein Clip, denn sie zückt es, lacht und zeigt es dann Alejandro. Auch er prustet los und gemeinsam beugen sie sich über das Telefon, um weiterzuscrollen. Mit leiser Wehmut beobachte ich meinen Bruder, der langsam, aber sicher ein Mann wird. Ein sensibler, manchmal noch unsicherer Mann. Und ich wünschte mit einem Mal, ich könnte mehr für ihn da sein. Das Gefühl, ihn alleingelassen zu haben, als ich von hier fortging, zieht eigenartig in mir.

In der Ferne vom Reitplatz kommend, sehe ich Paloma und Papa, allem Anschein nach munter plaudernd über die einzigen Themen, die die beiden interessieren – die Zucht, den Beritt, die Pferde. Die beiden ritten schon immer auf ein und derselben Welle.

Rechts von ihnen, vor dem Stall, erkenne ich einen Stallburschen, der das Zusatzfutter für den Abend vorbereitet. Scheint ein neuer zu sein.

Von Fabio keine Spur, vermutlich ist er tatsächlich mit meiner Mutter im Büro und wird von ihr eingeschult. Sofern sie das nicht schon letzte Woche getan hat oder die Wochen davor. Was weiß ich schon, was hier hinter meinem Rücken abgeht.

Gefrustet drehe ich mich vom Fenster weg. Mein Herz ist schwer. Schon jetzt vermisse ich mein Leben in Tarifa. Alle mögen mich im Hotel, Isabelle vertraut mir zu hundert Prozent und lobt mich für meine Professionalität, meinen Fleiß, meine Problemlösungskompetenz. Ich bin ihr erster Offizier, ihre Nummer eins. Dort habe ich das Gefühl, wirklich ich selbst sein und das Beste von mir zeigen zu können. Hier bin ich nur ein Kind von vieren und nur durch Zufall das erste.

Und dann ist da natürlich auch noch Marcos. Marcos vermisse ich auch … irgendwie. Das letzte Jahr war ein bisschen schwierig, wir haben einfach zu vielem unterschiedliche Ansichten. Aber das ist doch ganz normal nach den ersten aufregenden Monaten der Verliebtheit. Oder? In der Hoffnung, dass sich alle meine Zweifel in Luft auflösen, krame ich mein Handy hervor. Marcos war tatsächlich online, doch meine Nachricht hat er wieder nicht beantwortet. Ich seufze schwer.

Nun knurrt mir doch der Magen und es duftet verführerisch nach Ajoblanco, der weißen Gazpacho und dem traditionellen Kanincheneintopf meiner Mutter. Das gehaltvolle Gericht hat uns Kinder stets wieder auf die Beine gebracht, wenn wir einmal krank waren. Noch heute glaube ich daran, dass der Kanincheneintopf heilende, tröstliche Kräfte besitzt. Mir rinnt das Wasser im Mund zusammen und Trost benötige ich auch.

Also dusche ich mich kurz ab, ziehe saubere Kleidung an und begebe mich immer noch recht verschlossen nach unten zu den anderen. Um dann beim Anblick der fröhlichen Runde innerlich die Augen zu verdrehen. Natürlich. Ich wette, das hat meine Mutter mit Absicht gemacht. Der einzige freie Platz am Tisch ist zwischen ihr und Fabio. Soll das etwa ein Wink mit dem Zaunpfahl sein? Mit einem gezwungenen Lächeln setze ich mich. Mama sieht mich nicht an und Fabio wirft nur einen kurzen Seitenblick auf mich, ehe er sich wieder über seine Suppe beugt.

Schweigsam genieße ich mein Mahl. Den anderen scheint meine anfängliche Unterkühlung zum Glück nicht aufzufallen, denn Lucía zieht wie gewöhnlich alle Augen und Ohren auf sich. Sie ist aber auch zu niedlich, wie wichtigtuerisch sie ihre Meinung über Gott und die Welt kundtut. Unser Baby, fast schon ein Schulkind! Ich kann es kaum glauben und forme für sie mit meinen Fingern ein Herz, was sie sofort erwidert. Schließlich bringt Papa noch seinen Lieblingssherry und jeder über achtzehn bekommt eine winzige Kostprobe. Während Alejandros und mein Glas hell aneinander klirren, flüstert er: „Willkommen daheim, Schwester."

Daheim.

Dankbar werfe ich ihm ein Lächeln zu und gleichzeitig nehmen wir das Schlückchen. Ja, ich spüre es. Spüre die kühler werdende Abendluft an meiner Haut, höre das Wiehern und zufriedene Schnauben in der Ferne, rieche den Duft von Heu und die Hausmannskost, deren Rezepte seit Jahrzehnten Teil unserer Familientradition sind. Ich spüre die Präsenz des Hauses in meinem Rücken mit seinen dicken Steinmauern, einer Festung gleich. Und wenn ich sie so ansehe – Alejo, Paloma und Lucía –, wie ihre Gesichter im Glanz des Kerzenlichts leuchten, dann freue auch ich mich aus tiefster Seele, wieder hier zu sein.

Schließlich ist es Zeit für den Abschied. Die gesamte Familie versammelt sich vor dem Haus. Anscheinend hat Papa die großen Koffer schon früher ins Auto gepackt, denn Mama reicht ihm nur eine kleine Reisetasche, ehe sie sich zu uns Kindern umdreht und eines nach dem anderen umarmt.

Als ich an der Reihe bin, zögert sie kurz, meine Zurück-haltung ist mir wohl ins Gesicht geschrieben, doch dann drückt sie mich fest an ihre Brust und flüstert mir ins Ohr: „Ich habe alles Wichtige notiert, bitte pass auf meine kleine Lucía und die Yeguada auf. Ich danke dir." Dann wendet sie sich ab und geht schwerfällig zum Auto. Glitzern da etwa Tränen in ihren Augen? Tränen bei ihr? Das schnürt mir eigenartig die Kehle zu.

Für den Moment schlucke ich meinen Stolz herunter, vielleicht auch, weil mein Vater mich in seiner herzlichen Art auf beide Wangen küsst.

„Ich wünsche euch einen schönen Urlaub. Macht euch keine Sorgen. Ich kann ja jederzeit anrufen, wenn Fragen auftauchen."

Als das Auto startet, schluchzt Lucía einmal laut auf und Alejandro hebt sie hoch. Dann winken wir einträchtig unse-ren Eltern nach.

VIER

Nun verabschieden sich auch Carmen und Alicia.

„Mach's gut, mein Junge. Ich weiß, du wirst die Mädchen gut beschützen." Sie wuschelt ihm durch das Haar, was er gar nicht zu mögen scheint, denn er kneift die Augen zusammen und zieht die Nase kraus, doch sie beachtet es nicht und wie üblich wehrt er sich nicht gegen sie. Ich frage mich, wie uns so jemand beschützen soll. Und vor allem, vor wem? Vor Einbrechern? Pferdedieben? Dem andalusischen Pardel-Luchs? Ich denke, das kann die Alarmanlage besser …

Als nur mehr das rote Rücklicht in der Ferne zu erkennen ist, lässt Alejandro unsere kleine Schwester runter und wir wenden uns zum Haus.

Ein Blick auf die Uhr. Langsam Zeit für die …

„Ich mache die Runde durch die Ställe." Paloma ist anscheinend entschlossen, Papas Rolle, die Rolle des Pferdewirtes, so gut wie möglich auszufüllen. Dankbar nicke ich ihr zu und sie marschiert mit ihren dünnen, leicht o-förmigen Reiterbeinen und einem wippenden, rotbraunen Pferdeschwanz in Richtung der Stallungen.

Dann bleiben also nur noch die Aufgaben meiner Mutter: die kaufmännische Führung des Gestüts, das Management des Beherbergungsbetriebes, Verkaufsgespräche, Marketing, die Haushaltsführung und das Kochen sowie natürlich Lucías Erziehung. Ich straffe die Schultern. Wenn sie das schafft, schaffe ich das auch. Denn ich bin jung, habe Kraft und eine gute Ausbildung. Schließlich habe ich Management studiert, zwar Hotelmanagement, aber ob Menschen, Pferde, Einhörner … Alles kein Problem.

„Also Lucía, ich denke, es wird langsam Zeit für dich. Bitte putz dir die Zähne und zieh den Pyjama an, dann sage ich dir später noch Gute Nacht, wenn du im Bett liegst. Ich muss erst mal die Küche fertig machen."

Sie verzieht das Gesicht. „Aber ich darf nach dem Essen immer eine kurze Serie schauen. Und Papa putzt mir die Zähne, ich kann das nämlich nicht so gründlich, und er singt dazu. Außerdem liest Mama mir dann doch eine Geschichte vor. Zwei Seiten. Nicht mehr und nicht weniger."

„Äh, wann gehst du bitte schlafen?" Ich war anscheinend viel zu lange nicht mehr über Nacht hier.

„Keine Ahnung, ich kann die Uhr noch nicht lesen."

„Also nicht vor zehn", mischt Alejandro sich glücklicherweise ein. „Ich mach das schon. Komm, Lu, ich schalte

49

dir den Streamingdienst ein. Was schaust du aktuell?" Die beiden entfernen sich diskutierend.

Ich werfe einen winzigen Seitenblick auf Fabio, der etwas unschlüssig neben uns steht, und marschiere dann entschlossen in Richtung Haus. Soll er ruhig wissen, dass er nicht zur Familie gehört und wir ihn hier nicht brauchen.

In der Küche verlässt mich erst mal kurz der Mut. Erschöpft lasse ich mich gegen den Türrahmen sinken und betrachte das Chaos. Ein Geschirrberg von neun Personen über mehrere Gänge samt langstieligen Weingläsern und die riesigen Töpfe, die nicht in den Geschirrspüler passen oder gehören, können jemanden wie mich schon erschlagen. Denn ich würde nicht behaupten, dass kochen zu meinen Hobbys gehört. Stöhnend räume ich ein bisschen herum, werfe unmotiviert die Essenreste in die Tonne, doch der Tag war lang und ich bin müde. Viel lieber möchte ich mich zum ersten Mal am heutigen Tag entspannen. Die Küche kann ich bestimmt auch morgen Vormittag machen …

Seufzend drehe ich mich um und springe im nächsten Moment vor Schreck beinahe in die Höhe. In der Küchentür steht, etwas verlegen, Fabio.

„Morgen reisen zwei Interessenten an, sie hätten eigentlich schon letzte Woche kommen sollen, haben dann aber beruflich bedingt abgesagt. Gestern kam der Anruf, ob sie morgen einchecken dürfen. Und deine Mutter hat zugesagt, weil ihr das Geld gut gebrauchen könnt. Das sollte ich dir sagen …"

Ach, verdammt. „Weißt du, um wie viel Uhr sie kommen und wie lange sie bleiben?"

Er schüttelt den Kopf. Also drücke ich mich an ihm vorbei durch die Tür, ignoriere die Wärme, die sein Körper dabei ausstrahlt, und gehe mit großen Schritten ins Büro. Der Schreibtisch sieht echt schlimm aus. Wie ungewöhnlich. Ich meine, das ist meine Mutter, die ordentlichste und diszipLinierteste Person, die ich kenne, nicht mal Isabelle ist so konstant in ihrem Perfektionswahn.

Ich wühle mich durch die Zettelwirtschaft. Ah, da ist der Kalender. Für morgen ist eine Anreise um acht Uhr früh geplant. Mist, wenn ich Pech habe, wollen sie auch noch ein Frühstück. Wie lange sie bleiben, steht nicht dabei. Ich vermute, einfach so lange, wie es dauert, bis sie das passende Pferd gefunden und sich aneinander gewöhnt haben.

„Sind eigentlich die Gästezimmer bereit?", denke ich murmelnd vor mich hin.

„Meines war sauber."

Erschrocken sehe ich auf, vor mir steht Fabio.

„Die anderen habe ich nicht gesehen", sagt er achselzuckend.

„Egal, dafür ist morgen noch Zeit, aber für das Frühstück sollte alles bereit sein. Ich muss mal sehen, was alles im Kühlschrank ist." Wieder begebe ich mich zurück in die

Küche. Das Chaos hat sich leider nicht von selbst aufgeräumt. Doch im Kühlschrank sind genug Eier, Schinken, Käse, Butter, auch süße Marmeladen. Das ist gut, dann benötigen wir nur frisches Gebäck.

Gerade kommen Alejandro und Lucía an der Küche vorbei. Als sie mich sieht, läuft Lucía herein und drückt mir ein Küsschen auf. „Buenas noches!"

„Schlaf gut! Äh, Alejandro, könntest du bitte morgen gleich in der Früh zum Bäcker fahren?"

„Ja, okay, mach ich. Ich bring sie jetzt ins Bett." Gemeinsam hüpfen sie die Treppe nach oben.

Gut, es hilft wohl nichts. Entweder ich stehe morgen um sechs Uhr auf oder ich mache jetzt hier klar Schiff. Zuallererst Spülmaschine ausräumen.

„Soll ich dir helfen?", kommt es von der Tür. Fabio lehnt mit den Händen in den Hosentaschen am Türstock. Ich weiß nicht, ob das provokant oder schüchtern aussieht.

„Nein, danke", murmle ich.

Er zuckt mit den Schultern und dreht sich um.

„Weißt du, was mich ehrlich interessiert?", hüpft es mir schnippisch von der Zunge.

Er stockt in der Bewegung und dreht sich langsam zu mir um. „Was denn?"

„Wieso hast du dem zugestimmt? Was hast du davon, hier den starken Mann zu spielen?" Ich funkle ihn an.

Er macht ein verwundertes Gesicht. „Was soll ich davon haben? Deine Familie bedeutet mir viel, ich bin hier aufgewachsen, ihr seid wie Geschwister für mich."

„Ha! Ja, genau. Und seine Schwester küsst man auch einfach und behandelt sie dann wie Luft!" Ups, das war jetzt schneller gesprochen als nachgedacht. Peinlich.

Für einen Moment bleibt ihm die Spucke weg, dann lacht er ungläubig. „Mari, du hast mich geküsst."

FÜNF

„Sag nicht Mari zu mir." So dürfen mich nur Menschen nennen, die mir nahestehen. Und er hat dieses Privileg verspielt. „Ich hatte zu viel getrunken und war froh, ein bekanntes Gesicht zu sehen. Und du hast das schamlos ausgenutzt und mich vorgeführt vor deinen Freunden."

Er nimmt die Hände aus den Taschen, kommt ein paar Schritte näher und sieht mich eindringlich an. „Was? Ich glaube, du hast Erinnerungslücken. Doch ich weiß nur zu gut, was passiert ist, denn ich war absolut nüchtern. Du hast in der Ecke des Lokals gesessen und geweint, mehrere leere Tequila-Gläser vor dir. Und obwohl wir uns ewig nicht gesehen hatten, bin ich rüber zu dir, um zu fragen, ob ich dir helfen kann. Du warst glücklich, mich zu sehen, und sagtest: *Fabio, du kennst mich doch, seit ich klein bin. Warum bin ich so einsam? Warum interessiert sich niemand für mich, warum liebt mich keiner?"*

O Gott, meine Gedärme verkrampfen vor Scham. Hab ich das tatsächlich gesagt? Doch leider klingt das nur allzu sehr nach den Gefühlen, die ich in der ersten Zeit in Tarifa hatte. Plötzlich wird mir unglaublich heiß, ich möchte im Boden versinken.

Doch Fabio fährt fort. „Und dann hast du die Arme um meinen Hals gelegt und mir deine Zunge in den Rachen gesteckt und ich …"

„Aaahh, genug! Hör auf!" Ich kneife die Augen zusammen und halte mir die Ohren zu. „Lalalalalala."

Als ich es wage, Augen und Ohren wieder zu öffnen, steht er mit verschränkten Armen und unergründlicher Miene vor mir. „Siehst du, deswegen dachte ich nicht, dass du Interesse daran hast, mit mir darüber zu sprechen."

Ich nicke unbeholfen oder vielleicht schüttle ich auch den Kopf, irgendwie alles gleichzeitig.

Seine Lippen deuten ein Lächeln an, doch seine Augen bleiben hart. „Ist doch egal, vergiss es einfach. Wir tun so, als wäre es nie passiert."

Irgendwas irritiert mich daran. Warum hat er dann heute Nachmittag davon angefangen? Was meinte er damit, er hätte energischer sein müssen? Mich von sich fernzuhalten? Autsch, das tut weh. Zuerst die Scham über mein peinliches Verhalten und nun auch noch die Ohrfeige, dass er sich von einer wie mir lieber nicht küssen lassen wollte. Wie heiße Säure brennt sich beides in meine Eingeweide.

Eigentlich weiß ich gar nicht, auf welchen Typ Frau er steht. Damals, bevor er unser Dorf verließ, hatte er noch keine Freundin gehabt, und wann immer ich ihn später aus der Ferne gesehen habe, war er mit männlichen Freunden oder seiner Schwester unterwegs.

Aber worauf wird er schon stehen? Ich meine, er hat ein paar Jahre den Surfertraum gelebt. Und Surfer stehen immer auf Surfer Girls – groß, dürr, blond oder zumindest gesträhnt, mit Triangel-Bikini-Tops über knappen Brazilian-Höschen. Alles, was ich nicht bin und mir nicht steht. Denn ich bin klein, habe viel Busen und auch sonst eine kurvige Figur, viel mehr Penélope Cruz als Alejandra Alonso, ach ja, und von blond bin ich so weit entfernt wie Málaga von Stockholm.

„Okay, danke." Meine Stimme klingt rau und tiefer als sonst. „Schön, dass das geklärt ist."

Er nickt stumm und presst die Lippen aufeinander. Wollte er noch etwas sagen? Mir egal, für den heutigen Tag habe ich genug Schreckensnachrichten erhalten. Ich wende mich wieder der Spülmaschine zu.

Unschlüssig räuspert er sich. „Also … ich geh dann mal, du weißt ja, wo du mich findest, wenn irgendetwas sein sollte …"

Ich nicke, ohne aufzusehen. Was sollte bitte schön sein?

Endlich geht er und ich arbeite weiter vor mich hin. Das Geschirr des heutigen Essens geht fast vollständig in die Spülmaschine, die ich sofort wieder starte. Den Rest sowie die Weingläser und Töpfe werde ich in der Spüle waschen.

Während ich heißes Wasser einlaufen lasse, kommt Paloma herein.

Die Stirn in Falten gelegt, lehnt sie sich neben mich an den Küchenschrank. „Rayan, unser neuer Stallbursche, sagt, Original hat heute nicht gefressen. Wir müssen ihn beobachten, ob er Schmerzen bekommt und rechtzeitig den Tierarzt rufen, bevor die Magenschleimhaut angegriffen wird."

Ich zucke zusammen, als hätte ich mich am heißen Wasser verbrannt. Original ist einer von Papas besten Zuchthengsten, ihm darf auf keinen Fall etwas geschehen, während ich hier verantwortlich bin.

„Darf ich im Stall schlafen?", fragt sie. „Das macht mir große Sorgen."

„Ja, bitte mach das und ruf mich sofort, wenn sich sein Zustand verschlechtert. Oder soll ich mich auch zu dir legen? Wir könnten uns mit der Wache abwechseln …"

„Nein, nein, ich schaffe das schon." Sie nickt mir tapfer zu, stößt sich ab und stiefelt nach draußen. Mit einem Kloß im Hals sehe ich ihr nach. Und das liegt nicht nur an Originals Beschwerden. Wie erwachsen sie plötzlich ist. Wie fremd wir uns in den letzten Jahren geworden sind. Die Schuld an diesem Versäumnis brennt wie ein kleines Feuer in meiner Brust.

In dem Versuch, das Gefühl abzuschütteln, mache ich mich nun regelrecht eifrig über die Küche her. Als die Berge von Geschirr verschwunden sind, stelle ich bestürzt fest, dass hier schon lange nicht mehr gründlich sauber gemacht wurde. Die Griffe der Küchenschränke sind klebrig, die Ecken staubig, der Boden versifft. Keinesfalls so, wie man zahlende Gäste empfängt. Isabelle würde dem Küchenpersonal im Hotel höchstpersönlich den Hals umdrehen, wenn es in ihrer Küche so weit käme. Was ist nur mit meiner Mutter los? Hat sie ein Burnout? Ist das der Grund für diesen Urlaub?

Kaum habe ich das Licht gelöscht, kommt Alejandro gähnend die Treppe herunter. Das erinnert mich an etwas. Ich werfe ihm einen herausfordernden Blick zu und nicke in Richtung Wohnzimmer. „Drei. Zwei. Eins. Go!" Beide flitzen wir los, in dem Versuch, der oder die Erste auf der Couch zu sein. Doch diesmal erreichen wir sie gleichzeitig und purzeln prustend übereinander.

„Und wer kriegt jetzt die Fernbedienung?", frage ich immer noch lachend, während wir uns gesitteter nebeneinandersetzen.

„Ach, nimm du sie, ich werde eh nicht lange schauen. Bin oben schon beinahe eingeschlafen. Lu hat mich einfach nicht gehen lassen, sie meinte, sie hätte Angst ohne Mama und Papa im Haus."

„Wir haben ja jetzt Fabio, der uns beschützt." Zynisch rolle ich mit den Augen.

„Dann sollte er aber lieber mal im Haupthaus schlafen, denn wenn …"

„Jetzt fang du nicht auch noch damit an!"

Er streckt sich und gähnt noch einmal. „Wo ist eigentlich Paloma?"

„Sie schläft heute im Stall, will Original nicht allein lassen. Der frisst nämlich nicht."

Langsam dreht mein Bruder den Kopf zu mir. „Allein?"

Die Frage irritiert mich. „Äh, ich weiß nicht genau, sie sagte was von Rayan?"

Er schüttelt missbilligend den Kopf und murmelt: „Nicht schon wieder! Die versuchen echt alles, um ungestört zu sein …"

„Waaaaaaas?" Mit einem Satz bin ich auf den Beinen. Der Stallbursche, den ich heute gesehen habe, ist ein erwachsener Mann, weit über dreißig. Und mit dem möchte sie die Nacht verbringen? Mit galoppierendem Herzen renne ich in den Stall.

In der leeren Box neben Original finde ich sie. Paloma liegt auf dem dick mit Stroh ausgelegten Boden, eine Decke unter sich, und liest aus einem Reitermagazin vor. Nicht weit von ihr entfernt sitzt, an die hölzerne Trennwand gelehnt und aufmerksam lauschend, ein ungefähr gleichaltriger Bursche, sechzehn, höchstens siebzehn. Überrascht über mein stürmisches Auftauchen, schrecken sie hoch.

Ich versuche, mir nichts anmerken zu lassen, und stoße die Luft aus. „Oh, hey, hallo, ich bin Marisol, bist du Rayan?"

Sofort springt er auf. „Nein, ich bin Iago, sein Sohn. Tut mir leid, haben Sie was dagegen, dass ich hier bin? Mein Vater war müde, aber wir sollten Original nicht allein lassen." Seine Stimme kiekst, die Wangen sind gerötet. Er siezt mich? Mit diesen dunklen Locken sieht er ein bisschen aus wie Fabio in dem Alter. Ach, verflucht. Ja, ich gebe es zu. Ich war damals in Fabio verknallt. Wer war das nicht? Gestorben wäre ich für eine Nacht allein neben ihm auf dem Stroh, ohne nervige kleine Geschwister.

Ich blicke zu Original. Er sieht gar nicht gut aus, die Ohren lässt er hängen und er zieht immer wieder ein Hinterbein zum Bauch.

„Alles gut, danke, Iago, dass du Paloma hilfst. Bitte ruft mich sofort, wenn es ihm schlechter geht."

Sie nicken und ich wende mich zum Gehen. Als ich am Gästehaus vorbeikomme, sehe ich Fabio auf der Stufe vor der Türschwelle sitzen. Es ist bereits dunkel und doch glaube ich, zu erkennen, dass er mich ansieht. Meine Wangen werden heiß, ob der Gedanken, die ich eben noch über ihn hatte. Also beschleunige ich meinen Schritt und fliehe ins Haus.

SECHS

Als ich am nächsten Morgen in die Küche stolpere, hat Alejandro schon Kaffee gemacht. Ihn selbst kann ich nicht entdecken, vermutlich ist er gerade beim Bäcker. Ist auch allerhöchste Zeit, die neuen Gäste kommen in einer Viertelstunde.

Ehe ich damit beginne, den Terrassentisch für die Gäste zu decken, nehme ich mir eine Tasse Kaffee und genieße ein paar Schlucke, während mir durch das offene Küchenfenster die noch morgensanfte Sonne ins Gesicht strahlt. Über dem nächsten Hügel kann ich doch tatsächlich einen Mönchsgeier kreisen sehen. Sie sind so selten geworden.

Wenig später ist der Tisch draußen gedeckt, die Eier sind gekocht, der Orangensaft ist gepresst, es ist drei Minuten vor acht und Alejandro ist immer noch nicht zurück.

Wie es wohl Original geht? Ich blinzle rüber zum Stall, aus dem soeben Rayan mit einer Schubkarre voller Pferdeäpfel herauskommt, und weiter zum Gästehaus, das vollkommen ruhig daliegt. Na, Fabio macht es sich hier anscheinend richtig gemütlich und schläft sich aus, während alle anderen arbeiten …

Da sehe ich Paloma mit Iago von der Koppel herkommen. Sie winkt mir zu und ruft strahlend: „Es geht ihm besser. Es waren böse Blähungen, aber heute Morgen hat er gefressen."

Lächelnd winke ich zurück. „Wie schön!" Die Erleichterung weitet meine Brust.

Gerade als ich genussvoll einen weiteren Schluck aus meiner Tasse nehmen will, raschelt es hinter mir und Alejandro kommt mit Lucía auf dem Rücken aus dem Haus.

Ich erstarre mitten in der Bewegung. „Alejo! Ich dachte, du bist längst beim Bäcker!"

„O nein! Das hab ich total vergessen. Tut mir echt leid." Zerknirscht lässt er Lucía herunter.

In dem Moment fährt ein Kombi mit Pferdeanhänger in den Hof und ein großer, dicker Mann sowie ein kleiner, dünnerer steigen aus.

Ich gehe ihnen entgegen und schüttle den Männern die Hand. „Buenos días! Herzlich willkommen bei uns. Wie wäre es gleich mit einer ersten Führung durch die Ställe?"

„Ach, nein, wir wollen erst mal frühstücken, sind gerade vier Stunden durchgefahren. Oh, wie nett, das sieht ja köstlich aus." Der Größere der beiden ist schon auf dem Weg zur Terrasse, der Kleinere folgt ihm lächelnd.

„Okay, also …" Unschlüssig, was ich tun soll, gehe ich erst mal zurück in die Küche. Soll ich schnell selbst fahren? Alejandro losschicken? Doch es dauert mindestens zwanzig

Minuten, bis er oder ich aus dem Dorf zurück wären. Soll ich ihnen beichten, dass ich kein Brot dahabe, oder sie erst mal mit Kaffee und Eiern ablenken? Allein die Vorstellung, was sie von mir denken werden, lässt mich erschaudern. Ich hasse es, unprofessionell zu wirken, nein, unprofessionell zu sein.

Mit einem tiefen Atemzug und zusammengepressten Lippen mache ich mich bereit, rauszugehen und ihnen die Wahrheit zu sagen. Da rast unser alter Land Rover, gefolgt von einer mächtigen Staubwolke, auf den Hof und Fabio springt heraus.

Entgeistert blicke ich ihm entgegen. Was wird das denn? Doch bereits im nächsten Moment reicht er mir durch das offene Küchenfenster eine große Papiertüte mit Brot und Gebäck. „Ich war schon früh munter und habe vor dem Haus meine Übungen gemacht. Als Alejandro zwanzig vor acht immer noch nicht da war, bin ich selbst losgefahren. Zum Glück lasst ihr immer den Schlüssel in der alten Karre stecken." Sein Grinsen ist breit und ehrlich. Meine Überraschung enorm.

Mit nunmehr offenem Mund nehme ich die Tüte entgegen. „Ja, äh, das liegt daran, dass der Schlüssel ständig verloren geht …" Ich kann nicht aufhören, ihn wie einen Alien anzustarren. War es etwa auch er, der für uns Kaffee gemacht hat?

Alejandro steht plötzlich mit dem Brotkorb neben mir und ich fülle das Gebäck hinein. Dann bringt er es nach draußen und als ich mich wieder zu Fabio drehen will, um mich zu bedanken, ist er bereits in den Wagen gestiegen und steuert ihn rückwärts an seinen Platz hinter der Scheune zurück.

Die nächste Stunde bin ich vollauf damit beschäftigt, Eier und Speck zu braten, Kaffeetassen aufzufüllen und Small Talk zu führen. Zum Glück hat Fabio Papa gestern gefragt, wie viele Pferde wir aktuell in der Yeguada haben, sonst hätte ich auf diese Frage nur eine vollkommen inkompetente Schätzung abgeben können. Und hätte meilenweit danebengelegen.

Endlich sind die Interessenten bereit, sich die Pferde anzusehen, und ich lege das Gespräch dankbar in Palomas Hände. Sie ist hier eindeutig der Profi von uns beiden.

Als sie aus meinem Blickfeld verschwunden sind, spute ich mich, in das Gästehaus zu kommen. Wenn die Zimmer nun auch nicht fertig sind, muss ich in Windeseile Zimmermädchen spielen, bis die Gäste von ihrer Tour zurückkommen. Ach verdammt! Die Zimmer sind zwar nicht richtig schmutzig, aber die Betten müssen bezogen und Armaturen und Flächen gewischt werden. Schließlich drapiere ich noch feinsäuberlich die Handtücher auf den Betten und öffne die Fenster, um die frische Morgenluft hereinzulassen.

Erschöpft trete ich aus dem Haus. Das war eine Menge Aufregung und das noch vor zehn Uhr morgens. Rechts von mir auf der Abgrenzung zum Reitplatz sitzt Fabio und sieht Paloma und den Gästen bei ihrem Proberitt zu. Mein erster Impuls ist, das Weite zu suchen, doch dann gebe ich mir einen Ruck und stelle mich neben ihn. Er wendet den Kopf und guckt interessiert unter einem Strohhut hervor, genauso einem, wie ihn auch die Stallburschen bei der Arbeit tragen.

Beim Anblick seiner grauen Augen vergesse ich beinahe, was ich sagen wollte. „Ich … Ähm. Danke wegen vorhin. Du hast mich gerettet." Sofort senke ich wieder den Blick, bevor ich auch noch rot werde.

„Kein Ding", sagt er und winkt freundlich ab.

„Ich gebe dir dann das Geld, ja?"

„Oder deine Eltern, wenn sie zurück sind. Nicht so eilig", sagt er breit lächelnd, dass sogar seine Zähne aufblitzen. Es entsteht eine peinliche Pause, in der mein Herz unangenehm gegen meinen Brustkorb hämmert. Hätte ich doch nur nicht auf seinen Mund geschaut. Ich muss irgendetwas sagen.

„Scheint, als sollte ich mich nicht zu sehr auf Alejandro verlassen." Etwas zu laut lache ich auf.

Unbeeindruckt zuckt er mit den Schultern. „Auf mich kannst du dich jedenfalls verlassen. Deshalb bin ich hier", sagt er ernst und mein Lachen verklingt unerwidert.

Wieder hämmert mein Herz, diesmal oben an der Kehle, und mein Mund wird trocken. Warum klingt das so feierlich, so nach großer Geste? Nun weiß ich noch weniger, was ich sagen soll.

Mit einer Grimasse, die ein Lächeln sein soll, nicke ich und wandere dann lieber schnell zurück ins Haus.

Zumindest hatte mein Bruder so ein schlechtes Gewissen, dass er für mich den Tisch abgeräumt und sich darum gekümmert hat, dass Lucía auch etwas anderes als Schokolade zum Frühstück zu sich nimmt. Da läutet das Telefon im Büro und ich laufe hinüber.

„Hallo? Ja, genau. Meine Mutter ist nicht da, kann ich Ihnen vielleicht weiterhelfen? … Nein, wir sind Züchter, wir stellen keine Pferde ein."

Oder? Nein, bisher zumindest nicht …

Kaum habe ich aufgelegt, läutet es erneut. „Hallo? Korrekt, mein Vater bietet High Level-Reitkurse an … auch auf Grand Prix-Niveau. Nein. Leider ist er für ein paar Wochen nicht da. Dürfen wie Sie zurückrufen, um die Termine zu vereinbaren? Okay. Danke. Auf Wiederhören."

Draußen hupt jemand. Ich sollte eine Rufumleitung auf mein Handy einstellen, damit ich hier nicht die ganze Zeit im Büro festsitze. Aber jetzt laufe ich erst mal raus.

Im Hof steht ein großer Laster mit Strohballen. „Ich kriege hier eine Unterschrift." Der Fahrer hält mir einen Zettel vor die Nase. „Und bitte machen Sie mir das Tor auf, damit ich rückwärts hineinfahren kann."

Ich unterschreibe und gebe ihm das Blatt zurück. Während er sich wieder in die Fahrerkabine schwingt, versuche ich fieberhaft, das Riesentor der Scheune aufzukriegen. So ein Mist. Es hakt, ich bin einfach zu schwach, so etwas ist Männersache.

Ach, verflucht, ich hasse es, wenn Mama recht hat. Ich hole tief Luft und schreie über den Hof: „Fabio!"

Sofort erscheint sein schwarzer Schopf in der Tür des Gästehauses. Ich winke und er kommt angelaufen. Dem Fahrer lächle ich entschuldigend zu, denn er trommelt schon ungeduldig mit den Fingern auf die Karosserie.

„Ich kriege leider das Tor nicht auf", raune ich kleinlaut, als Fabio vor mir steht.

„Aha, lass mal sehen." Mit ganzer Kraft wirft er sich dagegen und mit einem lauten Knarzen lässt es sich endlich aufdrücken. Wir treten zur Seite, er links vom Tor, ich rechts, und der Lastwagen setzt zurück.

Fabio wirft mir einen belustigten Blick zu, vermutlich freut er sich, dass er seine feierliche Ankündigung, mir hilfreich zur Seite zu stehen, gleich in die Tat umsetzen konnte, und mir wird beim Blitzen seiner Augen ein bisschen schummerig zumute. Errötend sehe ich zu Boden, da ich mein Lächeln nicht verbergen kann.

„Also, holst du den Stallburschen oder hilfst jetzt DU mir, alles abzuladen?" Er grinst und sieht mich herausfordernd an.

„Äh, ja, natürlich." Aus dem Stand sprinte ich los.

SIEBEN

Soweit läuft alles. Die Männer sind fleißig, die Kunden versorgt. Nur, was mache ich denn jetzt mit dem Mittagessen? Glücklicherweise ist Markttag und ich gehe zum Auto, um schnell Salat und scharfe Chorizo sowie Fleisch für heute Abend kaufen zu fahren. Das können wir grillen.

Als ich an der Scheune vorbeigehe, um den Land Rover zu holen, sehe ich, dass Fabio sich sein Shirt ausgezogen hat. Der Schweiß glänzt auf seinem muskulösen Oberkörper, während er die Strohballen aufeinanderstapelt. Die Jeans sitzen tief, sehr tief. Also echt! Das macht er doch absichtlich, um seine gestählten Flanken zu zeigen. Und das HIER, am Arsch der Welt und ganz ohne Publikum. Das kann er am Strand vor den Surfer Girls machen …

Aber die Übungen scheinen sich echt zu lohnen … Ich lege den Kopf etwas schief, um besser sehen zu können. Obwohl Iagos Vater Rayan um einiges älter ist als er, ist er mindestens genauso durchtrainiert. Das aber von echter Arbeit, nicht von ein paar Liegestützen und Sit-ups. War Fabio eigentlich immer schon so eitel? Ich kann mich nicht erinnern.

In dem Moment dreht er den Kopf und bemerkt, dass ich ihn beobachte. Vor Schreck lasse ich beinahe den leeren Einkaufskorb fallen. Doch dann winke ich damit, so cool das eben geht. „Ich fahre kurz auf den Markt."

Auch er hebt kurz die Hand zum Abschied und wischt sich dann mit dem Handrücken über die Stirn, während ich schleunigst ins Auto steige.

Die Kupplung des Land Rovers kratzt ein bisschen, ich bin lange nicht gefahren, doch glücklicherweise kriege ich ihn ohne Probleme in Gang. Wäre echt peinlich, wenn ich schon wieder Fabios Hilfe in Anspruch nehmen müsste.

Der Markt in unserem Dorf ist wundervoll. Klein und einfach, aber so authentisch, ohne Klamotten, Schuhe oder Souvenirs, ganz einfach herrlich frische Lebensmittel aus der Region. Sofort fühle ich mich zurückversetzt in meine Kindheit. Damals sind wir mit meinem Opa sogar mit dem Pferdewagen hergefahren. Das ist eine der wenigen Erinnerungen, die ich an meine Kindergartenzeit habe, aber wie könnte ich auch Abuelo und seine Kutsche jemals vergessen?

Sentimental lasse ich den Blick wandern. Das Schachbrettmuster des Platzes ist sonnenüberflutet, nur vor dem Portal der Kirche zeigt sich ein schmaler Streifen Schatten.

In dieser Kirche wurde ich getauft. Hier an diesem Platz empfingen mich Salven von Böllerschüssen zu meiner Primera Comunión. Und genau hier bei einem Volksfest wurde ich zum allerersten Mal geküsst. Es gibt nicht einen Fleck in diesem Dorf, der nicht durch meine Erinnerungen lebendig wird. Da ist immer noch derselbe alte Metzger, der mir stets eine Scheibe Wurst schenkte, und auch die nun schon runzlige Oma meiner Schulfreundin Alma steht immer noch hinter dem Gemüsestand. Glücklich seufzend nehme ich den Korb und werfe mich in die Menge.

Alle freuen sich übermäßig, mich zu sehen, fragen mich aus über mein neues Leben am Meer und wann ich denn endlich zurückkäme, um das Gestüt zu übernehmen. In achter Generation.

Ich winke, umarme und lache viel, vor allem über diese letzte Frage. „Hahaha! Das hab ich nicht vor. Und Mama wird auf ihrem Bürostuhl kleben bleiben, bis man sie damit ins Grab legt."

Hach. Wie gut das tut, all die bekannten Gesichter zu sehen. Obwohl ich gar nicht mehr so richtig hierher gehöre, lässt mich das keiner spüren. Gerade als ich mich fröhlich verabschiede und den vollen Korb zum Auto trage, klingelt mein Handy. Es ist Marcos. Von dem ich seit gestern kein Sterbenswörtchen gehört habe.

Erleichtert stelle ich den Korb auf die niedrige Mauer, die den Hauptplatz umgrenzt, und hebe ab. „Hola."

„Hi." Seine Stimmfarbe lässt mein Herz schneller schlagen. Fast hatte ich vergessen, wie schön sie ist.

„Sprichst du wieder mit mir?", frage ich vorsichtig. „Bist du noch böse?"

„Nein. Ich bin nicht böse. Es hat einfach wehgetan, dass du mich nicht dabeihaben wolltest. Früher haben wir immer alles gemeinsam gemacht", mault er.

Innerlich winde ich mich. Denn das schlechte Gewissen drückt auf meinen Magen. Wie hätte ich ihm auch sagen sollen, dass ich ihn ausgeladen habe, weil meine Mutter es von mir verlangt hat. Weil sie nichts von ihm hält, aber auch gar nichts. Weil sie einem Musiker unterstellt, zu faul für ehrliche Arbeit zu sein. Weil sie der Meinung ist, dass ich mit ihm auf Dauer nicht glücklich werde, und damit zumindest mir gegenüber nicht hinter dem Berg hält. Hätte ich ihm etwa sagen sollen, dass er bei meiner Familie unerwünscht ist?

„Ich weiß, es tut mir so leid. Aber hier geht es eben um Familienangelegenheiten. Das muss ich allein machen ..." *Allein mit Fabio*, schießt es mir durch den Kopf, aber das ist schließlich nicht auf meinem Mist gewachsen. Dennoch fühle ich mich mies, wie eine Lügnerin.

Er seufzt. „Ja, verstehe, aber ich vermisse dich schrecklich, mi amor."

„Ich dich auch," beeile ich mich, zu sagen und fühle mich noch mieser. „Aber, hey! Wie lief denn das Vorspielen für diesen Club in Marbella?" Gespannt halte ich den Atem an. Das wäre so ein tolles Engagement.

„Ach, ich bin nicht hingegangen, das ist einfach nicht meine Szene. Ich warte, bis ein besseres Angebot kommt", erzählt er leichthin.

Seine Worte fühlen sich wie eine kalte Dusche an. „Oh. Ach so." Enttäuscht sinke ich auf das Mäuerchen. Den Termin hatte ich ihm besorgt und das nur, weil Isabelle all ihre Kontakte hat spielen lassen.

„Dafür hab ich ein neues Lied geschrieben. Ich schicke dir nachher die Aufnahme. Jetzt muss ich aber los, mein Vater spendiert mir ein Mittagessen. Ich zähle die Tage, bis du wiederkommst. Te quiero, mi amor."

„Ich liebe dich auch", murmle ich, auch wenn sich die Liebe gerade hinter der Ernüchterung versteckt und nur ganz zaghaft hervorblinzelt.

Er hat aufgelegt, doch ich bleibe noch eine Weile sitzen. Ein Teil von mir ist erleichtert, dass Marcos nicht mehr wütend auf mich ist, dass er sich mit meiner Erklärung zufriedengegeben hat und wir nicht mehr streiten. Der andere Teil ist eigentlich recht froh, dass er nicht hier ist. Dass ich diesen Ort nicht mit ihm teilen, nicht mit seinen Augen sehen muss. Denn unser Dorf ist nichts Besonderes, weder besonders schön noch besonders reich. Aber es ist ganz besonders tief in meiner Seele verankert.

ACHT

Auch am nächsten Tag fällt glücklicherweise niemandem auf, dass ich nicht kochen kann, denn Alejandro hat sich von Lucía breitschlagen lassen, mit ihr Pizza zu holen. Nach dem Essen bietet er außerdem an, sie zu ihrer Freundin ins Dorf zum Spielen zu bringen, da er selbst auch Freunde treffen will.

Zwar wäre der Kindergarten im Sommer geöffnet, doch weil Paloma Schulferien hat, hat auch Lucía beschlossen, zu Hause zu bleiben. Außerdem kommt sie im Herbst in die erste Klasse, daher waren meine Eltern einverstanden, ihr einen ruhigen, faulen Sommer zu gönnen. Eigentlich seltsam, dass sie ihre Reise dann auch in diese Zeit gelegt haben. Na ja, mit Lu in der Schule wäre es vermutlich noch schwieriger geworden …

Gut, die beiden kommen also erst abends wieder. Die Gäste verschwinden in ihren Zimmern, um Siesta zu halten, Paloma macht sich auf die Suche nach Iago und ich beginne damit, den Tisch abzuräumen. Fabio stapelt die Teller aufeinander und trägt sie in die Küche. Stumm räumen wir nebeneinander die Spülmaschine ein.

Es überrascht mich, dass ich keinen Drang verspüre, etwas zu sagen. Mir nicht den Kopf zerbreche über ein unverfängliches Gesprächsthema. Es ist vollkommen okay so. Nein, wenn ich ehrlich bin, ist es sogar viel angenehmer, mit ihm zu schweigen, als zu sprechen.

Während ich heißes Wasser in die Spüle laufen lasse, wirft er sich ein Geschirrtuch über eine Schulter und lehnt sich wartend mit dem Rücken gegen den Küchenschrank.

Plötzlich schleicht sich ein Lächeln auf sein Gesicht, als wäre ihm eben etwas eingefallen. „Weißt du, woran ich gestern die ganze Zeit denken musste, als ich in der stickigen Scheune geschuftet habe?"

Ich schüttle den Kopf und muss leider auch wieder an gestern denken. Unwillkürlich rutscht mein Blick hinunter, über seine Brust, seinen Bauch. Da wende ich mich rasch wieder dem Wasser zu und gieße viel zu viel Spülmittel hinein.

„Wie man uns früher manchmal erlaubt hat, allein bis zum Stausee zu reiten, und wir dann gemeinsam mit den Pferden geschwommen sind. War das nicht unglaublich schön? Das fühlte sich so echt an, so ursprünglich. Ich weiß, ich war aus dem Alter eigentlich raus, und doch fühlte ich mich wie ein Indianer oder so." Er lacht verlegen.

Native American wollte er wohl sagen, aber ich verstehe, was er meint. Ich kenne das Gefühl, aus der Zeit katapultiert zu werden, und auch in meinem Fall spielen die Pferde darin die Hauptrolle. Aber vielleicht geht es auch gar nicht speziell um die Pferde, vielleicht spürt das jeder, der sich mit der Natur, mit einem Lebewesen verbindet, das nicht menschlich ist.

„Die Ausflüge waren wirklich toll." Ich lächle ihm zu und reiche ihm die tropfende Pfanne.

Mit Schwung zieht er das Tuch von der Schulter, stößt sich ab und nimmt sie entgegen. „Wollen wir das nicht machen? Einfach so?" BWL hin oder her, er ist noch immer genauso impulsiv wie eh und je. Und die kleine Marisol von früher will nur zu gern die Komplizin sein, mit der er Pferde stehlen geht.

Aber jetzt bin ich nicht mehr klein und ich trage Verantwortung. „Was, heute?"

Seine Augen leuchten. „Wir sind erwachsen. Wir haben keine Hausaufgaben", sagt er und ich muss lachen. „Wer sollte uns davon abhalten? In drei Stunden sind wir zurück."

Ich kaue auf meiner Unterlippe, kämpfe mit mir. Bin gefangen zwischen Wollen und Sollen. „Aber ohne Alejandro und die Mädchen? Das haben wir doch immer gemeinsam gemacht …" Ohne Frage suche ich nach Ausreden. Die Aussicht, mit ihm allein auszureiten, macht mich nervös. Aber andererseits wäre es herrlich, wieder mal im See zu schwimmen, und ich habe keinerlei Grund, nervös zu sein. Ich bin doch ohnehin vergeben und Marcos ist nicht mehr sauer auf mich. Also kann ich doch wohl mit einem alten Bekannten einen Ausflug machen. Ist doch das Normalste der Welt. Oder?

Und doch prickelt es unaufhörlich in meinen Adern. Ich fühle mich wie ein Schulmädchen, das etwas Verbotenes tut. Wir packen Badesachen und etwas zu trinken ein, nehmen einfach zwei Pferde, ohne Papa, so wie früher, fragen zu müssen, und reiten heimlich los. Mein Handy ist aufgeladen und gut verstaut. Meine Geschwister können mich also jederzeit erreichen. Außerdem sind sie erwachsen, bis auf Lucía natürlich, doch die ist in guten Händen …

Gerade heute ist es brütend heiß, die Luft steht und die Hitze flirrt über der staubigen Landstraße. Doch die Vorfreude auf den Spaß im Wasser treibt uns an.

Auch Fabio ist guter Laune. Vor mir im Schritt reitend pfeift er ein Lied, das mir bekannt vorkommt.

„Was ist das?"

Er dreht kurz den Kopf nach hinten. „Erinnerst du dich nicht?", fragt er grinsend. „Du und Alicia habt es ständig gesungen, wenn wir nach der Schule zu euch zum Reiten gingen. Im Gänsemarsch die Landstraße entlang. So wie wir jetzt."

„Ach! Das war doch wochenlang in den Charts … Das war, ähm … *Colgando en tus manos*. Hach, war das schön!", sage ich schwärmerisch wie der Teenager, der ich damals war.

77

Er lacht und pfeift wieder den Refrain, ich stimme ein und singe den Text dazu. Vor mir sehe ich seinen breiten Rücken und den gebräunten Nacken, darüber die schwarzen Locken und für einen Moment fühle ich mich wieder wie mit dreizehn. So voll der Sehnsucht nach Liebe, nach der GROSSEN Liebe. Voll des Hungers nach der Zukunft, danach, endlich erwachsen zu sein, nicht in dieser Warteposition zu verharren, sondern endlich aus mir rauszukommen, hier rauszukommen, ein eigenes Leben zu beginnen.

Das habe ich nun. Ich bin weg von hier, von diesem Ort, von meiner alles kontrollierenden Mutter. Ich habe einen großartigen Job, ein Leben in Tarifa, direkt am Meer, ich habe einen Freund. Und warum drückt es dann so in meiner Kehle, wenn ich Fabio vor mir sehe? Warum fühle ich mich, als fielen Ketten von mir ab, sobald ich auf einem Pferd sitze? Ketten, von denen ich nicht wusste, dass sie existieren. Warum fühle ich mich auf dem alten, staubigen Platz vor der Kirche so schrecklich daheim?

Soeben biegen wir von der Landstraße auf einen Feldweg ab. Die Vergangenheit sitzt tief, sie lässt sich nicht abschütteln. Oder müsste ICH dieses Mal nur energischer sein? Ich drücke meiner Stute kurz die Fersen in die Flanken und überhole Fabio in gestrecktem Galopp. Vielleicht lässt wenigstens er sich abschütteln. Doch wie befürchtet heftet er sich, ohne zu zögern, an meine Hufe.

NEUN

Verschwitzt und durstig kommen wir am Stausee an. In funkelndem Petrol breitet er sich vor uns aus. Ringsum die karstigen Berge und auf einem davon die graue Burg, das Castillo de Zahara de la Sierra. Was für ein Anblick! Tief atme ich ihn in mein Herz. Der Abschnitt ist menschenleer, nur ein paar Silberreiher staksen herum. Ich sitze ab, nehme die Flasche aus der Satteltasche, trinke und reiche sie an Fabio weiter, der auch abgesessen ist. Dann befreie ich mein Pferd vom Sattel und stehe unschlüssig herum. Wie haben wir das damals bloß gemacht? Wo haben wir die Bade-sachen angezogen? Hier ist weit und breit kein Versteck, kein Baum, kein Vorsprung.

Fabio hat sich das Shirt ausgezogen und weiß nun seinerseits nicht, was er tun soll. Verlegen lachen wir uns zu.

„Weißt du was, wir stellen die Pferde zwischen uns. Okay?", schlägt er vor.

„Ja, gute Idee."

Wir führen die beiden nebeneinander und stellen uns jeder auf eine Seite. Jetzt müssen die zwei nur noch brav stehenbleiben …

Rasch schlüpfe ich aus meinem Top und dem BH und ziehe das Bikinitop über. Zwischen den Pferdebeinen sehe ich, dass auf der anderen Seite zuerst die Reiterstiefel, dann Jeans und enge schwarze Boxer zu Boden fallen. Tja, für männliche Reiter ist allzu viel Bewegungsfreiheit nicht von Vorteil.

Auch ich streife die Reitschuhe ab, schäle mich aus den an mir klebenden Reitleggings und dem Slip. Dann schlüpfe ich in die Bikinihose. Wie befreiend! Und wie beängstigend. Fabio hat mich nicht mehr im Bikini gesehen, seit ich mit dreizehn in die Pubertät kam. Und mein Körper hat sich doch radikal verändert …

„Fertig?", fragt er von der anderen Seite.

„Mhm." Ich nicke zögerlich, was er gar nicht sehen kann.

„Reiten wir rein?" Er kommt zu den Köpfen der Pferde und greift nach dem Zügel. Seine Badeshorts sind kobaltblau wie der Himmel.

„Okay." Auch ich nehme die Zügel und lege sie der Stute wieder über den Rücken. Ach, verdammt, daran habe ich überhaupt nicht gedacht. Ich bin so klein, dass ich es ohne Steigbügel nicht allein aufs Pferd schaffe. Und kein Baumstamm oder Felsen weit und breit. Fabio hat anscheinend den gleichen Gedanken.

„Brauchst du Hilfe?" Er kommt näher und ich halte verlegen die Luft an. Ich kann sehen, dass er sich redlich bemüht, nicht auf meinen Busen zu schauen, doch mir in die Augen starren will er wohl auch nicht, also tanzen seine Augen etwas unruhig über mein Gesicht. Sein sonst so cooles Pokerface zuckt nervös.

Was für eine dumme Idee, hierherzukommen, nur wir beide, fast nackt und mit dem leidigen Kuss vor zwei Jahren im Hinterkopf. Aber jetzt gibt es kein Zurück mehr, ohne vollständig das Gesicht zu verlieren. Wir können hier in dieser unangenehmen Situation schließlich nicht ewig verharren.

Also gebe ich mir einen Ruck. „Ja, bitte." Dann drehe ich mich zum Pferderücken, greife mit der linken Hand die Zügel. Fabio stellt sich schräg hinter mich. Ich spüre die Schwingungen, die von seinem Körper ausgehen, obwohl er absolut regungslos dasteht, und seinen Atem an meinem Haar, sodass mir ein Schauer die Wirbelsäule hinunterkitzelt.

Ich winkle das linke Bein an und er legt die rechte Hand an meinen Rist, die linke unter mein Knie. Dann gibt er mir Schwung und ich werfe das rechte Bein über den Pferderücken. Etwas zu lange bleibt seine Hand auf meinem Schienbein – oder habe ich mir das nur eingebildet?

Nun läuft auch er zu seinem Pferd, stützt sich mit den Armen hoch und schwingt ein Bein darüber. Tja, groß genug müsste man sein.

„Auf geht's!", ruft er seltsam hektisch und treibt den Wallach an. Vermutlich ist er schon wieder in seinen persönlichen Wild West-Film eingetaucht.

Wir lassen die Pferde ins Wasser waten, bis ihr Bauch bedeckt ist. Fabio stellt sich auf den Pferderücken und macht einen Kopfsprung ins Wasser. Da er nun nicht hersieht, stehe auch ich ohne Hemmungen auf und springe jauchzend hinein.

Das kühle Wasser trifft auf meine heiße Haut und schmiegt sich an mich wie ein Stoff aus feinster Seide. Die Luft ist so klar, die Sonne so warm, der Himmel so blau. Das Glück schießt mir wie ein Pfeil mitten ins Herz. Es war eine GROSSARTIGE Idee, hierherzukommen.

Als Fabio wieder auftaucht, suchen seine Augen nach mir und unsere Blicke treffen aufeinander, etwas zu lange halten sie aneinander fest. In meinem Magen tanzen plötzlich Schmetterlinge. Da lächelt er und sein Lächeln ist echt, auch er sieht glücklich aus. Ich drehe mich auf den Rücken und hoffe, dass er nicht sieht, wie ich mit der Sonne um die Wette strahle.

Nebeneinander schwimmen wir in großen Zügen von den Pferden weg. Die beiden haben nun auch Gefallen an der Abkühlung gefunden und schwimmen im tieferen Wasser. Als Mensch dann in ihrer Nähe zu sein, wäre viel zu gefährlich. Doch aus der Entfernung drehe ich mich zu ihnen um und genieße den Anblick.

Mit einem kurzen Seitenblick auf Fabio überlege ich übermütig, ob ich ihn ärgern und anspritzen soll, doch ich habe noch gut in Erinnerung, wie er mich früher untergetaucht hat. Also lieber nicht.

Irgendwann sind wir abgekühlt und vom Schwimmen erschöpft und ich lasse ihm den Vortritt, aus dem See zu waten. Meine Stute hat sich bereits als Erste an Land begeben und knabbert am dünnen Gras des Uferstreifens.

Fabio legt sich in ihrer Nähe auf die Wiese, die Hände unter dem Kopf, und lässt sich von der Sonne trocknen. Ich hole mein Badetuch aus der Satteltasche und breite es am Boden aus, ehe ich mich neben ihn setze.

Er seufzt zufrieden. „Ist das Leben hier nicht wunderschön? Wir hätten niemals fortziehen dürfen."

Meine Neugier lässt sich nicht im Zaum halten, sie prescht einfach vor. „Was willst du eigentlich arbeiten, wenn du mit dem Master fertig bist?"

„Keine Ahnung, mir graut davor, den ganzen Tag in einem Büro zu sitzen." Er stöhnt auf, als bereite ihm allein der Gedanke Schmerzen.

Das lässt mich auflachen. „Warum studierst du dann gerade BWL?"

Er zuckt mit den Schultern. „Meine Mutter meinte, es wäre das Vernünftigste. Und es stimmt ja auch."

Ich verkneife mir ein spöttisches Grinsen. „Äh, nichts gegen deine Mutter, aber sie kann nicht wissen, was das Beste für DICH ist." Milchbubi, also echt.

Er zieht die Augenbrauen steil zusammen. „Sie hatte bisher immer recht", beharrt er stur.

„Pff." Ich pruste los. „Du bist echt voll das Muttersöhnchen. Und das mit sechsundzwanzig."

Nun setzt er sich auf und sieht mich ärgerlich an. „Ist doch egal, ob das meine Mutter oder sonst wer ist, aber warum kann man denn einer Person, die mehr Lebenserfahrung hat als man selbst, nicht mal vertrauen? Vor allem dann, wenn sie nur das Beste für einen will …"

Dios mío, der nimmt die Sache total ernst. „Klar, bitte, Fabio, ich halte dich nicht davon ab. Du musst tun, was ein Mann, äh … ein Muttersöhnchen tun muss. Hahaha."

Nun ist er wirklich gekränkt. Zumindest lässt er den Kopf auf die Arme sinken, die er auf seine angezogenen Knie gelegt hat. Ach Gott, der versteht echt keinen Spaß. Wir haben einander doch immer aufgezogen, das war unser THING. Die Zeiten sind anscheinend auch vorbei. Sofort tut es mir leid, dass ich ihn so ausgelacht habe.

Ich rücke etwas näher zu ihm und stupse ihn mit der Schulter an. „Hey, na komm. Ist doch schön, dass du zu deiner Mutter so ein gutes Verhältnis hast. Sorry, dass ich gelacht habe." Vielleicht bin ich einfach nur neidisch.

„Es tut dir gar nicht leid", jammert er, das Gesicht immer noch versteckt. Heult er etwa? O Mann, jetzt kriege ich echt ein schlechtes Gewissen.

Doch plötzlich hebt er den Kopf und grinst. „Aber es wird dir leidtun!" Und er überfällt mich mit einer Attacke auf meine kitzeligsten Stellen, die Taille und die Knie, was mich so laut schreien lässt, dass die Reiher davonfliegen und meine Stute erschrocken einen Schritt zur Seite macht.

Verflucht, er kennt mich einfach viel zu gut. Nicht im Traum hätte ich gedacht, dass er sich daran noch erinnert. Die Freude darüber schwillt gemeinsam mit dem Lachen in mir an.

„FABIO! Hahaha. Lass mich! Hahaha." Mein ganzer Körper kribbelt wie von tausend Ameisen. Seine Hände an meinem Körper, er so nahe. Das ist grausam, peinlich und gleichzeitig wunderschön.

„Ich kann nicht mehr. Mir tut alles weh." Lange habe ich nicht mehr so befreit gelacht. Noch nie hat sich ein Lachen, das so wehtut, so fantastisch angefühlt.

Endlich lässt er von mir ab und fällt theatralisch neben mir auf die Wiese. Ich bin außer Atem, mein Herz rast wie wild. Eine Weile liegen wir stumm nebeneinander. Mein Atem beruhigt sich, mein Herz eher nicht. Was er wohl gerade denkt? Ich meine, bedeutet das etwas? Also etwas anderes als *Du bist wie eine kleine Schwester für mich*?

Da sagt er: „Bist du gern in Tarifa? Ich meine, willst du dort bleiben?" Seine Stimme klingt rau und nachdenklich.

„Hm, schon, ja, ich habe mir dort was aufgebaut, ich liebe den Job im Hotel und die Freunde, die ich gefunden habe." Beim Gedanken an Tarifa, an Isabelle, meine Arbeit, breitet sich Wärme in mir aus und ich muss lächeln.

„Und Marcos", sagt er.

„Ja … und Marcos", murmle ich, während mein Lächeln langsam verblasst.

Plötzlich fröstelt es mich. Ist das ein kalter Hauch Bedauern, der über meine Arme streift? Darüber, dass es mittlerweile so schwierig zwischen Marcos und mir ist?

Doch Fabio hat ihn auch gespürt, er springt auf, und als er besorgt in Richtung Himmel starrt, stelle ich mich neben ihn. Über einem entfernten Berg bewegen sich dunkle Wolken in rasanter Geschwindigkeit auf uns zu.

„Besser, wir beeilen uns", sagt er. „Der Sturm ist direkt hinter uns."

ZEHN

Eine Stunde später erreichen wir die Finca. Der Ritt war flott, denn die Pferde wollten nach Hause und der Rückenwind war stark. Ihr Fell ist staubig, mein Haar verfilzt. Der Himmel hinter uns wird dunkler und dunkler.

Als wir am Platz vor dem Stall absitzen, eilt Paloma uns entgegen. „Wo wart ihr?", ruft sie ärgerlich. „Die Gäste wollen das Geschäftliche besprechen. Und alle Pferde müssen von den Koppeln."

Sie ist ganz blass. Verdammt! Ich hätte nicht wegreiten dürfen. Ich bin doch hier verantwortlich.

„Tut mir echt leid. Jetzt sind wir ja da." Schnell führe ich die Stute in ihre Box, ehe ich wieder rauslaufe. Ich werde mich später um sie kümmern, wenn alle anderen Pferde in Sicherheit sind.

„Wohin sollen wir gehen?", frage ich meine Schwester.

„Die Stuten und Fohlen sind schon im Stall, die Zuchthengste auch. Iago und Rayan holen jetzt die Wallache."

„Gut, dann gehen wir zu den Junghengsten." Ich greife mir ein paar Führstricke und reiche Fabio welche davon.

Wir wechseln nur einen kurzen Blick, dann rennen wir los. Auf der Koppel herrscht schon das Chaos. Die Tiere sind aufgeregt, spüren das drohende Unwetter, ein paar besonders nervöse Junggesellen kloppen sich bereits. Ultimado hat zwei Bisswunden und verdreht panisch die Augen. Seine Angst findet über all die Meter bis in mich hinein, lässt mich nur mehr flach atmen. Wenn zwei Hengste wirklich aufeinander losgehen, ist das brutal gefährlich, für sie und für uns. Hektisch blicke ich mich um und versuche einzuordnen, wer ihn angegriffen hat, doch ich kann den Aggressor nicht ausmachen. Die beiden dürfen sich auf keinen Fall wieder in die Quere kommen.

„Bitte, nimm den Schimmel dort", schreie ich zu Fabio gegen den Wind, da er gleich in seiner Nähe steht. Demonio donnert mit den Hufen gegen den Zaun und macht seinem Namen heute wieder alle Ehre. Mit flatterndem Herzen beobachte ich, ob Fabio ihm gewachsen ist, doch er scheint keine Angst zu haben und überträgt diese Ruhe auch auf den Hengst. Erleichtert seufze ich auf und nehme dann gleich drei Braune, die allerdings sehr ruhig und gelassen aussehen. Hoffentlich bleiben sie es auch. Am Stalleingang nimmt Paloma mir und Fabio die Jungs ab, sodass wir sofort wieder hinauslaufen können.

Fabio greift sich erneut einen Wilden und kämpft sich mit ihm bis zum Stall, dann ist er wieder da und nimmt zwei weitere.

Nun donnert es schon in der Ferne und Ultimado läuft immer noch kopflos herum, schäumt aus dem Maul. Zuerst die Verletzungen und nun der Donner, das ist einfach zu viel für ihn. Ich schicke ein Stoßgebet in Richtung Himmel. Bitte nicht in Panik ausbrechen. Bitte nicht noch mehr Verletzungen. Hoffentlich greift er mich nicht an. Langsam nähere ich mich ihm und rede leise auf ihn ein, doch der Sturm treibt meine Worte weg und ich bin nicht sicher, ob er mich überhaupt hört. Immer wieder zuckt er vor meiner Hand zurück. Dann endlich lässt er mich das Halfter greifen.

„Komm, komm, mein Junge. Komm mit mir. Im Stall bist du in Sicherheit." Gott sei Dank, ich habe ihn. Erleichtert atme ich aus. Der Ärmste, wie er zittert.

Wie ich feststelle, sind wir die Letzten auf der Koppel. Fabio hat auch die restlichen Pferde bereits hineingebracht. Das ist gut. Ich denke, in seinem Zustand ist es tatsächlich besser, wenn Ultimado allein mit mir geht. Doch auch das ist leichter gesagt als getan.

Wieder und wieder versucht er, sich loszureißen, doch ich zerre mit aller Kraft an Halfter und Strick und wir kommen vorwärts. Dann jedoch brüllt der Donner direkt über uns, so laut, dass selbst ich erschrecke, und der vor Kraft strotzende Hengst will nur noch weg.

Wie von Sinnen drängt er nach vorn und reißt mich mit sich. Erneut greift die Angst nach mir, krallt sich an meinen

Rücken wie der Pardel-Luchs an sein Opfer. Die Angst, dass er mich überwältigt, mich verletzt. Doch die Angst, dass er panisch auf die befahrene Straße laufen oder sich kilometerweit weg in die Berge flüchten könnte, ist noch gewaltiger. Mit verzweifelter Kraft drücke ich seinen Kopf nach unten zu mir, sodass er nicht losstürmen kann. Ich selbst muss schon neben ihm herlaufen. Aufgebracht schüttelt er den Kopf, will mich loswerden und wir sind immer noch viel zu schnell und unkontrolliert unterwegs. Das Stalltor ist direkt vor uns, wenn ich jetzt nicht loslasse, pralle ich gegen den Rahmen.

„Bleib endlich stehen", flehe ich schon unter Tränen, doch meine dünne Stimme beeindruckt ihn nicht. Ich muss jetzt loslassen, ich muss mich selbst retten. Wenn ich es denn noch schaffe. Meine brennenden Hände lösen den Griff. In dem Moment treten Paloma und Fabio aus dem Tor. Meine Schwester reißt reaktionsschnell die Arme hoch.

„Holla! Holla!", schreit sie und Ultimado macht vor Schreck eine Vollbremsung.

Ich kann so schnell nicht stoppen und werde von Fabio aufgefangen. Wir stoßen zusammen, meine Stirn schlägt auf seinem Schlüsselbein auf. Zischend ziehe ich die Luft ein, mein Kopf fühlt sich an, als wäre er in zwei Hälften gebrochen. Verdammt, tut das weh. Auch meine Finger, die ich reflexartig an die Stirn presse, pulsieren, ich hatte sie viel zu fest um Halfter und Strick gekrallt. Ultimado! Trotz des dröhnenden Schmerzes drehe ich den Kopf. „Geht es ihm gut?"

Doch Paloma hat den Hengst erwischt und führt ihn bereits in den Stall. Ich atme aus und vor Erleichterung werden meine Beine ganz schwach. Da fällt mir auf, dass Fabio mich immer noch festhält. Beschämt blicke ich zu ihm auf.

„Alles okay?", fragt er und seine grauen Augen sehen besorgt aus. Fest und warm spüre ich seine Hände an meinen Oberarmen. Ein krasser Gegensatz zu dem unruhigen, kalten Wind, der um uns herumpfeift. Es fühlt sich unglaublich gut an, von ihm gehalten zu werden. ER fühlt sich unglaublich gut an. Ich sollte wirklich nicht …

„Alles okay." Hastig nicke ich und zwinge mich, einen Schritt zurückzutreten. „Tut mir leid und … ähm, danke."

Langsam ist es echt peinlich, dass er mich dauernd retten muss. Ich hoffe, Mama fragt am Ende nicht, ob er mir eine große Hilfe war, denn dann werde ich lügen, dass sich die Balken biegen. Das verspreche ich.

„Kein Problem", sagt er leise und sieht mich weiter an. „Zum Glück ist ja nichts passiert."

Nichts passiert? Das Klopfen meines Herzens widerspricht etwas zu deutlich.

Da kommt Paloma wieder zum Vorschein. „Tja, ein Angsthase und ein Gewitter sind wohl einer zu viel", stellt sie trocken fest. „Geht ruhig ins Haus, ich kümmere mich um eure

Pferde." Und murmelt dann, während sie schon das Tor schließt: „Was habt ihr nur getrieben? Die sind ja total verdreckt …"

Da lächelt Fabio mich an. Es ist ein verschwörerisches Lächeln, ein verbindendes. Es ist so neu und irgendwie ganz alt. Es ist so schön, dass es fast mehr wehtut als mein Kopf. Aus dem Gleichgewicht gebracht, wende ich mich ab und laufe zum Haus. Denn von diesem Lächeln brauche ich erstmal Erholung.

Nach einer Stunde ist alles vorbei. Im Endeffekt war dieser Sturm viel Lärm um nichts. Hat viel Staub aufgewirbelt, hat einen Höllenkrach und die Pferde verrückt gemacht. Aber es fiel nur wenig Regen und zurück bleibt ein blauer Himmel. Und ein aufgewühltes Herz.

ELF

Alejandro und Lucía kommen gegen sechs Uhr aus dem Dorf zurück. Sie sind aufgedreht nach einem lustigen Tag mit ihren Freunden und mein Bruder bittet mich, am Abend Lucía ins Bett zu bringen, da er irgendjemandem versprochen hat, heute auch noch irgendwohin auszugehen. Leider sagen mir weder die erwähnten Personen noch die genannten Orte etwas. Ein weiteres Zeichen dafür, dass ich in den letzten zwei Jahren viel zu wenig Zeit mit ihm verbracht habe. Das macht mich traurig.

Natürlich nicke ich großmütig. Er ist jung, er hat sein Abitur bestanden, er hat Ferien, bevor er sich endlich entscheiden muss, was er mit seinem Leben zu tun gedenkt. Da gönne ich ihm jeden Spaß. Oder fast jeden.

„Aber Alejo…" Ich halte ihn zurück, ehe er auf sein Zimmer geht, um sich für den Abend fein zu machen. „Versprich mir was. Du kannst auch gern bei jemandem übernachten, aber fahr bitte nicht betrunken und fahr bei keinem Betrunkenen mit. Ich will nicht, dass dir was passiert."

Mir ist bewusst, dass ich mir bei ihm keine Sorgen machen muss, er könnte irgendein naives Mädel schwängern, aber Unfälle von betrunkenen Partygästen kommen hier bei uns leider viel zu häufig vor. Es gibt einfach keine Clubs und Discos in der Nähe.

„Oder du rufst mich an und ich hole dich ab. Oder Fabio. Ja?" Im ersten Moment bin ich selbst überrascht, dass ich Fabio nun schon als Retter in der Not mit einkalkuliere.

Lächelnd drückt er mir einen Kuss auf die Wange. „Das wird nicht nötig sein, aber danke."

Das Abendessen läuft gut. Ich habe tatsächlich eine recht passable Paella zustande gebracht, ganz allein, wohlgemerkt. Ist zwar nichts Besonderes, aber niemand beschwert sich. Allerdings bedankt sich auch niemand.

Während Lucía ihre Serie guckt, hilft Paloma mir, die Küche wieder sauber zu machen. Fabio sucht im Getränkeschrank nach einem Sherry, der nicht von der Lieblingssorte meines Vaters ist, aber dennoch gut genug, um die Verkaufsgespräche weiter voranzubringen.

„Ruiseñor scheint perfekt für ihre Zwecke zu sein, nur der Preis hält sie noch zurück", meint Paloma achselzuckend.

Fabio grinst und winkt mit der Flasche. „Wenn es jemand richten kann, dann *González Byass Alfonso Oloroso*."

„Viel Glück", wünschen Paloma und ich unisono, während er nach draußen geht.

„Also … ich mache dann die letzte Runde im Stall", kündigt Paloma an und kramt verstohlen in der Schublade mit Snacks.

„Ich habe hier noch *Cheetos*. Oder mag Iago lieber *Risketos*?", frage ich grinsend.

Mit roten Wangen dreht sie sich zu mir um. „Ich, äh …"

Entschlossen drücke ich ihr die *Cheetos* in die Hand. „Viel Spaß!" Meinetwegen muss sie nicht auf ein krankes Pferd warten, um Zeit mit ihm zu verbringen. Glücklich lächelt sie mir zu und läuft raus.

Nun geselle ich mich zu Lucía auf die Couch. „Na, was guckst du?"

Sofort robbt sie näher und kuschelt sich in meine Armbeuge. „Miraco… Miraculo… also Ladybug und Cat Noir", nuschelt sie schon sehr schläfrig.

„Kann ich ausschalten? Dafür trag ich dich auch nach oben."

Sie nickt ergeben. Bei diesem Angebot kann sie auch nicht Nein sagen, denn sie liebt es, getragen zu werden. Ich weiß nicht, warum das so ist. Vielleicht mag sie es, sich manchmal wieder wie ein Baby zu fühlen, vielleicht fühlt sie sich auch einfach gern so ähnlich wie ich auf einem Pferd. Erhaben, getragen, geborgen.

Wir putzen gemeinsam ihre Zähne und ich helfe ihr in den Schlafanzug.

„Ich bin zu müde zum Lesen", sagt sie gähnend. „Aber legst du dich noch zu mir?"

„Klar." Mit einem Seufzer der Zufriedenheit bette ich mich neben sie und streichle ihren Rücken.

„Schön, dass du da bist", wispert sie schon mit geschlossenen Augen.

„Das finde ich auch", flüstere ich kaum hörbar, denn ich glaube, sie ist bereits eingeschlafen.

Eine Weile betrachte ich sie noch und lausche ihren tiefer und tiefer werdenden Atemzügen, dankbar, dass sie ein so unkompliziertes Kind ist. Das muss sie als viertes Kind und neben achtzig Pferden wohl auch sein. Sie nimmt sich schon, was sie braucht. Fehlt es ihr an Kuscheleinheiten, klettert sie bei einem von uns auf den Schoß, ist ihr nach Anerkennung zumute, führt sie eine große Show auf und wir sind ein dankbares Publikum. Sie übernachtet bei Freundinnen, seit sie vier ist. Ich erinnere mich, dass ich erst sehr viel später gewagt habe, woanders als zu Hause zu schlafen. Ich war auch ganz anders damals, konnte mich nur schlecht von meiner Mutter trennen, obwohl wir gar keine enge Beziehung hatten. Vielleicht waren auch einfach nur die Zeiten anders …

Als ich wieder nach unten komme, höre ich, dass die Männer immer noch mit Fabio auf der Terrasse plaudern und lachen. Kurz bleibe ich stehen und lausche. Da ist es wieder. In meinem Magen breitet sich Wärme aus. Ich mag sein Lachen, ich mochte es immer schon. Es ist hell und frech, es lässt mich schmunzeln.

Aus Angst, beim Lauschen ertappt zu werden, beschließe ich, ins Büro zu gehen und nachzusehen, welche Termine morgen anstehen und ob meine Mutter E-Mails bekommen hat. Doch die Unordnung auf dem Schreibtisch macht mir echt zu schaffen und so beginne ich, die vielen Unterlagen zu sortieren.

Als man endlich wieder das glatte, dunkelbraune Holz des Tisches sehen kann, fällt mir ein hübscher Rahmen in die Hände, der unter einem großen Berg Papier begraben lag. Ich drehe ihn um und lasse ihn beinahe wieder auf den Tisch knallen. Denn auf dem Bild sehe ich mich selbst. Ein Foto von mir, vielleicht vier, fünf Jahre her. Es muss um die Zeit entstanden sein, als ich von zu Hause auszog.

In meinem Bauch zieht es schmerzhaft, während ich mich betrachte. Mein Lächeln ist breit und siegessicher, mein Blick in die Ferne gerichtet, als sähe ich schon meine Zukunft heranrollen. Warum hat sie das Bild auf ihrem Schreibtisch? Hat sie mich etwa vermisst? Bei dem Gedanken beschleunigt sich mein Herz, fast so, als wolle es davonstürmen und sich Augen und Ohren dabei zuhalten. Denn ich habe mich nie gefragt, wie sich meine Mutter wohl gefühlt hat, als ich mit fliegenden Fahnen von hier fortgestürmt bin. Sie hat auch nie gesagt: „Bleib", kein einziges Mal gesagt: „Ich werde dich vermissen". Nie hätte ich gedacht, dass ich ihr tatsächlich fehlen könnte. Langsam lege ich das Bild wieder umgedreht auf den Tisch. Denn jetzt, zumindest für den Moment, bin ich ja da.

Es klopft und Fabio steckt den Kopf herein, seine Wangen und die Nase sind ein bisschen gerötet. *Der verträgt wohl den starken Jerez nicht*, denke ich schmunzelnd.

„Sie nehmen ihn", sagt er mit funkelnden Augen. „Morgen reisen sie ab. Wir sollen die Verträge klarmachen."

Bei seinem Anblick macht mein Magen einen kleinen Sprung. Das ist bestimmt die Freude über den Erfolg. Er hat es tatsächlich geschafft. Schon wieder bin ich froh, dass er hiergeblieben ist.

„Oh! Das ist super!" Begeistert klatsche ich in die Hände. „Ich gratuliere dir zu deinem Verkaufstalent."

Er winkt bescheiden ab und kommt herein. „Ach, sie wollten ihn eh. Manche Menschen brauchen halt nur einen kleinen Schubs in die richtige Richtung. Das hat übrigens meine Mutter immer schon gesagt … nur so zur Info."

Sein schelmisches Grinsen lässt mich auflachen. Retourkutsche angekommen. „Kluge Frau!"

Immer noch lächeln wir einander an, da läutet mein Handy. Es ist Papa über Videoanruf. Na, dass die beiden sich auch mal melden.

„Hallo, Papa!", rufe ich immer noch mit einem breiten Grinsen im Gesicht.

„Marisol. Ist Alejandro bei dir?" Seine Stimme klingt seltsam gepresst und er sieht ernst aus. Mein Lächeln gefriert.

„Ähm, nein, er ist ausgegangen", flüstere ich voll Argwohn. Wieso klingt er so komisch?

„Dann hol bitte Fabio dazu. Ich mag nicht, dass du allein bist." Mein Herz stolpert bei seinem ernsten Tonfall. Sofort legen sich Ketten der Angst um meine Brust. „Ja. Er … er ist schon da."

Verwundert geht Fabio um den Schreibtisch herum und stellt sich neben meinen Stuhl. „Hola, José." Er beugt sich nach vorn und stützt die Unterarme auf die Tischplatte, um auch auf das Display sehen zu können.

„Mi corazón, ich muss dir was sagen … Ich … Wir haben gelogen. Mama und ich sind nicht im Urlaub. Wir sind im Krankenhaus." Ich ziehe scharf die Luft ein. Was …?

„Es geht ihr schon eine Weile sehr schlecht und Doktor López hat uns zu einem Spezialisten nach Madrid geschickt, weil er eine schlimme Vermutung hatte. Und die hat sich heute leider bestätigt." Er schluckt. „Deine Mutter hatte einen stummen Herzinfarkt."

Ein Taumel erfasst mich. „Bitte nicht!" Was bedeutet das?

„Wann genau, kann man nicht mehr exakt feststellen, es kann Monate oder sogar Jahre her sein. Aber nun ist bereits eine erhebliche Menge Muskelgewebe abgestorben, ihre Herzfunktion ist nur mehr zu dreißig Prozent vorhanden."

Meine Atmung geht nun stoßweise, abgehackt. Ich schüttle widerwillig den Kopf, als könnte ich das Gehörte damit wieder loswerden. Fabio legt bestürzt eine Hand über seinen Mund.

Unbeirrt, wie einem schaurigen Drehbuch folgend, fährt mein Vater fort. „Sie wollte nichts sagen, ohne zu wissen, was wirklich los ist. Gleich morgen wird sie operiert, bekommt mehrere Katheter gesetzt und bleibt ein paar Tage zur Beobachtung hier. Aber die Ärzte haben uns nicht viel Hoffnung gemacht. So geschwächt, wie ihr Herz ist, bringen diese Stents meist nur kurzfristig Verbesserung." Seine Lippen zucken. Er wischt sich über die Augen. „Wir müssen mit dem Schlimmsten rechnen." Beim letzten Satz bricht seine Stimme weg. „Ich melde mich morgen", flüstert er und legt einfach auf.

Bei der Vorstellung, wie meine Mutter am Herzen operiert wird, setzt meine Atmung beinahe gänzlich aus. Narkose, Blutkonserven, Beatmungsgerät. Ich bin wie erstarrt oder wie erschlagen, kann mich nicht rühren. Immer noch starre ich auf das schwarze Display in meiner Hand und weiß nicht, was ich fühlen soll. Er hat geweint. Ich habe meinen Vater noch nie weinen sehen. Er weint um sie, die auch zu ihm herrisch und kontrollierend ist. Doch er weint um diese Ehe, weint um sie.

Als Fabio mir behutsam das Handy aus der Hand nimmt und vor mir auf den Tisch legt, werde ich aus meiner Trance gerissen.

Mechanisch stehe ich auf. Ich muss etwas tun. Aber … was soll ich tun? Wird von mir erwartet, dass ich diese grauenvolle Nachricht an meine Geschwister weiterleite? Wird von mir erwartet, dass ich schweige?

Fabio steht direkt vor mir, doch ich sehe durch ihn hindurch. Alejandro macht Party, Paloma ist verliebt, Lucía schlummert friedlich in ihrem Bett und ich soll entscheiden, wann ich ihr Leben zerstören darf?

„Mari." Sanft legt er die Hände auf meine Schultern und ich hebe den Kopf, sehe in seine grauen, schmerzerfüllten Augen. Sogleich rinnt eine einzelne Träne meinen Nasenflügel entlang.

„Mari", sagt er noch einmal behutsam. „Atme."

Einer Ertrinkenden gleich suche ich vergebens nach Sauerstoff und schließe verzweifelt die Augen.

„Ich weine wegen Lu. Sie ist noch so jung. Sie kann doch nicht ohne Mutter aufwachsen. Sie …" Es werden mehr Tränen. Und mehr Verzweiflung.

Er zieht mich an sich, hält sanft meinen Kopf an seine Brust gedrückt.

„Du kannst auch deinetwegen weinen", flüstert er mit belegter Stimme und ich spüre sein Herz, das so leise und

tröstlich schlägt, als könnte es mich wieder an die Ober-
fläche ziehen.

Trotzig schüttle ich den Kopf. Und beginne zu schluchzen.

ZWÖLF

Irgendwann führt Fabio mich zu der Chaiselongue in der Ecke und legt mich hin, breitet eine Decke über mich und ich starre auf die alte, schmutzig weiße Hängeleuchte über mir. Grau wie das Gesicht meiner Mutter vor ihrer Abreise. Mich schaudert.

Dann zieht er Aktenordner heraus und kommentiert jede seiner Tätigkeiten. „Ah, da ist ja der Stammbaum von Ruiseñor, den kopiere ich gleich. Oder muss ich ihnen das Original geben? Und wo sind die Unterlagen vom Tierarzt? Ah ja. So, wo könnten durchsichtige Aktenhüllen sein? Vielleicht in einer der Schubladen? Hier? Nein. Hier auch nichts. O Mann, ich finde keine."

Keine Ahnung, wieso er das tut. Vielleicht denkt er, dass er mich dadurch vom Grübeln abhalten kann, vielleicht will er auch einfach nur irgendetwas sagen. Und doch ist das stete An- und Abschwellen seiner Stimme seltsam tröstlich. Seine Geschäftigkeit erinnert mich daran, dass die Welt sich immer noch dreht, auch wenn sie für mein Empfinden stehen geblieben ist.

Stumm deute ich mit dem Zeigefinger auf die kleine Kommode. Zumindest waren die Hüllen da früher …

„Cool, danke. Jetzt fehlt nur noch der Kaufvertrag." Es knarzt, als er sich in den Schreibtischsessel fallen lässt und ihn an den Tisch heranzieht und ich drehe den Kopf. Immer noch benommen, aber dankbar beobachte ich ihn, denn solang er fortfährt, atme ich weiter.

„Der Computer hat wohl kein Passwort, wie ich vermute? Einen Blankovertrag sehe ich zwar nicht, aber ich nehme einfach den zuletzt abgespeicherten. Ich ändere einfach Namen und Datum. So, oder? Ach, und der Preis ist höher. Okay, das passt."

Das unangenehme Geräusch des Druckers zerstört den friedlichen Kokon, den seine Stimme um mich gelegt hat, und ich setze mich auf.

Er kommt zu mir und nimmt neben mir Platz. Behutsam fragt er: „Soll ich in Vertretung unterschreiben oder machst du das? Ich denke, es wäre besser, du machst es."

Ich nicke und nehme das Blatt.

„Lies es bitte noch mal durch, falls ich einen Fehler gemacht habe."

Wieder nicke ich und kontrolliere alles.

„Es passt so." Meine Stimme hört sich heiser an, sodass ich mich räuspern muss. Ich halte die Hand auf und er legt einen kühlen, silbernen Kugelschreiber hinein.

„Wie machen wir das mit dem Geld?", flüstere ich, während ich meine Unterschrift unter den Vertrag setze.

„Sie überweisen online und sobald das Geld auf dem Konto ist, können sie ihn mitnehmen. Das geht seit der SEPA Echtzeitüberweisung doch ganz rasch."

Dankbar, dass er in dieser Situation die Fassung behält und das Denken für mich übernimmt, deute ich ein Lächeln an. Vielleicht ist BWL ja doch das Richtige für ihn.

Mitfühlend lächelt er zurück. „Wie geht's dir?" Zärtlich legt sich seine Hand auf meine, doch mein Herz ist immer noch betäubt.

„Müde. Schwer. Als ob Blei durch meine Adern fließt. Ich habe Kopfweh."

„Es war ein riesiger Schock", sagt er.

„Aber irgendwie bin ich auch wütend. Warum haben sie nichts gesagt? Haben mich absichtlich belogen! Hätte ich früher erfahren, dass es ihr nicht gut geht, hätte ich mich langsam an den Gedanken gewöhnen können, aber so …? Habe ich nicht das Recht, zu erfahren, wenn meine Mutter krank ist?"

Er nickt unsicher.

„Ich fühle mich wie in einem falschen Film. Ein Teil von mir kann das gar nicht glauben. Sie ist doch immer gesund gewesen, voller Kraft und Energie. Sie war NIE krank. Und jetzt soll sie … Jetzt wird sie …" Verzweifelt vergrabe ich das Gesicht in meinen Händen. „Ich hab gedacht, sie würde hundert Jahre alt."

„Mit viel Glück tut sie das vielleicht noch. Sie muss eben lernen, sich zu schonen, die Arbeit anderen überlassen." Sein Optimismus ehrt ihn, doch in mir drinnen ist nichts als Finsternis.

„Ich weiß nicht, ob mein Vater das mit dem Gestüt allein hinbekommt. Er ist absolut kein Manager, hatte immer nur Pferde im Kopf. Ich wette, er weiß nicht mal, wo man den Computer einschaltet."

Fabio schluckt. Dann sagt er: „Was machst du jetzt mit deinen Geschwistern? Sagst du es ihnen?"

In meinem Innersten klafft ein Schwarzes Loch auf, das mich zu verschlingen droht. Nein, so eine Botschaft kann ich nicht überbringen. Ich kann ihnen nicht den Boden unter den Füßen wegreißen. Wer sollte sie denn auffangen? Ich? Die doch gerade selbst nur aufrecht sitzt, weil Fabio mich hält?

Abwehrend schüttle ich den Kopf. „Nein. Nein. Ich sage nichts. Vielleicht wird durch den Eingriff alles gut. Das muss es. Vielleicht geschieht ein Wunder …" Ein Wunder, für das ich alles geben würde. Doch ich höre selbst, dass meine Stimme bei jedem der Worte wankt.

Bin ich nun genauso eine Lügnerin wie meine Eltern? Haben meine Geschwister nicht auch ein Recht auf die

Wahrheit? Im Schwarzen Loch braut sich ein Strudel zusammen. Ich bin ganz durcheinander.

Doch Fabio drückt zustimmend meine Hand, ehe er aufsteht und mich auf die Beine zieht.

„Geh schlafen, Marisol, wir können jetzt nichts tun." Noch einmal umarmt er mich.

Ich lege meine Arme um seinen Rücken. Das fühlt sich sicher an, friedvoll. Kann ich nicht einfach hierbleiben? Bei ihm? Und gehalten werden? Das alles ist so viel leichter, wenn er mich hält.

Doch mein Kopf schmerzt unsäglich und mein Körper ist wie zerschlagen. Gehorsam löse ich mich von ihm und trotte mit bleiernen Beinen auf mein Zimmer.

Mechanisch lege ich mich hin, doch der Raum ist voller Schatten und still ist es, totenstill. Ich ertrage das nicht. Mit letzter Kraft kämpfe ich mich wieder hoch und greife nach dem Handy. Auf der Bettkante sitzend, rufe ich Marcos an. Nur kurz seine vertraute Stimme hören, das hilft bestimmt. Doch er hebt nicht ab. Die Mailbox geht an und ich drücke sie mit einem zittrigen Seufzen weg. All das, was geschehen ist, einem Tonband zu erzählen, kommt mir blöd vor. *Meine Mutter ist sterbenskrank und meine Geschwister wissen noch nichts davon. Ich bin vollkommen durcheinander. Äh, okay, ruf mich an, adiós.* Das geht echt nicht.

Meine Chefin Isabelle hat mir geschrieben, will wissen, wie es mir geht. Pflichtschuldig wähle ich auch ihre Nummer.

„Hola, Marisol!", nimmt sie den Anruf beschwingt an. „Was macht das Reiterinnenleben?" Kurz bin ich unfähig, zu sprechen. Erst jetzt fällt mir auf, dass ich in Wahrheit gewünscht hätte, auch bei ihr wäre nur die Mailbox dran. Darüber zu reden, fällt mir doch viel schwerer, als ich dachte. Vielleicht, weil es dann wahrer wird. Ich atme tief ein und nehme mich zusammen.

„Hey, na ja, im Gestüt ist so weit alles okay. Fabio hat heute erfolgreich ein Pferd verkauft."

„Ich dachte, dein Bruder heißt Alejandro?"

„Stimmt, das ist …" Der Gedanke an Fabio, an seine Umarmung, seine Hand, seinen Trost, lässt Wärme durch meinen Körper strömen. „Also, Fabio ist mit mir aufgewachsen. Er hilft mir, solang meine Eltern in …" Weitere Bilder erscheinen in meinem Kopf, von meiner Mutter, wie sie im Krankenhaus liegt, wie blass sie bei unserer letzten Begegnung war, wie unsagbar müde. Warum habe ich das nicht gesehen? Warum wollte ich das nicht sehen? Es war hier, direkt vor meinen Augen.

„Alles in Ordnung, Marisol?" Nun klingt sie besorgt.

„Ja … Nein … Also … meine Mutter ist gar nicht im Urlaub, sie ist sehr krank, herzkrank, ich habe es eben erst erfahren. Wenn das Herz sich nicht erholt, dann könnte sie

…" Auch wenn ich es aussprechen wollte, das Unaussprechliche legt so enge Ketten um meine Kehle, dass es ungesagt bleibt.

„O nein!" Isabelle klingt erschrocken. „Das ist furchtbar. Es tut mir sehr, sehr leid. Wie geht es dir?"

Hoffnungslos stehe ich auf und stelle mich ans Fenster, sehe hinauf in die unendlichen Weiten des Sternenhimmels. „Beschissen."

„Hör zu, gib die Hoffnung nicht auf, ja? Weißt du, nach dem Unfall meines Bruders hatten wir gar keine Hoffnung, dass er jemals wieder ein normales Leben würde führen können. Und es hat lange gedauert und vieles ist nicht mehr, wie es war. Und doch ist unser Körper ein unglaubliches Wunderwerk, regeneriert so vieles oder gleicht es aus. Das wünsche ich deiner Mutter von ganzem Herzen."

Ich wünsche es mir noch viel mehr.

„Danke, Isabelle, richte bitte allen im Hotel liebe Grüße von mir aus." Mein Blick fällt runter zum Gästehaus. In Fabios Zimmer geht das Licht aus. Irgendetwas zieht in mir, wünscht sich genau dort hinunter.

„Das mach ich", versichert Isabelle. „Es ist schön, dass du zumindest mit deinen Geschwistern zusammen bist. Du solltest mit diesen Neuigkeiten jetzt nicht allein sein."

Sie hat recht. Ich will gerade wirklich nicht allein sein. „Nein, keine Sorge. Adiós, Isabelle."

Eine Weile betrachte ich sehnsuchtsvoll das dunkle Fenster unter mir, dann lösche ich das Licht und verlasse das Zimmer.

Auf Zehenspitzen schleiche ich mich hinüber, krabble unter die Decke. Ein warmer Körper, tiefe Atemzüge und tröstliche Geborgenheit empfangen mich. Vorsichtig lege ich einen Arm um meine kleine, schlafende Schwester.

Nein, ich bin hier nicht allein.

DREIZEHN

Am nächsten Morgen bin ich gefasster, nur sehr in mich gekehrt. Schweigend verrichte ich meine Aufgaben, werfe eine Ladung Wäsche an, bereite das Frühstück für die Gäste vor und räume dann die Spülmaschine aus und ein. Natürlich bemerke ich, dass Paloma und Alejandro einen fragenden Blick wechseln, doch glücklicherweise sprechen sie mich nicht darauf an. Ich bin noch nicht so weit, glaubhaft ein Lächeln vorzutäuschen. Auch Fabio sieht immer wieder sorgenvoll zu mir, bemüht sich ansonsten aber, so zu tun, als wäre alles wie immer. Vor allem mit Lucía treibt er Späße und lenkt sie von mir ab. Wie dankbar ich bin, dass er da ist.

Später, als das Geld auf unserem Konto eingegangen ist, verfrachten die Gäste Ruiseñor in ihren Anhänger, ihr Gepäck in den Kofferraum und fahren unter lautstarken Grüßen davon. Winkend steht Paloma in der Mitte der Schotterstraße und wischt sich an ihrer Schulter die Tränen ab. Sie liebt einfach jeden einzelnen unserer Schützlinge aus vollstem Herzen und trennt sich nur sehr schwer von ihnen.

Als von dem Anhänger nur mehr die Staubwolke zu sehen ist, wendet sie sich ab und trottet mit hängenden Schultern in Richtung Stall. Ich stehe in der Eingangstür und bekomme ebenfalls feuchte Augen, wenn ich sie so sehe. Zu gern würde ich sie jetzt in den Arm nehmen, ihr etwas Tröstliches sagen. Doch ich weiß, ich bekäme nur ein lautes Schluchzen heraus, das alles noch viel schlimmer machen würde. Denn dann müsste ich erklären, woher es stammt. Und es gibt nun mal Dinge im Leben, die lassen sich nicht wegtrösten. Ein Abschied ist ein Abschied. Tod ist unwiderruflich. Krankheit ist einfach nur gequirlte Scheiße. Ich schlinge die Arme um meinen Oberkörper, als würde er ohne sie auseinanderfallen.

Da steht Fabio plötzlich hinter mir, ganz nahe, nur ein Blatt Papier würde noch zwischen uns passen. Er brummt neben meinem Ohr. Es klingt fragend wie „Was ist denn da?" und gleichzeitig so tröstlich nach „Ich bin bei dir". Erschöpft gebe ich dem unwiderstehlichen Drang nach, mich mit dem Rücken an ihn zu lehnen.

Vorsichtig legt er einen Arm vorn über mein Schlüsselbein und so stehen wir still da. Einen Augenblick lang, der sich wie eine Ewigkeit anfühlt. Als stünde auch die Zeit still. Sein Herz klopft an meinen Rücken. Sein Kinn liegt auf meinem Scheitel. Wärme durchflutet jede Zelle meines Körpers und es ist nicht seine Wärme. Es ist ein Gefühl von Verbundenheit, von Verständnis, Geborgenheit. Und das ist wunderschön. Mein Körper schmiegt sich in dieses Gefühl, badet darin. Es tröstet mich so sehr, nicht allein mit diesem Geheimnis zu sein. Es erleichtert mich, dass er weiß, wie es in mir aussieht.

In diesem Moment läutet mein Handy, und als ich es herausnehme, sehen wir beide Marcos' Profilbild auf dem Display. Nun wird mein Körper stocksteif. Mist. Ich fühle mich ertappt.

Wie in Zeitlupe nimmt Fabio den Arm von mir und verschwindet lautlos. Ich entferne mich mit hastigen Schritten vom Haus, ohne mich noch einmal umzudrehen. Weit genug entfernt, muss ich erst einmal tief einatmen, ehe ich den Anruf entgegennehmen kann.

„Hey", sage ich dennoch atemlos und gehe nun langsamer weiter, die Schotterstraße entlang.

„Hola, mi amor. Du hast mich gestern noch mal angerufen? Ich habe mit ein paar Bekannten am Strand gejammt. Könnte sein, dass ich endlich die richtigen Leute für eine Band gefunden habe. Ist das nicht mega? Darauf warte ich schon so lange. Ich freue mich so, wenn du wieder da bist und ich sie dir vorstellen kann. Wenn es gut läuft, machen wir eine landesweite Tournee und du kommst mit, ja, mi querida?"

Irritiert bleibe ich stehen. „Und dein Musikstudium?"

„Das gebe ich dann auf. Braucht eh keiner …"

Ich ziehe scharf die Luft ein. Ist er jetzt verrückt? Oder größenwahnsinnig? „Denkst du, das ist klug?"

„Wieso bist du so eine Spaßverderberin? Glaubst du nicht an mich?", mault er gekränkt und ich sehe vor meinem inneren Auge, wie er die Stirn in Falten legt.

Ärger flammt in mir hoch. „Doch, das tue ich! Das tue ich wirklich, das weißt du genau." Er ist unglaublich begabt, gesegnet mit einer wundervollen Stimme, mit Gefühl in jeder Note. Er spielt Gitarre wie ein Gott. Und gleichzeitig ist er immer so verflucht blauäugig und lechzt nach Bestätigung. Das nervt gewaltig.

Außerdem sollte heute eigentlich ICH getröstet werden und nicht er.

Aufgebracht fahre ich ihn an. „Marcos, meine Mutter hat eine Herzschwäche und wird operiert. Meine Geschwister wissen es noch nicht. Es ist gerade eine schwere Zeit für mich. Bitte sei also nicht böse, wenn ich nicht so euphorisch sein kann wie sonst. Du …" Ich verstumme und seufze schwer. Ich will nicht schon wieder Streit. Den brauche ich zu meinen Problemen nicht auch noch dazu.

Wie es scheint, fehlen Marcos die Worte. „Oh … Das … tut mir leid." Dann schweigt er mitfühlend. Ich hänge stumm am Telefon und lechze nach ein paar aufmunternden Worten wie eine Verdurstende nach einem Tropfen Wasser.

Da beginnt er endlich zu sprechen. „Ich hab übrigens ein Lied für dich geschrieben, das will ich dir unbedingt bald vorspielen. Du wirst es lieben. Oje, ich muss los, wir haben einen Gig in der Strandbar. Nimm es nicht so schwer, es wird bestimmt alles wieder gut. Und baldige Besserung für deine Mutter. Schick dir einen Kuss, mi amor, lieb dich!"

„Ich dich auch", flüstere ich automatisch und bleibe wie überfahren zurück.

Sollte man Dinge sagen, wenn man sie nicht fühlt? Vermutlich nicht. Aber was ist, wenn man sie nur im Moment nicht fühlt, weil man randvoll mit Gedanken und Sorgen ist?

In den fast zwei Jahren, die wir zusammen sind, gab es immer mal Phasen, in denen ich die Liebe nicht so gespürt habe, doch spätestens nach einem Besuch zu Hause war mir wieder klar, wie sehr ich ihn vermisse, wie sehr ich sein Talent bewundere, wie sehr ich mit ihm zusammen sein will. Komisch nur, dass sich dieses Gefühl diesmal hier zu Hause nicht einstellen will. Ob es jemals wiederkommen wird?

Mit schwerem Herzen drehe ich um und schlurfe in Richtung Haus zurück. Auf der Koppel neben dem Weg grasen die Wallache. Ein Apfelschimmel hebt den Kopf, als ich vorübergehe. Es ist der brave Lancelot. Er muss um die dreißig Jahre zählen, denn er war schon damals alt, als ich noch ein Kind war. Zur Begrüßung schnalze ich mit der Zunge und er kommt neugierig näher. Nachdem er an meiner Hand geschnuppert hat, lässt er mich seine grauen Nüstern streicheln.

„Na, alter Junge?", flüstere ich und streiche ihm die langen Stirnfransen zur Seite, um in seine großen, schwarzen Augen blicken zu können, die leider schon etwas trüb geworden sind.

„Erinnerst du dich an unsere Ausritte von früher? Da war alles noch so einfach … Warum ist erwachsen sein so schwer?" Ich kraule durch seine struppige Mähne.

Doch er antwortet nicht und die Zeiten sind nun mal vorbei. Also tätschle ich ihn noch einmal liebevoll am Hals und wende mich zum Gehen.

In dem Moment biegt Alejandro, die Lederjacke auf der Schulter, von der Straße auf den Schotterweg ein, erkennt mich und läuft lächelnd zu mir.

„Guten Morgen." Übermütig umarmt er mich, was mich im ersten Moment überrascht, dann aber sehr glücklich macht. Anscheinend hatte er eine schöne Zeit mit seinen Freunden. Etwas zu lange drücke ich ihn an mich. Vielleicht ist mir in den Tagen hier erst bewusst geworden, wie viel mir meine Familie bedeutet, vielleicht hoffe ich insgeheim, mir unbemerkt bei ihm Trost holen zu können. Doch bevor er noch misstrauisch wird, struble ich ihm durch die Haare und setze ein Lächeln auf. „Und? Erzähl! Wie war's gestern?"

„Genial!" Seine Augen strahlen. „Da waren ein paar Leute aus Granada, echt cool drauf, hat total viel Spaß gemacht mit denen."

„Das freut mich so für dich."

„Aber jetzt spring ich erst mal in den Pooooool!" Ausgelassen wie die Jährlinge auf der Weide macht er einen Luftsprung und sprintet davon. Mein Herz sinkt proportional zu seinem Sprung tiefer. Er ist so glücklich. Sein richtiges Leben fängt gerade erst an. Er ist noch viel zu jung dafür, sich zu sorgen. ICH bin noch viel zu jung dafür!

Vor dem Haus auf meinem Weg zum Gästezimmer fängt Paloma mich ab, um mir mitzuteilen, dass das Kraftfutter zur Neige geht und ich jetzt sofort eine neue Lieferung bestellen soll. Gleichzeitig hampelt Lucía neben mir herum und beschwert sich lautstark, dass ich endlich mit ihr spielen soll. Und ich muss eigentlich die Gästezimmer putzen, Büroarbeit erledigen, mich um das Mittagessen kümmern. Dabei bin ich mit meinen Gedanken ganz woanders. Bei Mama, bei Marcos, bei dem Damoklesschwert, das seit gestern über mir hängt. Die Überforderung krabbelt in mir hoch, wie eine Armee haariger, schwarzer Taranteln. Es ekelt mich, es schmerzt, ich will sie abschütteln. Ich kann das alles nicht. Sie sollen mich einfach alle in Ruhe lassen.

„Geh zu Alejo in den Pool oder mit Paloma in den Stall. ICH. KANN. JETZT. NICHT.", fauche ich sie unbeherrscht an. Bestürzt bleibt sie stehen, lässt die Schultern hängen. Nicht nur sie ist erschrocken. In meinem Herzen birst ein alter Riss auf. Der Schmerz der Erinnerung zwingt mich, die

Zähne zusammenzubeißen. Rasch wende ich mich von ihr ab. Ich kann sie nicht ansehen, so sehr schäme ich mich.

Da bemerke ich Fabio neben dem Gästehaus. „Was ist los? Kann ich helfen?" War er etwa Zeuge meiner Unbeherrschtheit? Nun wächst die Scham ins Unermessliche. Ich habe das Gefühl, mit dem Rücken zur Wand zu stehen, die Flucht abgeschnitten. Das Einzige, was mir bleibt, ist, um mich zu schlagen, auch wenn es nur Notwehr ist.

„Nein, du kannst jetzt NICHT helfen. Misch dich nicht überall ein, das ist meine Sache." Meine Stimme ist schrill und klingt gemein.

Erst sieht er verwirrt aus, dann verletzt. Ich bin zu weit gegangen, bei ihnen beiden. Aber aus irgendeinem Grund kann ich nicht zurückrudern. Ich erkenne mich selbst nicht mehr. Mein Herz hämmert wie wild und will sich nicht beruhigen. Bockig starre ich ihm in die Augen, er starrt, ohne mit der Wimper zu zucken, zurück, nur seine Kiefermuskeln bewegen sich, vermutlich beißt auch er die Zähne zusammen.

„Doch, er kann schon helfen ..." Eifrig ergreift Lucía ihre Chance. „Du kannst zum Beispiel mit mir *Uno* spielen oder *parchís*, was dir lieber ist. Oder du baust mit mir eine Höhle, aber eine große, sodass ich darin stehen kann, sie muss also so hoch sein, circa so hoch." Sie reckt die Arme in die Luft. „Ja?"

„Okay", sagt Fabio, sieht mich dabei aber weiter an. „Geh schon mal vor."

Ich würde jetzt gern die Augen niederschlagen, doch es geht nicht.

Erfreut hüpft Lucía davon und Fabio kommt näher, ohne den Blickkontakt zu unterbrechen. Nun ist er nur mehr einen Schritt von mir entfernt. Ich muss schlucken. Mir poltert das Herz weit oben in der Kehle. Sagt er mir, dass es ihm reicht? Dass ich dann auch meinen ganzen Scheiß allein hinkriegen soll? Dass er geht? Nun flattert Furcht durch meinen Magen. Ich öffne den Mund, doch er ist schneller.

„Ich weiß, die Situation ist gerade nicht leicht für dich." Seine Stimme ist leise, aber eindringlich. „Kinderspiele sind kein Problem für mich. Aber Spielchen kann ich absolut nicht ausstehen. Du kannst nicht in einem Moment nett zu mir sein und dich von mir trösten lassen, um mich dann wieder wegzustoßen. Also bitte, lass das sein."

Und damit wendet er sich ab und marschiert in Richtung Haus. Trotzig schnaube ich durch die Nase und bin doch in Wahrheit fürchterlich kleinlaut. Wie ernst er die Sache nimmt! Nicht meine Ungerechtigkeit gegenüber Lucía. Nein. Die Sache zwischen uns. Die doch eigentlich gar keine ist. Er schlägt nicht grob zurück, obwohl er von mir angegriffen, vielleicht sogar verletzt wurde. Stattdessen legt er Regeln fest, Regeln für die Zukunft.

Er bleibt. Er lässt mich nicht allein. Eine Welle der Erleichterung durchflutet mich und ihre Intensität macht mir erschrocken bewusst, wie groß die Angst war, das hier ohne ihn durchstehen zu müssen.

VIERZEHN

Als ich nach der Reinigung der Gästezimmer ins Haus zurückkomme, ist die große Höhle, die Fabio für Lucía gebaut hat, bereits umfunktioniert worden. Überall liegen Kissen und Decken herum, nur zwei davon werden benutzt, um Fabios Krankenlager zu symbolisieren. Gerade misst Lucía seinen Blutdruck. Entzückend, wie ernsthaft sie bei der Sache ist. Doch dann flattert es beunruhigt in mir. Hat sie etwas von Mamas Krankheit mitbekommen? Ist das ihre Art, die Sache zu verarbeiten?

„Das sieht aber gar nicht gut aus", meint sie kopfschüttelnd und erinnert mich mit ihrer Schwarzmalerei tatsächlich an unseren alten Hausarzt Doktor López.

Fabio hat mich offensichtlich bemerkt und zieht sich den feuchten Lappen von der Stirn. „Äh, Schwester, ich würde nun gern gehen." Meine Mundwinkel zucken. Sind Kinderspiele vielleicht doch kein Kinderspiel für ihn? Oder will er dabei nur nicht beobachtet werden?

Resolut stemmt Lucía die Hände in die Hüften. „Davon will ich nichts hören, Sie bleiben liegen. Außerdem bin ich Ärztin, klar?"

Mein Schmunzeln wird größer, denn nun hat sie eher Ähnlichkeit mit meiner Mutter. Mit meiner starken, durchsetzungsfähigen Mutter. Die duldet auch keinen Widerspruch. Das ist gut …

Doch wenn ich ihr so zusehe, wie sie Fabio eine Spritze nach der anderen verabreicht und etwas brutal mit dem Hämmerchen seine Reflexe prüft, versteinern meine Mundwinkel wieder und die kalte Angst kehrt zurück. Hoffentlich hat sie gute Ärzte. Ärzte, die wissen, was sie tun. Bitte lass die OP gut verlaufen. Ich schicke Stoßgebete in Richtung Himmel und wende mich ab, fliehe ins Büro.

Während ich noch die Tür schließe, wähle ich schon Papas Nummer. Doch er hat keinen Empfang, es meldet sich sofort die Mailbox. Der dicke Knoten Angst in meinem Bauch wird härter.

Ich wünschte, Fabio wäre hier und würde mir Mut zusprechen. Doch wie soll ich mich ihm gegenüber ab jetzt nur verhalten? Oder Marcos gegenüber? Denn darauf läuft es doch hinaus.

Ja, ich will mich von Fabio trösten lassen. Ich WILL doch gern nett zu ihm sein. Doch das Problem ist, dass er mir dann zu nahekommt, uns zu nahekommt, mir und Marcos. Vielleicht macht er es unbewusst, doch er rüttelt und zieht an mir, an meinen Gefühlen, meinen Zweifeln. An meiner Beziehung zu Marcos.

Und diese Beziehung steht doch schon seit meiner Abreise auf allzu wackeligen Beinen. Wenn ich ehrlich zu mir bin, bereits seit einer ganzen Weile. Aber eine so lange Beziehung gibt man doch nicht einfach so auf. Marcos war da, als ich furchtbar einsam war, durch ihn habe ich viele Freunde gefunden und Erfahrungen gesammelt, er schreibt Lieder für mich. Und er verkörpert all das, was meine Mutter verabscheut. Genau deshalb war mir klar, dass er der Richtige für mich ist. Er riecht so unwiderstehlich gut nach Freiheit.

Ich kann es nicht gebrauchen, dass Fabio mich derart durcheinanderbringt, dass ich die letzten zwei Jahre einfach hinwerfe, ohne Marcos eine Chance zu geben. Noch dazu, ohne dass Fabio für mich dasselbe fühlt. Oder fühlt er etwa was?

Also wie verhalte ich mich bloß? Wie halte ich mich selbst davon ab, wieder seine tröstliche Nähe zu suchen, wo sie mir doch so guttut. Ich darf ihn nicht mehr umarmen, mich nicht umarmen lassen, nicht seine Hand berühren. Körperkontakt macht alles nur noch schwieriger. Egal, wie lange wir uns schon kennen. Er ist nun ein Mann und ich bin eine Frau. Und mit Marcos sollte ich viel häufiger telefonieren, um ihm wieder näher zu sein, ihm eine Chance zu geben, für mich da zu sein. Aber ob es zwischen uns jemals wieder so wird wie früher? Das werde ich wohl erst herausfinden, wenn wir uns wiedersehen.

Auf meinem Handy erscheint endlich eine Nachricht. Mit zitternden Fingern entsperre ich es. Ist sie von Papa? Ist die OP vorbei?

Papa: Die Operation ist so weit gut gelaufen. Die Pflegekraft sagt, sie ist gerade aufgewacht. Jetzt heißt es abwarten, wie die nächsten Tage verlaufen. Wie geht es euch?

Ein Stein von der Größe eines Pferdekopfes poltert von meinem Herzen und bleibt vor meinen Füßen liegen. Es ist nicht viel gewonnen, aber die dringlichste Angst, die akute, ist soeben von mir abgefallen.

Ich: Gott sei Dank! Ich bin so erleichtert. Hier ist alles okay. Ich habe niemandem was davon gesagt. War das falsch?

Papa: Nein, das musst du auch nicht. Mama wollte es unbedingt geheim halten, bis wir eine sichere Diagnose haben. Wir können es den anderen dann sagen, wenn wir zurück sind, mir war aber wichtig, dass du, als die Älteste, Bescheid weißt.

Ich: Danke, Papa.

Was für eine Erlösung, dass ich es meinen Geschwistern nicht selbst beibringen muss.

Papa: Mama hat gefragt, wie es in der Yeguada läuft. Haben die Gäste ein Pferd gekauft?

Zu jedem anderen Zeitpunkt hätte ich mit den Augen gerollt und mich gefragt, warum sie ständig nur ans Geschäft denkt. Doch gerade bin ich einfach unsagbar froh, dass sie es noch kann. Und dass sie es tut. Denn das bedeutet vielleicht, dass sie wieder ganz die Alte wird.

Ich: Ja, Ruiseñor zum vollen Preis!!!!!

Vor lauter Freude hänge ich noch viel zu viele Ausrufezeichen und Daumen nach oben an.

Mein etwas altmodischer Papa sucht anscheinend eine Weile in den Emojis herum, denn dann erscheinen auch bei ihm freudig strahlende, gelbe Gesichter.

Papa: Mama wird gebracht. Ich melde mich wieder. Grüß alle von uns.

Ich: Das mach ich. Sag Mama alles Gute von mir. Viele Küsse <3 <3 <3

Beschwingt durch die guten Nachrichten, fahre ich den Computer hoch und bearbeite die Emails, für die ich bisher wenig Zeit hatte. Es gibt eine neue Anfrage. Eine Reitschule nicht weit von hier sucht eine brave, zuverlässige Stute. Ich schreibe ihnen, dass sie jederzeit vorbeikommen können.

Danach will ich das Kraftfutter bestellen. Aber bei welchem Lieferanten ordert meine Mutter immer? Im E-Mail-Verlauf ist nichts zu finden. Gut, dann sehe ich eben in der Buchhaltung nach, da wird es wohl eine alte Rechnung geben.

Ich stehe auf und blicke dann etwas ratlos auf die Ordner, leider sind sie außen nicht beschriftet. Also nehme ich den nächstbesten aus dem Regal und blättere ihn durch. In diesem sind nur Stammbaumurkunden der Pferde, doch der nächste sieht besser aus. Zumindest handelt es sich um Zahlen, Bankbelege, Kontoauszüge. Abrupt halte ich im Blättern inne. Die Zahlen sehen schaurig aus. Ich schüttle den Kopf und sehe noch mal hin. Doch, alle Zahlen sind im Minus. Mir dröhnen die Ohren und der Schweiß bricht mir aus, denn mein Herz klopft so schnell, als wäre ich gerade ein Derby geritten.

Hektisch blättere ich vor und wieder zurück. Das gibt's doch nicht. Das KANN nicht sein. Das hätten sie mir doch gesagt! Wir sind angesehen in der Gemeinde, unsere Pferde haben vielfach Preise gewonnen, wurden sogar ins Königshaus verkauft. Das ist ein Fehler.

Entschlossen lege ich den Ordner beiseite und stecke den Kopf ins Wohnzimmer. Fabio und Lucía sitzen im Schneidersitz am Boden und spielen Uno.

„Ähm, Fabio. Kann ich kurz mit dir sprechen?" Hört man das Beben in meiner Stimme?

Er vermutlich schon, denn er kneift argwöhnisch die Augen zusammen, murmelt „Ja?" und steht hastig auf.

„Und wie lange dauert das? Was soll ich denn jetzt machen?" Meine Schwester zieht eine Schnute. Es tut mir unendlich leid, dass ich mich schon wieder nicht angemessen um sie kümmern kann, ihr jetzt sogar den Spielpartner klaue. Und das, ohne mich noch für mein Fehlverhalten von vorhin entschuldigt zu haben.

„Es dauert nicht lange, Süße. Du darfst fernsehen, wenn du möchtest. Und danach spiele ich mit dir, ja?" Das macht mein schlechtes Gewissen zwar nicht besser, aber sie hoffentlich ein wenig glücklich.

„Juhuu! Lasst euch ruhig Zeit." Freudestrahlend wirft sie sich auf die Couch und greift nach der Fernbedienung.

Fabio folgt mir ins Büro und schließt die Tür. „Hast du Nachricht von José? Wie geht es Dolores?" Seine Augen sind vor Spannung riesengroß. Diese Augen … Warum wollte ich noch mal mit ihm reden?

„Ja. Die OP ist gut gelaufen und sie denkt schon wieder ans Arbeiten. Ist das nicht großartig?" Meine Brust wird bei diesen Worten weit.

„Oh, das ist schön", sagt er mit einem Seufzer der Erleichterung. Glücklich strahlen wir uns an. Auf einmal wird mir bewusst, wie lange auch er meine Mutter schon kennt. Nämlich sein ganzes Leben lang. Wie oft er bei uns in der Küche saß und genussvoll ihren Eintopf verschlang. Wie viele Nachmittage er und Alicia bei uns verbrachten, vielleicht um es Carmen leichter zu machen, die als Alleinerziehende genug um die Ohren hatte. Vielleicht aber auch einfach nur, weil sie Spaß mit uns hatten, Spaß an den Pferden, an dem aufregenden Leben auf einem Gestüt.

Das Gestüt … Die hübsche Blase der Erinnerung zerplatzt bei diesem Wort. Das Glücksgefühl schmeckt plötzlich schal.

„Sag mal, hat meine Mutter je mit dir darüber gesprochen, wie es der Yeguada finanziell geht?" Bang zupfe ich an meiner Unterlippe.

Er zieht irritiert die Schultern hoch. „Nein, sie meinte nur, es wäre toll, wenn wir ein Pferd verkauften, weil sie das Geld gut gebrauchen könnten. Ich dachte, wegen des langen Urlaubs. Wieso fragst du?"

„Weil wir, den Unterlagen nach, pleite sind. Schau hier." Mit eiskalten Händen halte ich ihm den Ordner unter die Nase.

„Nein, bestimmt nicht." Kopfschüttelnd greift er danach und blättert darin, erst hastig, dann immer langsamer, ehe er ihn sinken lässt und betroffen aufblickt.

„Ist dir das nicht aufgefallen, als du heute auf das Konto geschaut hast?", fragt er betreten.

„Nein, ich … Da war ich zu durcheinander. Ich habe nur überprüft, ob die Buchung schon da ist, und gar nicht auf den Saldo geachtet." Meine Stimme klingt schrill.

Er kann es anscheinend immer noch nicht glauben und winkt ab. „Vielleicht waren das einfach schlechte Monate, weil es Dolores nicht gut ging und sie sich deshalb nicht wie sonst um die Geschäfte kümmern konnte …"

Auf mich hat sich jedoch längst die Verzweiflung gesetzt und tritt mich in die Flanken. „Aber nein, schau doch, wie weit das zurückgeht! Es sieht aus, als kämen sie seit Jahren nur so über die Runden. Als wäre das Gestüt bankrott. Wenn sie Probleme mit dem Management hat, hätte sie sich doch Unterstützung holen können." Nun drängt sich Wut vor die Verzweiflung. „So ein Erbe lässt man doch nicht verkommen", rufe ich entrüstet.

Vielleicht sollte ich nachsichtiger mit meiner Mutter sein, wo ich doch eben noch solche Angst um sie hatte, doch mir fehlt jegliches Verständnis. Wir alle lieben das Gestüt, wir sind stolz darauf, Bernals zu sein, sie ganz besonders, und die edle Züchtung seit sieben Generationen nicht nur zu erhalten, sondern noch zu vervollkommnen.

Er legt den Kopf schief und verschränkt die Arme vor der Brust. „Du bist echt hart. Wer sollte sie denn unterstützen? Du sagtest, dein Vater tauge dafür nicht, und Mitarbeiter kosten Geld … Oder wärest etwa DU zurückgekommen, wenn du davon gewusst hättest?" Sein Vorwurf tut weh. Warum provoziert er mich? Soll ich mich etwa schuldig fühlen? Oder gar verantwortlich? Meine Mutter wollte meine Hilfe nie. Alles, was ich tat, war nicht gut genug für sie. Wie könnte da die Yeguada meine Angelegenheit sein?

„Nein, vermutlich nicht", sage ich schnippisch, aber wahrheitsgemäß.

Er zuckt mit den Achseln, was wohl so viel bedeuten soll wie *Na eben*.

Niedergeschlagen lasse ich mich auf die Chaiselongue sinken und sehe auf den Boden zwischen meinen Füßen. Im Wohnzimmer lacht Lucía laut auf und eine eiserne Faust greift nach meinem Herzen, zerquetscht es brutal und ohne Vorwarnung.

„Was soll nur werden?" Mit feuchtem Blick sehe ich auf zu ihm. Fabio steht mit hängenden Schultern vor mir. „Was ist, wenn meine Mutter stirbt und wir auch noch das Gestüt verkaufen müssen? Unsere Heimat verlieren?" Die Vorstellung lässt mir das Blut in den Adern gefrieren. Alle Härchen an meinem Körper stellen sich auf. Alle gleichzeitig.

In Windeseile sitzt Fabio neben mir und legt einen Arm über meine Schultern, warm wie ein Sonnenstrahl.

„Nein, nein, so weit wird es nicht kommen", beteuert er. „Mach dir keine Sorgen. Du wirst sehen, die Katheter helfen ihr ganz sicher, sie kommt wieder auf die Beine. Und wegen des Gestüts sind wir ja jetzt hier, du und ich. Und wir beide haben Ahnung vom Geschäft, du im Management und ich mit den Zahlen. Gemeinsam lassen wir uns was einfallen und bringen die Yeguada so weit, dass sie wieder rentabel dasteht. Was sagst du?" Voller Zuversicht hebt er eine Hand für ein High Five. Seine Augen leuchten, sein Mund lächelt. In meiner Brust breitet sich Wärme aus und sie fließt und wabert weiter, durch alle meine Glieder. Wie automatisch muss ich sein Lächeln erwidern, es passiert einfach. Meine Hand wird selbständig und schlägt viel zu zart mit seiner ein. Es ist mehr ein Aneinanderlegen als ein Einschlagen. Er ist tatsächlich bereit, uns zu helfen. Diese Geste bedeutet mir unglaublich viel, zeigt sie doch, dass auch ihm die Yeguada und meine Familie am Herzen liegen. Gemeinsam können wir das tatsächlich hinkriegen, mit neuen Ideen, jugendlicher Kraft. Wir schaffen das.

„Ja, wir bringen das Gestüt auf Vordermann, sodass Mama, wenn sie wieder da ist, eine Hilfe einstellen kann. Lass uns gleich morgen loslegen!" Euphorisch springe ich auf und laufe hinüber ins Wohnzimmer.

Lucía quiekt überrascht, als ich mich neben sie werfe und an sie kuschle.

„Meine Kleine, mi pequeña. Es tut mir so leid, wie ich vorhin zu dir war", flüstere ich ihr ins Ohr. „Bitte verzeih mir. Das war nicht deine Schuld. Ich hatte so viel um die Ohren und habe die Nerven verloren. Kannst du mir verzeihen, ratoncito, mein Mäuschen?"

Großmütig tätschelt sie meinen Arm, ohne die Augen vom Bildschirm zu nehmen. „Jaja, deine Nerven … sind nicht gerade die Stärksten. Das hat Fabio mir schon erklärt." Und schon ist sie wieder in den bewegten Bildern versunken.

Ungläubig drehe ich den Kopf zur Tür, doch der Erwähnte, der eben noch lässig im Türstock gelehnt hat, macht sich schleunigst aus dem Staub.

FÜNFZEHN

Den nächsten Tag verbringen wir fast vollständig in Mamas Büro. Die Fenster stehen offen und der sanfte Wind schaukelt die leichten Vorhänge hin und her. In der Ferne ist immer mal wieder ein übermütiges Wiehern zu hören sowie die dumpfen, rhythmischen Hufschläge der Pferde, die von Paloma auf dem Reitplatz trainiert werden.

Fabio sitzt mit angezogenen Beinen auf der Chaiselongue, mit seinem Laptop auf den Knien. Ich habe den weichen Sessel ihm gegenüber in Beschlag genommen. Vor uns am Boden liegen aufgeschlagen sämtliche Ordner und diverse Unterlagen.

Wir ackern uns durch Bankforderungen und Rechnungen in dem Versuch, Einsparungsmöglichkeiten sowie lukrative Einnahmequellen zu finden. An den Fixkosten wie Versicherungen, Strom, Steuerberatung und der Bezahlung des Stallburschen können wir kaum drehen. Auch die variablen Kosten wie Futter, Wasser, Einstreu, Sand und Reparaturen lassen sich nur wenig verbessern, sofern wir die Anzahl der Pferde nicht drastisch reduzieren.

„Wir könnten versuchen, andere Lieferanten zu finden", schlägt Fabio nicht sehr überzeugt vor, „doch ich befürchte, die bewegen sich alle auf einem ähnlichen Preisniveau."

„Schreib es trotzdem auf die Liste. Vielleicht gibt ja jemand einen großzügigen Preisnachlass, wenn wir zu ihm wechseln." Ich drehe mich auf der Sitzfläche und lege die Beine über die Armlehne, blicke hoch an die weiße Decke, um besser nachdenken zu können. „Wir könnten natürlich auch fremde Pferde einstellen. Da hatte ich vor kurzem eine Anfrage."

Fabio brummt zustimmend. „Der Preis müsste aber mindestens so hoch sein, dass wir nach Abzug des Futters noch einen Gewinn erzielen. Ich mache nachher einen Preisvergleich bei anderen Ställen in der Gegend. Pferdeinvestment anzubieten, wäre auch eine Möglichkeit, ist aber natürlich mit Risiko verbunden …"

„Oder wir bieten Reiterferien an, vielleicht speziell zur Turniervorbereitung? Oder könnten wir sogar selbst ein Turnier ausrichten? Was meinst du?"

„Coole Idee." Ich spüre seinen Blick auf mir ruhen, doch als ich zu ihm sehe, beugt er sich hastig über den Laptop. Nun bin ich es, die ihn heimlich betrachtet. Den ganzen Tag schon fühle ich mich leicht, als schwebte ich ein Stück weit über dem kühlen, grauen Steinboden des Hauses. Natürlich ist da die Erleichterung über die geglückte Operation, aber es liegt auch an Fabio, oder besser gesagt an unserer Zusammenarbeit. Wir sind ein richtig gutes Team.

Zurück an die Arbeit, Marisol, erinnere ich mich und setze mich wieder ordentlich auf den Sessel. „Weißt du, was? Ich denke, am Ende läuft es doch darauf hinaus, dass wir einfach mehr Pferde verkaufen müssen. Wir haben doch genug …"

„Okay, und wie stellen wir das an? Ich meine, wie macht man denn Werbung für Pferde? Und wo? Das ist schließlich nichts, was man sich einfach mal so zulegt, weil man es im Fernsehen gesehen hat." Nachdenklich stützt er das Kinn auf die Hand.

„Stimmt. Aber wir müssen irgendwas tun. Bisher haben wir einfach darauf gewartet, dass jemand zu UNS kommt, wenn er Interesse hat … wie so ein schlafendes Dornröschen, das auf seinen Prinzen wartet."

Er schmunzelt über meine Worte. „Na, dann ist es wohl an der Zeit, dass die Prinzessin selbst die Initiative ergreift und ENERGISCHER vorgeht." Frech und herausfordernd blitzen seine Augen mich an. In meinem Bauch kribbelt es gewaltig.

Energisch. Schon wieder dieses Wort. Und zwar mit Absicht. Er spielt doch auf den Kuss an. Er flirtet doch mit mir! Okay, das kann ich auch.

„Nun", beginne ich langsam und versuche, dabei ernst zu bleiben, was mir nur so mäßig gelingt. „Das Problem ist, es kommt nicht immer gut an, wenn die Prinzessin allzu stürmisch auftritt. Dann verlieren die Frösche nämlich ihre Stimme." Das haben wir schließlich vor zwei Jahren gesehen. Plötzlich kann ich vor Aufregung nur mehr flach atmen. Steigt er darauf ein oder nimmt er es mir übel?

Doch er grinst nicht, sondern blickt mir tief und ernst in die Augen. „Wer hat gesagt, dass es nicht gut ankommt?"

Mir bleibt die Spucke weg. Ist das nun Spaß oder die Wahrheit? Will er jetzt behaupten, er mochte den Kuss? Das sah damals jedenfalls ganz anders aus.

Stumm fixieren wir einander und ich spüre die Hitze in mir aufsteigen. Da ist kein Flirt mehr zwischen uns zu spüren, auch kein Aufziehen unter Beinahe-Geschwistern. Das ist etwas anderes. Es ist Intensität. Aber welche Form sie annehmen wird, ist lange noch nicht entschieden.

Auf keinen Fall kann ich sagen: *Du. DU hast nur zu deutlich gemacht, dass ich dich nicht hätte küssen dürfen.* Mir sitzt ein Kloß im Hals, nein, ein Frosch sitzt mir im Hals, ein verfluchter, grauäugiger Frosch.

Verdammt, ich habe es schon wieder getan. Ich habe ihn an mich herangelassen. Diesmal zwar nicht körperlich und dennoch viel zu nahe.

„Niemand", sage ich daher und senke den Blick. Den seinen kann ich immer noch auf meiner Haut spüren.

In dem Moment, in dem ich es kaum noch ertrage, höre ich, wie ein Auto auf den Hof fährt. Vermutlich hat das Geräusch von Reifen auf Kies selten so große Erleichterung in mir ausgelöst. Und vielleicht wird sie gleich noch wachsen. Ich will die Hoffnung nicht aufgeben, dass dort draußen eben ein neuer Käufer vorgefahren ist, womöglich die Reitstallbesitzerin von vorhin.

Hastig schlängle ich mich aus dem Sessel und aus dem Raum. Im Flur kann ich endlich wieder durchatmen und doch höre ich nicht nur seine Schritte hinter mir, ich spüre auch deutlich seine Präsenz. Alejo und Lucía sitzen im Wohnzimmer und teilen sich geschwisterlich einen großen Tiegel Eiscreme.

„Hey, lasst uns auch noch was übrig", rufe ich mit unechter Empörung. Doch sie schütteln nur grinsend, aber vehement die Köpfe.

„Würde ich auch nicht tun", sage ich lachend und zwinkere ihnen zu.

Draußen wird mehrmals lautstark gehupt. Was soll das? Wollen die uns die Pferde verrückt machen? Wieder und wieder ertönt das laute Horn. Genervt eile ich durch den Flur, reiße die Haustür auf und stoppe mitten im Türrahmen, sodass Fabio, der mir gefolgt ist, gegen mich prallt. Reaktionsschnell fasst er um meine Taille, um zu verhindern, dass ich vornüberfalle.

„Entschuldige", murmelt er, zieht sich jedoch sogleich wieder zurück, denn die Situation wird von einem allzu unangenehmen Déjà-vu begleitet: Wir beide aneinander gelehnt und vor uns mein Freund Marcos. Diesmal allerdings nicht nur im Display, sondern sogar live. Mir rutscht das Herz in die Hose. Entscheidet es sich heute, ob Marcos und ich eine gemeinsame Zukunft haben?

Jetzt jedenfalls sitzt er in einem riesigen alten Cabrio in Begleitung dreier Unbekannter und guckt neugierig, oder vielmehr misstrauisch. Vermutlich fragt er sich, wer das gerade war. Doch als ich auf ihn zulaufe, wird sein Lächeln wieder breiter.

„Hola, mi amor!" Er springt aus dem Cabrio, drückt mir einen dicken Kuss auf den Mund und wirbelt mich im Kreis. Ich bin etwas überrumpelt.

Den Arm um mich gelegt, wendet er sich dann zu seinen Freunden um. „Das sind Jorge, Juan und Miguel, von denen ich dir erzählt habe. Wir haben spontan beschlossen, zum Gitarrenfestival nach Ronda zu fahren. Und ich habe sie überredet, einen Umweg zu machen, damit ich bei meinem Mädchen vorbeischauen kann. Freust du dich?"

„Ja. Ja, natürlich. Kommt doch rein." Meine Stimme hört sich fremd und hohl in meinen Ohren an. Ich bin richtig aufgeregt, schlucke die Nervosität aber hinunter und lächle ihn an.

Die Jungs springen aus dem Auto und begrüßen mich jeder mit einer Umarmung, dann fallen sie fröhlich in unser Haus ein. Mittlerweile sind auch Alejandro und Lucía neugierig geworden und begleiten unsere Gäste auf die Terrasse. Fabio hält sich dezent im Hintergrund, doch als ich in der Küche fieberhaft ein paar Gläser, einen Krug mit kaltem Wasser und Bier aus dem Kühlschrank zusammensuche, steht er plötzlich in der Küchentür, sodass ich kurz zusammenzucke.

„Brauchst du meine Hilfe?" Seine Stimme hört sich heiser an, so als kratze etwas an ihr. Als hätte auch er etwas in der Kehle stecken, dass sich so leicht nicht herunterschlucken lässt. Ist ihm Marcos' Auftauchen ebenso unangenehm wie mir? Würde auch er gern wissen, wie es zwischen uns steht?

„Ich … äh …" Seine Augen bringen mich wieder einmal aus dem Konzept. Doch diesmal sehen sie kummervoll aus.

„Soll ich den Krug nehmen?", bietet er an und kommt näher.

„Ja, danke." Unsere Hände berühren sich leicht, als ich ihm den schweren Wasserkrug reiche, und mein Herz tänzelt unruhig. Doch ich traue mich nicht, ihm aus dieser Nähe erneut in die Augen zu sehen.

In dem Moment kommt Marcos herein. „Hier bist du versteckt! Kommst du?"

„Ja, schon unterwegs." Fahrig drehe ich mich um und nehme das Tablett mit den Gläsern und Bierflaschen auf. Als ich mich wieder zur Tür wende, ist Fabio schon vorausgegangen.

„Wer ist das?", raunt Marcos und es soll wohl unbedarft klingen, doch mir steigt die Hitze in die Wangen.

„Das ist Fabio. Mama hat ihn gebeten, mir während ihrer Abwesenheit zu helfen. Er kennt die Yeguada, hat als Kind viel Zeit hier verbracht …"

„Und war wohl immer schon verknallt in dich?" Prüfend sieht er mich an.

Seine Frage setzt mein Herz in Trab. „Was? Blödsinn, nicht eine Minute …" Also früher jedenfalls nicht. Und jetzt? Keine Ahnung …

„So, wie er dich ansieht …"

Da springt es, das Herz. Zu schön ist diese Vorstellung. Immer noch scannt er mein Gesicht nach einem Hinweis ab und ich brauche meine ganze Selbstbeherrschung, mir das Hüpfen in meiner Brust nicht anmerken zu lassen.

„Nein. Du irrst dich, das ist mir noch nie aufgefallen." Sieht er mich auch an, wenn ich es nicht bemerke? Wie denn? Das kann ich meinen eigenen Freund doch nicht fragen. Auch wenn es mich brennend interessiert.

Marcos stockt und spitzt sichtlich die Ohren. „O Mann! Jetzt fangen die ohne mich zu spielen an. Komm schon, komm, das musst du hören." Er rennt voraus. Seinen Anfall von Eifersucht hat er erstaunlich schnell wieder weggesteckt. Ich folge ihm mit wackeligen Knien nach draußen.

Auf der Terrasse haben seine drei Freunde die Gitarren hervorgeholt und Alejandro und Lucía lauschen entzückt ihren Klängen. Fabio sitzt ungerührt daneben und greift sich eine Flasche Bier, sobald das Tablett nur die Tischplatte berührt.

Auch Marcos nimmt nun schnell seine *Felipe Conde* zur Hand und setzt sich zu ihnen. Ich liebe den Sound von Akustikgitarren, und als er zu singen beginnt, läuft ein wohliger Schauer durch meinen Körper und für den Moment vergesse ich die Zweifel. Tief einatmend schließe ich die Augen und gebe mich ganz seiner samtigen Stimme hin. Als ich sie wieder öffne, hat sich die Welt ein Stückchen verändert. Alles ist in weicheres Licht gehüllt, eine leise Brise kitzelt meine Nasenspitze.

Die tiefstehende Sonne, die Pferde in der Ferne auf den Koppeln, der Duft nach Gras und Heu, das ist mein Zuhause. Im Glanz der Klänge bekommt das alles eine noch tiefere Bedeutung und Tränen der Rührung drücken hinter meinen Augen. Ich lege eine Hand an mein Brustbein, um diesen Augenblick für immer darin zu speichern.

Nur kurz werfe ich einen Seitenblick auf Fabio, will wissen, ob er mich ansieht. Doch er starrt nur auf die Flasche in seinen Händen, als gäbe es etwas unglaublich Spannendes darauf zu lesen. Bestimmt hat Marcos sich geirrt.

Anscheinend wird auch Paloma von der Musik angelockt, denn sie streckt den Kopf aus der Stalltür, ruft dann in den Stall hinein und kommt mit Iago im Schlepptau in unsere Richtung. Sie klettern über das Geländer der Terrasse und setzen sich dazu.

Der Rhythmus des Liedes wird schneller und schneller und schließlich gehen die Musiker vom Schlussakkord in explodierendes Lachen über. Meine Geschwister und Iago applaudieren und jubeln begeistert. Auch ich schließe mich dem Klatschen ausgelassen an. Nur Fabio nimmt unbeteiligt einen Schluck.

Während Miguel weiter leise Töne zupft, legen die anderen die Instrumente zur Seite. Juan und Jorge genehmigen sich jeder ein Bier, Marcos setzt sich neben mich und legt den Arm um meine Schultern.

„Das war sooooo schön, Marcos!" Lucía strahlt. „Du wirst bestimmt bald berühmt."

„Das hoffe ich doch." Er zieht einen imaginären Hut und verbeugt sich lachend.

„Echt klasse! Seid ihr jetzt eine Band?", will Paloma wissen.

„Ja, ja, das haben wir vor." Er sprudelt regelrecht über vor Enthusiasmus. „Aber wir müssen erst noch eigene Lieder schreiben oder die, die jeder von uns schon geschrieben hat, auf uns vier anpassen. Wie hat es denn dir gefallen, mi amor?"

Seine Finger streicheln über meine nackte Schulter, ich spüre diese typische, glatte Gitarristen-Hornhaut seiner Fingerkuppen, als hätte man sie in Wachs getaucht. Sie sind mir so vertraut. Immer noch bin ich wie verzaubert von seiner Musik und habe nichts dagegen.

„Schön", sage ich lächelnd und lege meinen Kopf auf seiner Schulter ab. „Wunderschön."

Da hebt Fabio den Blick und trifft meinen, nur einen Wimpernschlag, eine Millisekunde lang, und senkt ihn langsam wieder. Zwei Strähnen seiner schwarzen, sanft gelockten Haare hängen ihm über die verengten Augen. Ihr Grau kann ich nur noch als ein helles Flackern unter den dunklen Wimpern erkennen. Und dieser eine Blick ist trotz seiner Kürze so intensiv, dass er meinen ganzen Körper in Aufruhr versetzt.

Mein Atem stockt, die Härchen meiner Arme vibrieren und gleichzeitig breitet sich Hitze in mir aus. Ruckartig nehme ich den Kopf von Marcos' Schulter und springe auf.

„Ich hole was zu knabbern", murmle ich und fliehe in die Küche.

SECHZEHN

Allein und mit geschlossenen Augen an den Küchenschrank gelehnt, komme ich langsam zur Ruhe. Das funktioniert so nicht, das mit der Distanz. Warum fühle ich mich zu Fabio hingezogen, selbst wenn Marcos direkt neben mir sitzt? Warum wäre mir plötzlich am liebsten, dass Marcos wieder verschwände? Das ist doch verrückt! So werde ich nie herausfinden, ob wir noch ein WIR sind. Ich will nicht in Fabio verliebt sein. Nicht schon wieder. Nicht, nachdem ich es geschafft hatte, gute zwei Jahre nicht an ihn zu denken. Und ich war doch glücklich mit Marcos, zumindest meistens.

Im Flur ertönen Schritte. Bitte lass es jetzt nicht Fabio sein. Bitte lass es Fabio sein. Ich öffne die Augen. Es ist Alejandro.

„Na? Was für eine Überraschung. Ein Glück, dass Mama nicht da ist." Er rollt grinsend mit den Augen und legt brüderlich einen Arm um meine Schultern.

Ich seufze. „Ist es so offensichtlich, dass sie ihn nicht leiden kann? Kannst du ihn etwa auch nicht leiden?"

„Na ja, was heißt leiden können … Ich finde halt, dass du was Besseres verdient hast. Ist dir schon mal aufgefallen, dass er ständig nur über sich selbst spricht?" Missbilligend schüttelt er den Kopf.

Überrumpelt sehe ich ihn an. Mich erschreckt die Tatsache, dass er das bisher für sich behalten hat. Sind wir einander so fremd geworden? Vielleicht sogar WEGEN MARCOS?

„Doch, schon, ja, aber er hat auch gute Seiten …" Verteidige ich ihn? Oder doch eher mich? Die Wahrheit sackt mir ins Herz und reißt es mit sich zu Boden.

Er nimmt den Arm von meiner Schulter und lacht ungläubig. „Noch etwas außer seiner Musik?" Ohne eine Antwort abzuwarten, öffnet er den Kühlschrank und bückt sich über die Getränkeschublade.

Ich bin froh, dass er nicht weiterfragt und krame ebenfalls in einer Schublade. „Weißt du, wo die *Risketos* sind?"

„Ups, aufgegessen." Er nimmt sich die kalte Cola, die er anscheinend gesucht hat, und verschwindet.

Na gut, dann gibt es eben wieder nur *Cheetos*. Seufzend schütte ich den salzigen Snack in eine Schüssel, atme einmal tief durch und begebe mich zurück nach draußen.

Gerade macht Paloma ein zorniges Gesicht, denn Lucía hat Spaß daran gefunden, sie aufzuziehen. „Paloma ist verliebt, Paloma ist verliebt."

„Hör auf", knurrt die und wird puterrot. Auch Iagos Wangen haben eine verdächtige Farbe angenommen. Ich setze mich wieder neben Marcos.

„Und du, was ist eigentlich mit dir, Fabio? Hast du eine Freundin?" Paloma versucht nun wohl, charmant von sich abzulenken.

„Ja, genau, was ist mir dir, Fabio?" Aus Marcos' Mund klingt das Ganze weniger charmant. Gespannt halte ich die Luft an.

Doch Fabio scheint die Coolness in Person zu sein. Gemütlich lehnt er sich in seinem Sessel zurück und schüttelt den Kopf. „Nein."

„Was heißt *Nein*? Momentan nicht oder generell nicht?" Gott! Marcos sollte echt lockerlassen, es wird langsam richtig peinlich. Doch er fixiert Fabio und wartet auf eine Antwort. Auch ich blinzle neugierig in seine Richtung und bete, dass mein Herzklopfen nur für mich so laut zu hören ist.

„Ich habe vor einer Weile beschlossen, auf die Richtige zu warten, wenn du es unbedingt wissen willst." Fabio zwingt sich ein Lächeln auf.

Ich bin baff. Das hätte ich keinesfalls von ihm erwartet. Deshalb also wollte er nicht von mir geküsst werden. Er wartet auf die Frau fürs Leben.

Marcos lacht auf. „Na, wenn du meinst … Aber bis dahin kann man ja auch ein bisschen Spaß haben. Wir haben schließlich auch das eine oder andere erlebt, bevor wir einander trafen, nicht wahr, mi amor?" Liebevoll tätschelt er meinen Oberschenkel und sucht meinen Blick. Ich lächle gezwungen und nicke. Fabio anzusehen, wage ich nicht. Laut dieser Definition fiele unser Kuss wohl in die Kategorie Spaß haben. Komisch nur, dass wir den beide nicht hatten.

Da mischt sich Lucía ein. „Alejo wartet auch auf die Richtige", sagt sie voller Inbrunst.

Der Erwähnte presst die Lippen aufeinander und zuckt entschuldigend mit den Achseln. Fabio hebt seine Flasche und die beiden prosten einander zu.

„So, wird langsam Zeit", meint Jorge, der soeben von der Toilette zurückkommt. Miguel hört auf, zu klimpern und Juan streckt den Rücken durch.

„Dann lasst uns fahren, Männer", beschließt Marcos. „Danke, mi amor, für die Getränke. Es war so schön, dich zu sehen." Er fasst mit der Hand in mein Haar am Hinterkopf und zieht mich besitzergreifend zu sich. Seine Lippen schließen sich um meine und seine Zunge sucht sich ihren Weg in meinen Mund, was ich nur für einen winzigen Moment zulasse. Es ist kein Ekel oder Widerwille, es ist viel schlimmer. Denn ich fühle mich, als wäre ich eine Fremde. Nicht mehr dieselbe, die vor kurzem noch mit ihm in Tarifa gelebt hat. Es fühlt sich einfach nicht mehr richtig an. Alejo hat recht, außer seiner Musik gibt es nichts, was mich mit Marcos verbindet. Er hat sich weder nach meiner Mutter erkundigt noch gefragt, wie es mir hier geht. Ihn interessieren weder meine Familie, meine Arbeit, noch ich. Vielleicht liebt er mich auf seine Art oder glaubt, es zu tun. Doch seine Musik und sich liebt er um Welten mehr.

Und als wäre diese Erkenntnis nicht schon schrecklich genug, sagt er auch noch laut: „Te amo. Ich liebe dich, mi amor."

Meine Hände werden feucht und ich fühle, wie sich meine Haare an den Wurzeln aufrichten. Ich kann unmöglich schweigen. Vor seinen neuen Freunden, vor meiner Familie. Unmöglich, ihn so zu blamieren.

Also sage ich leise: „Ich dich auch."

Lächelnd und winkend fährt er dann davon, voller Vorfreude auf ein Wochenende mit seiner Leidenschaft, der Musik und in dem Glauben, dass zwischen uns alles in bester Ordnung ist.

Ich bleibe voller Schuldgefühle zurück. Ihm gegenüber, meiner Familie gegenüber, die ich ebenfalls im Dunkeln lasse, und irgendwie auch gegenüber Fabio.

Er lässt sich allerdings nicht anmerken, was er von der Situation hält. „Ich bin dann drüben, falls du was brauchst." Und damit wendet er sich rasch ab, geht in Richtung Gästehaus davon.

Nun spüre ich, wie langsam die Anspannung von mir abfällt und einer Niedergeschlagenheit Platz macht. Ich bin in Bezug auf Marcos klarer geworden. Aber leichter macht das meine derzeitige Situation auch nicht. Eher das Gegenteil. Mein Kopf schmerzt, ein Druck über meinen Augenbrauen, die ich den ganzen Abend lang zwanghaft nach oben gezogen habe, in der Hoffnung, das ließe mich fröhlich aussehen.

„Frau Doktor", wende ich mich an Lucía, „haben Sie noch ein freies Bett für mich? Ich brauche dringend Erholung."

„Aber natürlich." Entzückt schlüpft sie sofort in ihre Rolle. „Legen Sie sich ruhig schon hin. Ich hole in der Zwischenzeit die Infusion."

Hilfe! Worauf habe ich mich eingelassen?

SIEBZEHN

Gestern, nach Frau Doktor Lucías Behandlung, die nicht nur warme Milch mit Honig, sondern auch eine entspannende Rückenmassage und zwei Folgen *Zoom – der weiße Delfin* beinhaltet hat, bin ich sehr früh zu Bett gegangen und so wache ich dementsprechend zeitig wieder auf.

Alle anderen schlafen noch. Vollkommen still ist das Haus, doch die Sonne wirft schon hellgelbe Streifen auf den Steinboden der Terrasse und so nehme ich noch im Pyjama meine erste Tasse Kaffee mit nach draußen.

Ein paar Braunkehlchen putzen ihr Gefieder in der kleinen Vogeltränke, die in der Wiese vor dem Haus steht. Ich setze mich auf einen Stuhl, stelle die Füße auf das Geländer, schließe die Augen und genieße die Strahlen, die mir warm ins Gesicht scheinen. Seit ich hier bin, hatte ich so wenig Zeit, einfach nur herumzusitzen und nichts zu tun, Heimat zu atmen, Wärme tiefer als nur auf meiner Haut zu fühlen, dem leisen Rauschen der Bäume zu lauschen.

Wie meine Mutter das bloß geschafft hat, alles so mühelos aussehen zu lassen. Vier Kinder, das große Haus, das Gestüt und vermutlich Geldsorgen über viele Jahre. Ist es verwunderlich, dass ihr Herz nun schlappmacht? Zum ersten Mal im Leben empfinde ich Hochachtung für ihre Leistung.

Ein leises Geräusch lässt mich die Augen öffnen. Aus der Tür des Gästehauses tritt Fabio, nur eine kurze Sporthose und Sportschuhe am Leib. Er stellt sich in die Wiese und beginnt, sich mit Jumping Jacks aufzuwärmen.

Als er gleichzeitig seinen Blick über das Haus schweifen lässt, bemerkt er mich und stockt für einen Moment. Er steht vielleicht zwanzig Meter von mir entfernt, zu weit weg, um den Ausdruck seiner Augen zu erkennen, doch nahe genug, um sicher zu sein, dass er genau in meine Richtung schaut. Ich halte den Atem an.

Ohne den Blick abzuwenden, macht er weiter. Hoch, runter, hoch, runter, hoch, runter. Er starrt zu mir. Ich starre zu ihm. Der feuchte Glanz auf seiner Brust schimmert in der Morgensonne und meine Finger kribbeln bei dem Gedanken, wie sich seine Haut unter ihnen anfühlen mag. Wie würde sie schmecken? Mir schlägt das Herz bis zum Hals.

Ich höre ihn schnaufen und kann mich nicht davon abhalten, mir seinen schweren Atem an eben diesem Hals vorzustellen. Wie küsst er, wenn er atemlos vor Lust ist? Wenn ich in seinen feuchten Haaren wühle? Wenn unsere verschwitzen Körper sich aneinanderreiben? Nun schnappe auch ich nach Luft. Doch ich kann nicht wegsehen. Sein

Blick lässt mich nicht entkommen. Hoch, runter, hoch, runter.

Zu gern würde ich seine salzigen Lippen auf meinen spüren, den Kuss von vor zwei Jahren wiederholen, nur mit einem anderen Ende …

Gott, was denke ich da für einen Blödsinn!

Das wird nicht passieren. Fabio wartet auf die Richtige und ich mache in Gedanken mit ihm rum, während ich Marcos glauben lasse, dass ich ihn liebe. Heiße Scham flammt in mir hoch. Vielleicht sind das die Spielchen, vor denen Fabio mich gewarnt hat.

Plötzlich bleibt er ausgepowert stehen, stützt die Hände auf den Oberschenkeln ab. Sein Brustkorb hebt und senkt sich, doch er hält immer noch den Blickkontakt zu mir. Abrupt springe ich auf, will rüberrennen, will schreien: Was soll das? Was willst du eigentlich von mir? Warum machst du das?

Doch ich tue es nicht, noch sind meine Finger um das rettende Geländer gekrallt. Denn ich weiß genau, wenn ich nur einen Schritt von dieser Terrasse auf ihn zugehe, dann gibt es kein Halten mehr. Dann zerre ich ihm auch noch das letzte Kleidungsstück vom Körper, dann will ich nicht nur einen Kuss, dann will ich ihn.

Und ich weiß nicht, ob er energisch genug wäre, mich dann noch zurückzuhalten. Also reiße ich mit Gewalt meinen Blick von ihm los, meine Hände vom Geländer, fliehe ins Haus und nehme erst mal eine ausgiebige kalte Dusche.

Als ich eine Stunde später die Treppe hinunterkomme, sind Paloma und Fabio in der Küche beim Frühstück. Paloma beißt in ein Wurstbrot und Fabio löffelt Müsli in sich hinein, beide sehen kurz auf, als ich den Raum betrete.

Ich räuspere mich. „Guten Morgen." Es kostet mich alle Selbstbeherrschung, trotz Fabios Anwesenheit aufgeräumt zu klingen, ehe ich mich mit einer Tasse Kaffee zu ihnen setze. So aufgeräumt wie meine Mutter immer. Komplett anders als Lucía, die soeben hereinschlurft. Ihr Haar ist unfrisiert und zerzaust wie das von Ronja Räubertochter, ihr Gesicht angsteinflößend wie das der Druden im selben Film.

„Ich hab sooooo schlecht geschlafen, ich bin sooooo müde. Ab welchem Alter darf man Kaffee trinken? Wann kommt endlich Mama wieder?" Ihre letzte Frage sticht vollkommen unangekündigt in mein Herz. „Ich vermisse sie. Und die Ausritte mit Papa. Das ist so ein Kacksommer! Ich mag nicht mehr, ich werde niiiiieee wieder froh. Alles ist doof. Ich will Mama wieder."

Wie so ein kleines Häufchen Elend steht sie mitten in der Küche und mein Herz zerbricht bei ihrem Anblick. Wenn sie nur wüsste, wie Kacke der Sommer wirklich ist. Wie Kacke er womöglich noch wird. Ich presse die Faust an meinen

Mund und sehe hilflos zu Fabio rüber. Sein Blick erzählt von dem gleichen Schmerz wie mein eben zersprungenes Herz.

„Kann ich mich zu dir setzen?", fragt sie ihn leise.

„Klar." Verdutzt lässt er zu, dass sie auf seinen Schoß klettert und die dünnen Arme um seinen Hals schlingt. Doch dann verändert sich etwas in seinem Blick, wird weich, und er streichelt fürsorglich über ihr Haar, wiegt sie sanft hin und her. Da schleicht sich ein kleines Lächeln auf meine Lippen, auch wenn es von brennenden Augen begleitet wird. Ja, sie hat vollkommen recht. Wenn man sich von jemandem trösten lassen wollte, dann wäre Fabio absolut die erste Wahl.

Irgendwann hat sie ihren Kuscheltank wieder aufgefüllt und mampft zufrieden ihre regenbogenfarbigen Cerealien. Auch Alejandro kommt zu uns nach unten, und als wir alle so beisammen sind, fühlt es sich fast wie früher an. Wie schon als Kinder sitzen wir rund um den alten dunklen Eichentisch, dessen Kerben und Kratzer davon erzählen, wie viele Generationen vor uns sich schon an ihm versammelten. Wie als Kinder treiben Alejo und Fabio Späße und Lucía, die damals noch gar nicht auf der Welt war, lacht sich an Alicias Stelle krumm, Paloma schwärmt nach wie vor von den Pferden. Zurückgelehnt beobachte ich schmunzelnd die vier, ihre lachenden Gesichter, ihre Ausgelassenheit und Sorgenfreiheit. Was würde ich dafür geben, dass sie diese behalten. Zumindest mein Bestes will ich geben.

Zu gern würde ich jetzt Fabio fragen, ob wir heute wieder an unserer Strategie zur Rettung des Gestüts weiterfeilen. Doch einerseits sollen die anderen nicht von den Problemen erfahren, andererseits bin ich nach der lustvollen Begegnung heute früh verunsichert, wie ich ihn ansprechen soll.

Lucía guckt aus dem Fenster. „Da kommt wer." Ihr Mund ist so voll, dass bei jedem Wort Milch auf die Tischplatte tropft.

Und tatsächlich, ein Wagen mit Anhänger fährt in gemächlichem Tempo auf den Hof.

Fabio guckt mich aufmunternd an. „Das muss klappen", murmelt er verschwörerisch.

Entschlossen nicke ich ihm zu und stehe auf.

Gemeinsam, allerdings diesmal in angemessenem Abstand zueinander, treten wir vor die Haustür und begrüßen den Ankömmling. Es ist eine Frau um die dreißig, die mit großen Schritten auf uns zu kommt und erst mir, dann Fabio die Hand schüttelt. „Buenos días, ich bin Elena von der Reitschule Paraíso. Wir haben geemailt?"

„Genau, ich heiße Sie herzlich bei uns willkommen", erwidere ich förmlich.

Fabio sagt: „Hola Elena, wie schön, dich kennenzulernen. Darf ich dich herumführen? Ich würde gern mehr von deiner Reitschule erfahren." Ich muss zweimal hinsehen, denn sein Lächeln ist nicht nur bezaubernd, es ist auch alles andere als förmlich. Galant bietet er ihr seinen Arm an.

Bei dieser überaus freundlichen Begrüßung kichert sie verlegen, scheint es aber kaum erwarten zu können. Plaudernd und scherzend wandern die beiden bald über das Gelände und ich folge ihnen mit Donnergrummeln im Bauch. Schon nach kurzer Zeit kann ich Elenas übertriebenes Lachen nicht mehr ertragen und gehe zurück ins Wohnhaus, um Paloma zu bitten, endlich auch herauszukommen.

Als wir wenig später zu den beiden stoßen, lehnen sie gerade an einem Koppelzaun. Sie haben die strahlenden Gesichter einander zugewandt, ihre Gesten sehen allzu deutlich nach Flirten aus. Es ist, als zuckten Blitze in mir, und ich beiße schmerzhaft die Zähne zusammen.

Sogar aus der Ferne ist deutlich zu erkennen, wie gut Elena optisch zu Fabio passen würde. Sie ist genauso groß wie er und durchtrainiert, hat rotblondes, lockiges Haar, das zu einem dicken Zopf geflochten wurde. Ein paar Haare an Stirn und Schläfen haben sich gelöst und kringeln sich allerliebst um ihr schmales Gesicht mit zauberhaften Sommersprossen. *Vielleicht sieht ja so die Richtige für ihn aus*, denke ich bitter.

Außerdem scheint er sich prächtig mit ihr zu amüsieren und ich fühle mich dreigeteilt wie die zersägte Assistentin eines Magiers. Der erste Teil von mir hofft, dass er sich nur so ins Zeug legt, um der Yeguada zu helfen, der zweite erinnert mich daran, dass ich immer noch einen Freund und keinerlei Anspruch auf Fabio habe. Und der dritte Teil kocht nun schon vor Eifersucht.

ACHTZEHN

Da bringt Paloma die erste Stute für den Proberitt und Elena reißt sich endlich von Fabio los. Sie folgt meiner Schwester mit dem Pferd zum Reitplatz und er dreht sich breit grinsend zu mir um.

„Ich denke, sie ist jetzt in ausgezeichneter Laune." Er scheint sehr zufrieden mit sich zu sein.

„Du aber auch", murre ich vorwurfsvoll. „Gefällt sie dir?" Sofort beiße ich mir auf die Lippen, doch die Frage ist schon aus mir herausgepurzelt wie dampfende Pferdeäpfel aus einer ungeschickt geschobenen Schubkarre.

Mit einem abfälligen Lachen schnaubt er aus. „Pff. Diese Frage werde ich nicht beantworten." Und damit dreht er sich weg und geht mit großen Schritten in Richtung Stall. Nun fühle ich mich nicht nur lächerlich, ich fühle mich lächerlich gemacht. Er nimmt mich nicht einmal für voll. Genau wie damals vor zwei Jahren. Ein zorniges Beben läuft durch meinen Körper, wenn ich daran denke, wie er einfach nur stumm dagestanden hat nach unserem Kuss. Dem Kuss, der für mich so viel mehr war als ein Kuss.

„Ha", stoße ich fassungslos aus und balle die Fäuste.

Nach einem Augenblick, in dem mein Gehirn um die Oberhand kämpft, um meine Beine davon abzuhalten, ihm hinterherzulaufen, hetze ich ihm doch nach. Kurz vor der Sattelkammer erreiche ich ihn. Mittlerweile vor Wut schnaubend.

„Das tust du ja gern, einfach schweigen. Bist du zum Reden zu feige?", belle ich seinen Rücken an. „Erzähl doch mal, wie ist das so, auf die Richtige zu warten? Hast du Sex oder lebst du abstinent? Hä? Das würde mich wirklich brennend interessieren!" Es liegt wohl weniger an der kurzen Strecke, dass ich derart außer Atem bin, als an meiner Dreistigkeit, die mich zutiefst erschreckt.

Kraftvoll reißt er die Tür auf. „So? DAS interessiert dich also?", fragt er wütend, dreht sich aber immer noch nicht zu mir um. Mit polternden Stiefeln betritt er den halbdunklen Raum, sucht fahrig nach dem richtigen Sattel.

Ich folge ihm wie ein Kampfhund, der sich festgebissen hat. All meine verletzten Gefühle von vor zwei Jahren, die ganze einseitige Schwärmerei aus Jugendjahren, drängen in diesem Augenblick nach draußen.

„Du bist schließlich ein junger Mann, hast bestimmte Bedürfnisse … oder etwa nicht?", höhne ich.

Da lässt er den Sattel, den er eben noch in der Hand hatte, auf den hölzernen Halter zurückfallen, dreht sich um und stellt sich knapp vor mich hin. Viel zu knapp. Die Wärme seines Körpers strahlt bis auf meine Haut, sein Duft steigt mir in die Nase. Ich muss schlucken. In meinem Bauch kämpfen Wespen gegen Schmetterlinge.

„Ob ich Bedürfnisse habe?", raunt er scharf. Dann legt er seine Hand an meinen unteren Rücken und zieht mich entschlossen zu sich. „Das musst du schon selbst herausfinden."

Mein Busen presst sich an seine Rippen, an meiner Hüfte spüre ich deutlich seine Erregung. Vor Sehnsucht wird mir schwindelig, sodass ich die Augen zumachen muss. Nach Atem schnappend öffne ich den Mund und er verschließt ihn sofort mit seinen Lippen. Alles an mir wird weich, ich schmelze wie Butter in der Sonne. Leidenschaftlich lege ich meine Arme um seinen Hals und wie von einer fremden Kraft gesteuert, graben sich meine Finger in sein Haar.

Immer tiefer schlängelt seine Zunge. Wie ein Wirbelsturm fährt das Kribbeln durch meinen Körper und ich bin wie in Trance. Gott, ist das schön.

Unsere Kiefer öffnen sich weiter und weiter, als könnten wir uns dadurch noch näherkommen, als suchten wir nach etwas, was weit im Verborgenen liegt. Dabei ist es längst schon offensichtlich. Scheiße verdammte, ich bin so was von verliebt.

Viel zu früh löst er sich von mir und doch bin ich froh, wieder Sauerstoff in meine Lungen und mein Gehirn zu bekommen.

Als ich die Augen öffne, liegen die seinen warm lächelnd auf mir. „Beantwortet das deine Frage?"

Hastig nicke ich.

Er nimmt den Sattel und wendet sich zum Gehen. In der Tür dreht er sich noch mal um. „Nur fürs Protokoll: Diesmal hab ich dich geküsst", sagt er frech und grinst. Dann verschwindet er aus meinem Blickfeld.

Völlig durch den Wind taumle ich nach hinten und lasse mich an der Wand zu Boden gleiten. Dios mío! Ich muss erst mal zu Atem kommen. Und zu Verstand. Und zu mir, ohne seine Lippen auf meinen.

Doch mit der Realität kehrt auch Marcos wieder in meine Gedanken zurück. Sein Kuss gestern, der sich so anders angefühlt hat, der sich vielleicht nie so angefühlt hat wie der gerade eben. Mein Verrat an ihm. Der verursacht mir Übelkeit.

Als ich mich wieder so weit gefasst habe, dass ich Sattelkammer und Stall verlassen kann, beobachte ich, dass sich Fabio auf Estrella zu Elena und Esmeralda auf den Reitplatz gesellt hat. Vielleicht will er ihr zeigen, wie die Stute auf andere Pferde und bei Ablenkung reagiert. Er scheint ein untrügliches Gespür dafür zu besitzen, was gerade gebraucht wird. Und das nicht nur bei mir …

Der Gedanke, dass er wieder mit ihr flirten könnte, lässt mich mich schnell abwenden. Das Haus … wirklich ein guter Zeitpunkt, um endlich das Haus zu putzen. Es hat es dringend nötig und vielleicht lenkt es mich ab.

Falsch gedacht ... Beim Bettenbeziehen sehe ich geradezu vor mir, wie Fabio sich in den Laken räkelt, beim Putzen der Bäder kann ich nicht umhin, mir vorzustellen, wie er sich den Schweiß vom Körper wäscht. Während ich die Fenster abziehe, verrenke ich den Kopf, um einen Blick auf ihn zu erhaschen. Und immer wieder spielt mein Kopf den Kuss durch, immer und immer wieder.

Nachdem ich noch das Wohnzimmer aufgeräumt habe, bin ich fix und alle, lasse mich auf das Sofa fallen und blicke mich mutlos um. Es müsste unbedingt noch gesaugt und ein Haufen Wäsche aufgehängt werden, doch nun ist es bereits elf, und wenn wir etwas essen wollen, sollte ich jetzt kochen. Missmutig muss ich mir eingestehen, dass sich das alles viel leichter angehört hat, als es ist. Dass es bei meiner Mutter immer so leicht ausgesehen hat. Dass ich das mit all den anderen Aufgaben nicht allein schaffe. Das tut plötzlich mehr weh, als es der Auslöser rechtfertigt. Ich wollte so gern beweisen, dass ich mehr bin, als Mama in mir sieht. Dass ich schaffe, was sie schafft.

Doch dieses Haus ist riesig und alt, es ist für eine Großfamilie gebaut. Vielleicht war es nie dazu bestimmt, die Aufgabe einer einzigen Person zu sein.

Vom Pool hereinkommend, reißen mich Alejandro und Lucía aus meinen Grübeleien.

„Hola, Marisol! Magst du auch ein Eis?", zwitschert Lucía fröhlich und Alejandro schnappt sich sein Buch von der Kommode.

„Leute." Ich knete meine Hände vor Nervosität. „Hört mal. Ich weiß, ihr habt Ferien und bei Mama musstet ihr das bisher nicht tun, aber ich wollte euch bitten, mir beim Putzen zu helfen."

Anscheinend klinge ich so verzagt, wie ich mich fühle, denn Alejandro verharrt mitten in der Bewegung. „Ja klar."

Und Lucía klettert neugierig von hinten über die Sofalehne. „Was soll ich tun?" Dankbar ziehe ich sie an mich.

Während mein Bruder sich mit dem Staubsauger anfreundet und fürs Erste nur einmal das Wichtigste, nämlich das untere Stockwerk, saugt, hängt Lucía eifrig und gewissenhaft unsere nassen Kleidungsstücke auf den Wäscheständer. Natürlich wird es bei einer Sechsjährigen nicht so ordentlich, nicht so glatt, wie wir es vielleicht von Mama gewohnt sind. Aber ganz ehrlich, wir sind hier auf einem Pferdehof! Wen kümmert's?

Gerade, als ich einen unfassbar guten Eintopf fertig habe, dessen Rezept ich in einem handgeschriebenen Kochbuch meiner Mutter entdeckt habe, kommen Fabio und Paloma freudestrahlend herein.

„Marisol, du glaubst es nicht, aber Elena will sogar alle beide Stuten nehmen. Ist das nicht großartig? Sie war so begeistert davon, wie die beiden harmoniert haben", ruft Paloma.

Meine Freude und Überraschung darüber wird ein wenig von Zynismus überschattet. Vielleicht meinte sie eher, wie sie selbst mit Fabio harmoniert hat? Aber sofort schüttle ich die Eifersucht ab. Egal! Er hat mich geküsst, und zwar so richtig. Seinetwegen haben wir zwei Pferde verkauft. Dankbar lächle ich ihn an.

„Hier sind ihre Daten, machst du den Vertrag klar? Sie und Rayan bereiten sie schon für den Transport vor", sagt er mit sanfter Stimme und schaut mir so tief in die Augen, dass in meinem Kopf schon wieder der Kuss abläuft. Zum nunmehr tausendundersten Mal. Meine Knie sind weicher als das Gemüse im Eintopf.

„Äh, ja, mach ich." Mich von diesen Augen loszureißen, fällt mir immer schwerer. „Fangt doch schon mal mit dem Essen an."

Als ich dann als Letzte zum Tisch komme, stolz die Zahlungsbestätigung schwenkend, ist nur mehr der Platz neben Fabio frei. Schon wieder schlottern meine Knie, diesmal vor Freude, und ich setze mich rasch.

„Mmh, voll lecker gekocht, Marisol", lobt Paloma. „Das wird ja langsam." Die anderen nicken zustimmend.

„Ach kommt, ihr werdet erst merken, wie schlecht die Verköstigung wirklich war, wenn Mama wieder da … ist." Ich stocke und stopfe den Kloß, der mir im Hals sitzt, zurück in mein Herz. Vielleicht wird unsere Familie nie mehr so, wie sie war. Vielleicht wird Mama nie wieder kochen, nie wieder die starke Frau sein, nie mehr wie ein Wirbelwind durchs Haus fegen.

Meine Augen brennen. Ich spüre Fabios Blick von der Seite, und als ich zögerlich rübersehe, legt er unter dem Tisch eine Hand tröstend auf mein Knie. In dem Moment beginnt meine Nase zu laufen und ich ziehe sie hoch.

Alejandro und Paloma schauen gleichzeitig von ihren Tellern auf. Lucía nur wenig später.

„Was ist los? Du bist die längste Zeit schon so komisch", fragt mein Bruder erstaunt.

„Nichts", lüge ich. „Ich kriege nur meine Tage, bin einfach überemotional." Und damit stehe ich auf und verschwinde ins Bad.

NEUNZEHN

Hinter mir fällt die Badezimmertür ins Schloss und ich drehe den Schlüssel um, ehe ich mit einem tiefen Atemzug meinen Vater anrufe. Ich muss endlich wissen, wie es ihr nach dem Eingriff geht. Wird alles wie früher? Wird sie sterben? Wird sie ein Pflegefall? Wird sie „lediglich" alles aufgeben müssen, was sie ausmacht? Eine eiskalte Hand krallt sich immer fester um mein Herz.

„Hola, mi corazón", sagt er liebevoll.

„Papa, wie geht es ihr? Bitte erzähl mir alles genau, ich bin hier so im Ungewissen und das macht mich verrückt."

Er seufzt schwer, vielleicht zieht er auch die Kappe vom Kopf und fährt sich mit dem Unterarm über die Stirn, wie er es immer tut. „Mein Schatz, es tut mir leid, dass so viel auf dir lastet. Aber es gibt keine genauen Prognosen, momentan erholt sie sich gut von dem Eingriff. Sie bekommt ein paar Tage lang Infusionen, die das Herz entlasten sollen, also blutdrucksenkende, entwässernde und so weiter. Danach kommen wir nach Hause. Erst dann wird man sehen, ob und wie lange diese Verbesserung anhält. Sie soll sich jedenfalls am Anfang absolut schonen. Du hast doch noch Zeit, oder, Schatz? Du musst noch nicht ins Hotel zurück?" In seiner Stimme ist ein Anflug von Panik zu hören. Und das, obwohl mein Vater der gelassenste Mensch der Welt ist.

Sofort beeile ich mich, ihn zu beruhigen. „Nein, nein, ich konnte mir den ganzen Monat freinehmen. Aber … aber ich frage mich, was danach kommt?"

„Mach dir darum jetzt mal keine Gedanken, wir finden eine Lösung." Diese Antwort ist typisch Papa, normalerweise. Aber in dieser besonderen Situation? Und wo er gerade noch so ängstlich nachgefragt hat?

Doch ehe ich weiter darüber nachdenken kann, warum er mir ausweicht, fragt er: „Wie läuft es denn bei euch? Verstehst du dich mit Fabio?"

Kann er hellsehen? Meine roten Wangen sieht er zum Glück zumindest nicht.

„Äh … ja, doch … ja. Wir haben heute zwei Stuten verkauft", wechsle ich dann lieber schnell das Thema. „Es geht also aufwärts mit den Finanzen."

„Die Finanzen? Ach so, toll." Er wirkt irritiert. Hat er am Ende gar keine Ahnung? Lässt meine Mutter sogar ihn im Ungewissen, wie es um das Gestüt steht?

„Kann ich mal mit Mama sprechen? Oder geht es ihr so schlecht?"

„Sie schläft gerade, Schatz, und ist sehr erschöpft. Ihr könnt dann in Ruhe sprechen, wenn wir wieder zu Hause sind. Toll, wie du alles hinkriegst, ich wusste immer, dass du eine Macherin bist, wie deine Mutter. Mach's gut und küss die anderen von mir. Besos, mein Herz!"

Da ist er aber der Einzige, der das weiß, …

„Küsse", murmle ich und wir legen auf.

Deprimiert setze ich mich auf den Rand der Badewanne. Sehr viel schlauer bin ich nun nicht gerade, aber zumindest sieht es momentan nicht lebensbedrohlich aus. Vielleicht helfen die Maßnahmen ja tatsächlich, damit sie ein relativ normales Leben führen kann. Das scheint gar nicht ausgeschlossen zu sein.

Es klopft leise an der Tür. Ich stehe auf und entriegle sie, ehe ich öffne. Fabio steht mit schräg gelegtem Kopf im Flur. „Alles okay bei dir?" Er greift nach meiner Hand und ich nicke stumm, denn mein Herz klopft schon laut genug für uns beide. Damit die anderen nichts mitkriegen, ziehe ich ihn ins Bad und schließe die Tür.

„Ich habe mit meinem Papa telefoniert. Es geht ihr gut so weit. Vielleicht kommen sie in ein paar Tagen nach Hause."

„Das ist schön. Schau, vielleicht ist es doch nicht so schlimm wie befürchtet." Immer noch hält er meine Hand in seiner und die Härchen an meinen Armen richten sich auf, als stünden sie unter Strom.

„Ja, vielleicht." Dankbar lächle ich ihn an, er lächelt zurück. Nun bewegt er leicht die Finger und streichelt mit dem Daumen über meinen Handrücken. Das Kribbeln in meinem Bauch wird unerträglich.

„Fabio, was wird das zwischen uns?" Unsicher sehe ich zu ihm auf. Meine Brust zerspringt beinahe, so aufgeregt klopft mein Herz.

„Hm." Auch er wirkt verunsichert. „Ich weiß nicht, sag du es mir." Er presst gequält die Lippen aufeinander.

Aber ich traue mich nicht. „Was … was willst du denn?"

„Was willst DU denn?" Fragend legt er den Kopf schief, sodass ihm eine Haarsträhne vor das Auge fällt.

Alles, will ich schreien. *Sex und Liebe und ein ganzer Haufen Kinder, wenn sie nur deine Augen haben.*

„Du … du wartest doch auf die Richtige?", flüstere ich und schiebe seine Haarsträhne mit einem Finger zurück an ihren Platz.

„Könnte für dich ja eine Ausnahme machen …" Seine Augen lächeln schelmisch, doch mir versetzt die Antwort einen leisen Stich.

„Um was zu tun? Nur für Sex? Oder für eine Beziehung?", frage ich atemlos.

Sein Adamsapfel hüpft, als er schluckt. Nun ist er wieder ernst. „Beides?"

In meinem Brustkorb geht die Sonne auf. Warm, hell und strahlend breitet sich das Glück in mir aus. Von den Zehenspitzen bis hinauf auf mein Gesicht.

Doch er fährt immer noch ernst fort. „Aber die Sache mit Marcos musst du vorher beenden. Wie gesagt, ich mag keine Spielchen. Jeder hat Ehrlichkeit verdient."

„Ja, natürlich", sage ich voller Überzeugung, doch in Wahrheit bekomme ich jetzt schon Bauchschmerzen, wenn ich daran denke. Im Schlussmachen war ich noch nie gut. Aber er hat recht. Marcos hat es verdient, dass ich ehrlich mit ihm bin und auch Fabio und ich haben klare Verhältnisse verdient.

Fabio und ich. Wie schön sich das anhört. Anfühlen tut es sich noch tausendmal schöner. Innerlich schnurre ich vor Glück.

Nun lächelt er mich zärtlich an und seine Augen wandern über mein Gesicht, so liebevoll, dass ich beinahe zerspringe.

„Und wann sagen wir es den anderen?", will er wissen.

„Nicht, bevor ich offiziell mit ihm Schluss gemacht habe", erinnere ich ihn und würde es doch am liebsten in die Welt hinausschreien.

„Ist gut. Dann also noch mal ein heimlicher Kuss?" Grinsend zieht er mich an sich heran, streicht erst mein Haar hinter mein Ohr und legt dann eine Hand an meine Wange, fährt mit dem Daumen hauchzart über meine Lippen. Genussvoll seufzend schlinge ich meine Arme um seine Taille und schließe die Augen.

Ich merke, dass er sich herunterbeugt, ich spüre sein Gesicht ganz nahe, den kaum wahrnehmbaren Hauch seiner Atemluft und … es klopft. Wir schrecken beide hoch.

„Marisol, ich muss aufs Klo", ruft Paloma gepresst.

„Geh nach oben!", rufe ich zurück.

„Da ist Lucía schon. Bitte, es ist dringend!"

Fabio und ich streben auseinander. Peinlich berührt öffne ich die Tür und wir drücken uns, zuerst Fabio, dann ich, an ihr vorbei nach draußen.

Paloma macht kugelrunde Augen. „Also mit dem Tampon hätte ich dir auch helfen können", wispert sie ungläubig, dann verschließt sie schnell die Tür hinter sich.

ZWANZIG

Die nächsten beiden Tage sind unglaublich schön. Wann immer ich Fabio begegne, berührt er mich mit seinen Blicken, seiner Hand, seinen Lippen, je nachdem, wo und in welcher Gesellschaft wir sind.

In jeder freien Minute ziehen wir uns ins Büro zurück und arbeiten an unserer Marketingstrategie und an unseren Küssen. Ich weiß nicht, ob meine Geschwister etwas wissen oder vermuten, sie lassen sich jedenfalls nichts anmerken.

Mit Marcos habe ich noch nicht gesprochen, mir graut so davor, es ihm einfach am Telefon zu sagen. Mir graut jedoch noch mehr davor, ihm dabei in die Augen blicken zu müssen.

Vielleicht schiebe ich das Ganze auch ein wenig vor mir her, weil mir die Möglichkeit, dann tatsächlich mit Fabio schlafen zu können, Angst einflößt.

Ich meine, wir sind miteinander aufgewachsen, stellenweise hat sich unsere Beziehung wirklich wie die von Bruder und Schwester angefühlt. Wie wird es sein, ihm nackt gegenüberzustehen? Wird er enttäuscht sein? Oder ich?

Ich sehe nicht schlecht aus, ich mag mich. Mir ist bewusst, dass mich viele Männer begehren, für meinen vollen Busen, meine jugendliche, aber sehr weibliche Figur. Aber Fabio? Fabio habe ich immer als andere Liga betrachtet, und zwar den Großteil meines Lebens.

Am Sonntagabend ruft Marcos an, als ich nach der Dusche in mein Zimmer komme, und nach einigen Augenblicken des Zögerns hebe ich ab. In meinem Bauch mischt sich ein solch schwerer Klumpen aus Beklemmung, Scham und auch etwas Furcht vor seiner Reaktion, dass er mich nach unten zieht und ich mich aufs Bett setzen muss.

„Hola, Marcos."

„Hallo, mi amor. Rate mal, wo ich gerade bin." Wie ein Blitz fährt mir die Angst in die Gedärme. Bitte nicht vor meinem Haus!

Ohne eine Antwort abzuwarten, fährt er triumphierend fort. „In Sevilla! Wir haben auf dem Festival einen Typen kennengelernt mit einem Musikstudio. Er arbeitet für Labels wie Sony, Universal und so weiter und hat angeboten, ein Album mit uns zu produzieren. Ist das nicht großartig?"

Ich bin vollkommen baff. „Ja, das ist fantastisch! Ich gratuliere dir."

„Schatz, ich werde erst mal nicht nach Tarifa zurückkommen, das hier ist genau mein Ding. Ich will das so sehr und werde mir so schnell wie möglich eine Wohnung in Sevilla suchen. Du weißt, dass meine Musik mir die Welt bedeutet … Kannst du das verstehen?"

Autsch. Ich fühle mich, als wäre ich soeben geohrfeigt worden und wie Scheuklappen fällt es mir von den Augen. Unser gemeinsames Leben ist ihm tatsächlich total egal. ICH bin ihm total egal. Warum habe ich mir eigentlich selbst so ein schlechtes Gewissen gemacht?

Sanft, aber bestimmt sage ich: „Weißt du was, Marcos, ich will dir nicht im Weg stehen, du solltest dich jetzt voll und ganz auf deine Musikkarriere konzentrieren, da sind alle anderen Verpflichtungen fehl am Platz. Also, ich gebe dich frei …"

„Wow, dass du mich so unterstützt, das ist echt großartig von … Warte mal. Ist das seinetwegen? Diesem Fabio?" So leicht zu täuschen ist er dann anscheinend doch nicht. Ich beiße mir auf die Lippen.

„Auch … Vielleicht … Ich denke jedenfalls, dass es besser ist, wenn jeder seiner eigenen Wege geht."

„Ha!" Nun wirkt er doch verletzt. Genau wie ich vorhin.

Aber sind wir nicht quitt? Er verlässt mich wegen der Musik, ich ihn wegen Fabio.

Trotzdem sitzt mir ein Kloß im Hals. Es ist immerhin ein Abschied. Wenn auch ein Abschied von einer Idealvorstellung, von Erinnerungen. Und Abschiede tun immer weh.

„Ich danke dir für zwei schöne Jahre, Marcos", sage ich versöhnlich. Ich will nicht mit bösem Blut auseinandergehen.

Er schluckt hörbar und sagt leise: „Ich dir auch, mi amor." Dann legt er auf.

Mein Verstand hinkt noch hinterher. Mein Herz irgendwie auch. Nach all dem Grübeln, all dem Hinterfragen ist es nun also vorbei. Einfach so.

Eine Weile bleibe ich noch sitzen, horche in mich hinein, was ich an ihm vermissen werde, welcher Teil von mir besonders schmerzt. Sicher, mir werden seine Musik fehlen, seine Stimme. Mir werden die Gewohnheiten fehlen, die wir uns zu eigen gemacht haben, wie das lange Frühstück im Café am Sonntag, manchmal bis drei Uhr nachmittags. Oder seine Auftritte, zu denen alle unsere gemeinsamen Freunde kamen und deshalb die Stimmung immer extra ausgelassen war. Und doch … Wenn ich ehrlich zu mir selbst bin, ist es etwas anderes, was mich am meisten schmerzt: die Tatsache, dass meine Mutter wieder einmal gewonnen hat. Ohne überhaupt mitgespielt zu haben.

EINUNDZWANZIG

Am nächsten Tag versuche ich die richtige Gelegenheit abzupassen, um Fabio und meinen Geschwistern die Neuigkeiten zu berichten. Doch ständig kommt etwas dazwischen. Vormittags wird das Kraftfutter geliefert und Taranto verletzt sich am Bein, weil eine Latte des Koppelzauns gesplittert ist. Da hat wohl einer der liebestollen Hengste wieder einmal wie bekloppt dagegengetreten.

Während ich mit dem Tierarzt telefoniere, ist Paloma einem Nervenzusammenbruch gefährlich nahe. Völlig aufgelöst tigert sie dann herum, bis Alonso endlich auf den Hof rast.

Erst als er den Splitter entfernt, das Bein verbunden und Entwarnung gegeben hat, beruhigt sie sich etwas.

Da es üblich ist, den Tierarzt nach der Behandlung noch auf einen Sherry einzuladen, setzen wir uns mit ihm auf die Terrasse.

Feierlich hebt Alonso das Glas und stößt mit mir an, doch ich nippe nur am Jerez. Der Vormittag ist für mich nicht unbedingt die richtige Zeit für Alkohol. Während er Paloma ausführlich von den Neuigkeiten der umliegenden

Bauern erzählt, lasse ich meinen Blick auf der Suche nach Fabio schweifen, den ich heute noch kaum zu Gesicht bekommen habe. Ich vermisse ihn, seinen zärtlichen Blick, seine Berührungen. Dort in der Ferne erkenne ich ihn, wie er gemeinsam mit Rayan die Stelle im Zaun ausbessert.

„So, ich werde dann mal. Die Tetanus-Impfungen wären auch bald wieder fällig. Ruft mich an, wenn es euch passt. Und kommt uns gern mal besuchen. Meine María hat euch schon Ewigkeiten nicht gesehen …"

„Ja, danke, Alonso", sage ich, mit den Gedanken bei Fabio.

Paloma jedoch fällt dem alten Mann gerührt um den Hals. „Danke, danke, Alonso. Vielen Dank. Ich weiß nicht, was ich ohne dich getan hätte."

Er tätschelt ihren Rücken. „Halt schön die Wunde sauber, dann ist er schnell wieder der Alte."

„Das mach ich", sagt sie selig.

Als er weg ist, setzt Paloma sich wieder, zieht die Stiefel aus und lehnt sich zurück. „Puh. Macht mich voll müde, die Hitze."

„Was dich müde macht, ist, dass die Anspannung endlich von dir abfällt …", sage ich mit einem amüsierten Lächeln.

„Könnte sein." Nun wirkt sie tatsächlich gelöster, wohlig streckt sie die Arme in die Luft.

Auch ich freue mich, dass sie wieder glücklich ist. Vielleicht können wir uns einmal ausgiebig unterhalten. Jetzt, wo sie schon fast erwachsen ist und einen Freund hat, freut sie sich bestimmt über eine ältere Vertraute. Vielleicht mag sie mir sogar von sich und Iago erzählen. Und ich ihr vielleicht von Fabio? Mein Herz macht einen Sprung, denn das darf ich ja jetzt.

„Übrigens …" Vertraulich lehne ich mich weiter über den Tisch. Wenn ich den Anfang mache, traut sie sich bestimmt auch, sich mir zu öffnen. „Ich wollte dir erzählen, dass ich mich von Marcos getrennt habe."

„Waaaas? So plötzlich?" Ruckartig setzt sie sich auf.

Überrascht von ihrer heftigen Reaktion, habe ich das Gefühl, mich rechtfertigen zu müssen. „Äh. Ja, es hat einfach nicht mehr gepasst, wir haben uns auseinandergelebt."

Sie macht ein empörtes Gesicht. „Also, ich finde es ehrlich schlimm, dass du dich gar nicht bemühst, die Beziehung zu retten, sondern ihm einfach den Laufpass gibst, wenn es mal schwierig wird. Jeder weiß, dass man an seiner Beziehung arbeiten muss. Also Iago und ich, wir werden uns NIEMALS trennen, wir sind einfach füreinander bestimmt."

Mit offenem Mund lasse ich die Standpauke über mich ergehen und bin unfähig, mich zu verteidigen. Von meiner jüngeren Schwester zurechtgewiesen zu werden, weil ich mich von einem Mann getrennt habe, hätte ich nicht erwartet. Und es tut mehr weh, als ich für möglich gehalten hätte. Es trifft mich tief, dass sie in mir kein Vorbild mehr sieht wie früher, als wir jünger waren. Es schmerzt mich, dass sie womöglich recht hat. Andererseits ist sie eine idealistische Sechzehnjährige in der ersten Beziehung. Verständlich, dass ihr das Ende einer Liebe Angst macht.

Da schlendert Alejandro vom Pool herüber, das Handtuch in einer Wurst um den Nacken gelegt, und hinter ihm Lucía mit einem Eis in der Hand.

„Alejo, Marisol hat mit Marcos Schluss gemacht und das, obwohl sie ihm vor ein paar Tagen noch gesagt hat, dass sie ihn liebt." Sie erhofft sich wohl Unterstützung im Kampf für die Liebe.

Doch er grinst breit. „So schnell kann's gehen. Hat eh viel zu lange gedauert."

Bester Bruder. Dankbar werfe ich ihm eine Kusshand zu und bin unendlich erleichtert, dass nicht alle Welt mich für egoistisch und gemein hält.

Neben ihm steht Lucía und sieht ungerührt auf die Eiscremepfütze, die sich zu ihren Füßen bildet.

„Vielleicht kann Fabio besser küssen, zumindest tun sie es dauernd", stellt sie trocken fest, ohne auch nur aufzublicken. Mir wird heiß und kalt. Wieso weiß sie davon? Was hat sie alles gesehen?

Paloma und Alejandro starren mich an, meine Schwester schockiert, mein Bruder belustigt.

Ich spüre, wie meine Wangen glühen. „O Mann, Lu, du tropfst, geh mit dem Eis in die Wiese", rufe ich übertrieben streng und hole den Gartenschlauch, um die Terrasse damit abzuspritzen. „Verdammt, da ist dann wieder alles voller Ameisen!", schimpfe ich weiter und lege los.

Schreiend nehmen meine Geschwister Reißaus und ich lache in mich hinein. So schnell ist das Thema erledigt.

Da heute keine weiteren Termine anstehen, gönne auch ich mir nach einer kühlenden Gazpacho zum Mittagessen endlich eine Auszeit am erfrischenden Pool. Doch der Nachmittag wird heißer und heißer.

Denn erst mäht Fabio wieder oben ohne den Rasen hinter dem Haus und guckt dabei ständig zu mir. Schließlich kommt er in Badeshorts herüber und legt sich auf die Liege direkt neben mir.

Ich bin aufgeregt. Nun finde ich es blauäugig, dass wir einfach beschlossen haben, ein Paar zu sein, ohne zu wissen, ob der Sex zwischen uns beiden überhaupt funktioniert.

Gott! Was ist, wenn es nicht wie in meiner Vorstellung ist? Wenn der Akt an sich schlecht ist? Wenn er etwas an mir nicht mag? Wenn einer von uns keine Befriedigung findet? Wir können doch nicht einfach sagen: *Ups, nicht so prickelnd, lass uns wieder Freunde sein.*

Aber es ist nicht nur der Gedanke an Sex, der mich aufwühlt, und zwar in jeglicher Hinsicht. Auch die Tatsache, dass es mit ihm viel zu schön ist, um wahr zu sein. Vielleicht ist das, was wir gerade fühlen, nur so etwas wie eine Urlaubsromanze, eine Reaktion auf die besonderen Umstände.

Auweia. Ich habe solche Angst, vor Anspannung knabbere ich an meinem Daumennagel. Eigentlich wollte ich ihm heute feierlich berichten, dass ich die Beziehung mit Marcos beendet habe. Aber gerade eben traue ich mich nicht, denn das käme einem Startschuss gleich, für den ich vielleicht noch nicht bereit bin.

Lucía klettert aus dem Wasser und stellt sich tropfend vor Fabio hin, ohne die Taucherbrille abzunehmen, die so groß ist, dass ihre Oberlippe nach unten gedrückt wird. Sie sieht aus wie der süßeste Fisch der Weltgeschichte. „Ich hab eine Frage", nuschelt sie.

„Ja?" Auch er schmunzelt über ihr Aussehen.

„Kannst du ein Instrument spielen?" Sie zappelt aufgeregt, will vermutlich so schnell wie möglich wieder ins Wasser.

Irritiert blickt er sie an. „Nein, leider nicht, wieso fragst du?"

„Weil jetzt, wo Marisol mit Marcos Schluss gemacht hat, kann ich nicht mehr Gitarre spielen lernen." Verzagt lässt sie die Schultern hängen.

Na toll! Kurz kneife ich die Augen zusammen, nur spüre ich dann noch stärker mein peinlich berührtes Herzklopfen und reiße sie schnell wieder auf.

Er grinst. „Äh, ich kann gut pfeifen …"

„Cool!" Begeistert klatscht sie in die Hände. „Bringst du es mir bei?"

„Klar", sagt er lachend.

„Supi!" Wie der Blitz dreht sie um und ist schon wieder mit einem undefinierbaren Sprung im Wasser verschwunden.

In Erwartung einer Reaktion ziehe ich die Luft ein und presse die Lippen aufeinander. Und tatsächlich, aus den Augenwinkeln erkenne ich, dass Fabio sich zu mir dreht und die Füße auf den Boden stellt.

„Aha", sagt er bedeutungsvoll. „Gut zu wissen."

Ein leises Kitzeln läuft mir vom Nacken bis zum Steißbein, ich drehe den Kopf zu ihm und grinse verunsichert.

Mit einem intensiven Blick hält er mir die Hand hin und sagt lächelnd: „Gehen wir uns abkühlen?"

Mein ganzer Körper kribbelt, als ich meine Hand in seine lege. Hand in Hand stehen wir auf und treten an den Rand des Pools. Hand in Hand springen wir hinein. Als wir prustend auftauchen, streicht er mir das wirre Haar und die Tropfen aus dem Gesicht und sieht mich feierlich an. Mein Herz zerspringt beinahe vor Glück. Vor Glück und Angst.

Da kommt Alejandro aus dem Haus und bemerkt, dass wir alle im Wasser sind. Schon nimmt er Anlauf und springt. „Arschbombeee!"

Doch ich spüre weder den Wellengang noch den Schwall, der uns von der Seite trifft, denn Fabios Lippen liegen offiziell und für alle Welt sichtbar auf meinen und mein Herz schwebt in luftiger Höhe irgendwo über uns.

ZWEIUNDZWANZIG

Nach dem Abendessen ruft Papa an. Ich überlasse es den anderen, den Abwasch fertig zu machen, und ziehe mich in mein Zimmer zurück.

„Gute Neuigkeiten, mein Schatz, wir kommen morgen nach Hause." Mein Pulsschlag verdoppelt sich.

„Morgen schon?" Unzählige Gedanken fallen mich an wie ein Rudel hungriger Wölfe. Ist das ein gutes Zeichen? Habe ich alles erledigt, was sie mir aufgeschrieben hat? Wie wird es sein, wenn sie wieder hier ist?

In Worte fassen kann ich nur die eine Frage. „Wie geht es ihr?" Ich stelle mich mit dem Rücken ans Fenster.

„Ganz gut, besser als vor dem Eingriff. Sie kann zumindest besser atmen. Zwar muss sie zwölf verschiedene Medikamente nehmen und die Nebenwirkungen sind beträchtlich. Aber du kennst sie, sie ist tapfer. Wir schaffen das schon." Er klingt zuversichtlich und erleichtert. Wahrscheinlich freut er sich außerdem riesig auf daheim und seine Pferde. Und auch in mir siegt die Freude über meine Befürchtungen.

„Okay, und soll ich irgendwas vorbereiten? Wollt ihr etwas Besonderes essen, wenn ihr ankommt? Soll ich den anderen was sagen?"

„Ach, wie du willst, mi corazón … Nein, ich denke nicht … aber wie du magst."

Schmunzelnd schüttle Ich den Kopf. Das ist wieder so typisch Papa. Denn das, was meine Mutter zu bestimmend ist, ist er zu unentschlossen, man kriegt echt kaum eine Entscheidung aus ihm heraus.

„Ja, okay, dann also gute Fahrt, bis morgen, Papa."

„Bis morgen! Besos!"

Ich lege auf und drehe mich zum Fenster um, atme tief ein. Morgen kommen sie zurück. Es geht ihr besser, so gut, dass sie das Krankenhaus verlassen darf. Ich hoffe so sehr, dass sich ihr Herz erholt. Ich spüre es. Jetzt wird alles gut.

Langsam dämmert es. Da sehe ich Fabio, der gerade zum Gästehaus hinüberschlendert. Mein Herz fliegt zu ihm nach unten, sehnsuchtsvoll blicke ich ihm nach und streichle versonnen über meinen Hals. Fast schon kann ich seine Hände auf mir spüren. Da lässt mich ein Gedanke innehalten: Heute sollte es passieren. Heute ist die letzte Gelegenheit, bevor meine Eltern zurück sind. Mit ihnen im Haus werden wir wohl nicht so einfach und unbemerkt die Nacht zusammen verbringen können. Oder wollen. Es wäre schon peinlich, wenn sie das mitbekämen. Ich habe nie mit einem Freund unter einem Dach mit meinen Eltern geschlafen. Keine Ahnung, wie sie dazu stehen.

Also heute? O Gott, o Gott! Bin ich bereit? Ist er es? Braucht er eine Vorwarnung? Klopfe ich einfach an seine Tür?

Als hätten meine Überlegungen es heraufbeschworen, klopft es in dem Moment bei mir. Erschrocken fahre ich herum. „Ja?"

Die Tür öffnet sich einen Spalt. „Kannst du heute mit mir lesen?", fragt Lucía kleinlaut.

Ich lächle ihr zu. „Was ist mit Alejo?"

„Der ist gemein. Er sagt, mein Buch ist für Babys und ich soll mal Harry Potter oder so nehmen. Aber ich glaube, das ist voll gruselig, dann kann ich nicht einschlafen."

Bei ihrem süßen Gemaule muss ich lachen. „Du hast recht, das ist echt zu gruselig. Soll ich dir was verraten? Alejo hat, als er es zum ersten Mal gelesen hat, wieder bei Mama und Papa geschlafen, und da war er schon um einiges älter als du."

Sie kichert. „Echt?"

„Na, komm." Ich begleite sie ins Zimmer zurück, decke sie zu und setze mich daneben.

„Zeig mal, was möchtest du denn, dass ich vorlese?"

„Hier." Schüchtern reicht sie mir das Büchlein und ich betrachte den blauen Umschlag.

„*Klopf, klopf, komm herein, keiner bleibt heut' Nacht allein.* Toller Titel, muss ich schon sagen. Ich weiß echt nicht, was Alejo hat. Aber das ist jedenfalls ganz nach meinem Geschmack."

Nachdem sie eingeschlafen ist, stelle ich mich mit klopfendem Herzen unter die Dusche. Sollte es heute tatsächlich passieren, will ich gut riechen und rasiert sein. Eingewickelt in ein Badetuch suche ich dann in meiner Kommode nach der passenden Unterwäsche. Mag er lieber was Natürliches oder was Verruchtes? Witzig, dass man einen Menschen sein Leben lang kennen kann und in Wahrheit keine relevanten Informationen über ihn hat.

Etwas rasselt. Was war das? Nun etwas lauter. Ich sehe zum Fenster. Winzige Kieselsteine prallen von der Scheibe ab. Verwundert trete ich ans Fenster und sehe runter. Dort steht Fabio und winkt, also öffne ich das Fenster. „Was ist los?" Die geflüsterte Frage lässt mich das Lächeln fühlen, das sich bei seinem Anblick auf mein Gesicht geschlichen hat.

„Komm runter. Schau, der Himmel ist heute voller Sternschnuppen." Er breitet die Arme aus und scheint strahlend den Himmel zu umarmen.

Das Glück überfährt mich wie ein Schnellzug. Trotzdem reiße ich mich von ihm los und richte den Blick nach oben. Ja, da war was! Ist es schon wieder so weit? Die Zeit der

Perseiden? Was habe ich sie früher geliebt. Fabio, Alicia, Alejandro und ich haben ganze Nächte draußen verbracht. Wie wunderschön!

„Ich komme!" Jetzt kann ich es nicht mehr erwarten. Fabio trägt bereits lockere Boxershorts und T-Shirt, also schlüpfe auch ich schnell in meinen Pyjama und fliege zu ihm.

Mit einer leichten Decke in der Hand wartet er vor dem Haus auf mich.

„Hey", sagt er mit einem zärtlichen Lächeln und gibt mir einen Kuss. Dann nimmt er meine Hand und wir schlendern über die Wiese zu den Sonnenliegen am Pool. Diesmal legen wir uns allerdings gemeinsam auf eine.

Er breitet die Decke über uns aus. „Ist dir nicht kalt?"

„Nein, gar nicht."

Es ist mild draußen. Außerdem ist er ja da, und er ist heiß, also warm. Er ist warm. Wohlig seufzend lehnen wir uns zurück und betrachten den Himmel. Am schwarzen Firmament leuchten unzählige Sterne, ganze Haufen, ganze Schwaden, so klar ist die Nacht. Durch sie fühle ich mich unsagbar unwichtig, aber gut unwichtig. Wer weiß, was diese Sterne alles Bedeutendes gesehen haben?

Ich selbst kann mich nur sehr schwer entscheiden, was ich lieber ansehe. Die leuchtende Unendlichkeit? Das Aufflackern eines Kometen, ähnlich einem angerissenen Streichholz Lichtjahre von mir entfernt? Oder doch Fabios Gesicht, so nahe wie kaum jemals zuvor …

Wenn ich mich recke, kann ich die Narbe neben seinem Auge küssen. Damals bei dem Ausritt hatte er großes Glück, dass ihm der Ast nicht das Auge ausgestochen hat. Mit dem Finger fahre ich das Sternbild der winzigen Muttermale an seinem Hals nach und präge mir sein Muster ein. Warm liege ich an seiner Brust und er streichelt zärtlich meinen Oberarm, bis die Gänsehaut mir bis auf die Kopfhaut krabbelt. Ich will hier nie wieder weg.

„Wie hat es Marcos denn aufgenommen?" Er fragt es unvermittelt, ohne den Blick von der Sternendecke zu nehmen, und reißt mich damit unsanft aus meiner Glückseligkeit.

„Äh. Nun, ging so. Er hat eh gerade nur die Musik im Kopf, aber happy war er nicht. Kam wohl recht unerwartet für ihn." Das schlechte Gewissen pikst mich wieder. Ich hätte bei seinem Besuch wirklich nicht sagen dürfen, dass ich ihn liebe. Das war absolut nicht fair von mir.

„Und du?" Mit großen Augen sieht er mich verständnisvoll an.

Verdutzt über seine Frage, fehlen mir für einen Moment die Worte. Für gewöhnlich geht jeder davon aus, dass die Person, die die Beziehung beendet, keinen Grund zum Traurigsein hat. Und doch habe ich immer wieder das Gegenteil erlebt.

„Hm. Du kennst dich wohl aus mit Schlussmachen?",
frage ich und habe etwas Angst vor der Antwort.

Er nickt betrübt. „Ich wollte das nicht mehr. Alle paar
Wochen oder Monate jemanden verletzen, nur weil es eben
nicht passt, von Anfang an nicht gepasst hat, aber man das
nicht wahrhaben wollte … Also? Bist du auch traurig?"

Ich schlucke. „Nein, ich weiß nicht, es ist eher Wehmut
über schöne Momente, über die Sicherheit, die ich so lange
hatte … Es ist … Das hier, das mit uns, ist schon sehr …
Also, es jagt mir Angst ein."

Nun dreht er sich auch mit dem Oberkörper zu mir und
sieht mich aufmerksam an. „Ehrlich?"

„Ja, natürlich. Was ist, wenn das nicht funktioniert oder
nur hier funktioniert und zurück in Tarifa fühlt es sich
falsch an?" Das auszusprechen, lässt einen kalten Schauer
über meinen Rücken wandern.

„Dann müssen wir eben einfach hierbleiben", sagt er lächelnd.

DREIUNDZWANZIG

Seine kindlich euphorischen Worte lassen mich auflachen. „Sicher nicht! Ich habe alles dafür getan, von meiner Mutter wegzukommen. Ich werde bestimmt nicht so schnell wieder nach Hause ziehen."

„Hm." Das klingt enttäuscht. Er dreht sich wieder nach vorn und schaut in den Himmel. Ich ebenso.

„Da, hast du's gesehen?", rufe ich entzückt.

„Mhm."

„Und noch eine! Wie schön!"

Abrupt dreht er den Kopf wieder zu mir. „Was wünschst du dir eigentlich? Ich meine, nicht jetzt bei dieser Stern-schnuppe, ich meine im Leben?" Seine Stimme ist rau, viel zu ernst für diese Situation.

„Hey, du bist heute ja richtig tiefgründig", ziehe ich ihn auf, doch noch immer zeigt sich kein Lächeln auf seinem Gesicht.

Es scheint ihm wichtig zu sein, also räuspere ich mich und denke kurz nach. „Also schön, was ich mir wünsche? Nichts, denke ich, einfach glücklich zu sein … und beruflich

Anerkennung zu finden. Ich glaube, das ist es, was ich mir wünsche. Und du?"

Nun habe ich das Gefühl, er ziert sich. Warum fragt er solche Dinge, wenn er selbst die Antwort nicht preisgeben will?

Doch schließlich beginnt er zu sprechen. „Ich wünsche mir eine Aufgabe, die mich, aber auch einen höheren Sinn erfüllt, und eine eigene Familie … Du nicht?"

„Doch, sicher. Irgendwann …" Sprechen wir schon über Kinder? Wir waren noch nicht mal miteinander im Bett! Ich kriege Gänsehaut, weil es einerseits so erschreckend und andererseits so erschreckend schön ist.

„Könntest du dir das mit mir vorstellen?" Er klingt etwas nervös und mein Herz stolpert über seine Worte.

„Was?" Das war ein kleiner Schrei, gefolgt von einem übertriebenen Lachen. „Hör auf. Das klingt wie ein Antrag, Fabio."

„Kein Antrag. Nur eine Frage. Könntest du?"

Nun klopft mir das Herz bis zum Hals. „Si-sicher …"

Mehr bekomme ich nicht aus mir raus. Ist es ihm so wichtig, keine lockere, zwanglose Beziehung einzugehen, will er unbedingt sichergehen, dass daraus etwas Ernstes entstehen kann? Oder ist vielleicht auch ihm nicht wohl bei der Vorstellung, wir zwei, die allein durch unsere Mütter ein Leben lang miteinander verbunden sind und sein werden, könnten daran scheitern?

Auch wenn meine Antwort wackelig klang, stellt sie ihn anscheinend zufrieden. Denn er beugt sich zu mir und saugt den Duft meiner frisch gewaschenen Haare ein. Es rührt mich, dass auch er ein wenig unsicher ist, dass er sich Gedanken um die Zukunft macht, und es lässt mich hoffen, dass das hier zwischen uns weit mehr ist als nur eine kurze Urlaubsromanze.

Ein Glücksschauer schüttelt mich.

Er zuckt überrascht zusammen. „Ist dir kalt? Wollen wir reingehen?"

Ich schlucke und nicke hastig. Ja, das will ich.

Fabio steht auf und zieht mich auf die Beine. Dann legt er die Decke um meine Schultern und seinen Arm darüber. Mit weichen Knien begleite ich ihn in sein Zimmer im Gästehaus.

Hier riecht es nach feuchter Luft und Duschgel, interessiert sehe ich mich um. Es sagt doch viel über einen Menschen aus, wie viel Kosmetika, wie viel Zeugs er dabeihat. Doch die Ablage unter dem Badezimmerspiegel schockiert mich nicht. Darauf stehen lediglich ein Duschgel, ein Deo derselben Marke, Haargel und die Zahnbürste samt Zahnpastatube. Keine tausend Tiegelchen, keine Nahrungsergänzung, kein Bräunungsöl …

Das erleichtert mich, denn ich bin ein absolut natürlicher Typ. Ich verwende weder Make-up noch unzählige Cremes und Seren.

„Tja, da sind wir", sagt er. Wenn ich mich nicht irre, wirkt auch er etwas angespannt. Er knetet seine Finger und sieht furchtbar süß dabei aus, genau wie früher, wenn wir unseren Eltern beichten mussten, dass wir was ausgefressen hatten. „Willst du dich setzen?"

„Ja, gut." Ich setze mich auf die Bettkante.

Er macht die Nachttischlampe an und löscht das grelle Deckenlicht, ehe er sich neben mich setzt. Während er mich ansieht, hebt er langsam die Hand, streicht mir die vorderen Strähnen zurück, von der Stirn beginnend bis zu meinem Hals. Mein Atem zittert, als er weiter nach unten streichelt, über das Schlüsselbein, das Dekolleté, dann meine Brust. Ich halte kaum merklich die Luft an, was ihn jedoch sofort innehalten lässt.

„Geht dir das zu schnell?" Ich schüttle entschieden den Kopf und will ihn küssen. Doch er legt sanft einen Finger an meine Lippen und fährt fort. „Weißt du noch, was ich in der Bar erwidert habe, als du mich gefragt hast, warum du so einsam bist, warum dich keiner liebt?"

Was? Verdammt. Will er die Stimmung ruinieren? Die Erinnerung an diesen Abend fühlt sich wie eine Ohrfeige an. Deprimiert schüttle ich den Kopf.

Er legt nun beide Hände an meine Wangen. „Ich sagte: Das kann eigentlich nicht sein, denn du bist wunderschön. Du hast nur den Richtigen noch nicht getroffen ... Und das denke ich immer noch. Du bist so schön." Seine Worte verklingen, sein liebevoller Blick bleibt.

Will er damit sagen, dass er der Richtige für mich sein könnte? Dass ich die Richtige für ihn sein könnte? Mein Herz schwillt so sehr an, dass es wehtut. Kann Glück schmerzen? Oder nur Glück in Verbindung mit Liebe? Und die fühle ich, bis in die kleinste Faser meines Seins.

Er zieht das Shirt über seinen Kopf und ich tue es ihm gleich. Sein Kopf nähert sich meinem und mit einem Kuss lassen wir uns nach hinten aufs Bett sinken. Haut an Haut, Herz an Herz. Nichts hat sich je so gut angefühlt, so fremd und gleichzeitig vertraut. Ich kenne ihn so lange, doch erst jetzt kenne ich ihn ganz.

Ehrfürchtig streichelt er meine Brust. Dann senkt er den Kopf und nimmt die Spitze in den Mund, leckt genussvoll daran. Stöhnend schließe ich die Augen, während ich in seinem Haar wühle. Ich halte es kaum noch aus vor Lust, will ihn zu mir hochziehen, doch er hat andere Pläne. Behutsam wandert er tiefer, zieht mir die Pyjamashorts aus und vergräbt den Kopf zwischen meinen Beinen. Nach einem überraschten Quieken lasse ich mich überzeugt zurück ins Kissen fallen. Sein heißer Atem, die weiche Zunge. Gott, es ist so schön, so intim, so intensiv. Ich spüre seine Hingabe, zu gern möchte auch ich mich ihm hingeben, auch ihm Genuss verschaffen. Wie konnte ich nur einen Moment daran zweifeln, dass es mit ihm nicht perfekt sein würde? Es ist perfekter als perfekt.

Als ich schon die Hände in das Leintuch krallen will, erhebt er sich endlich, lässt die Boxer zu Boden fallen und zieht ein Kondom über.

Mit offenen Armen und offenem Herzen empfange ich ihn, den Körper, den Mann, den Jungen, mit dem ich Pferde stehlen konnte. Und der mir auch noch das Herz gestohlen hat.

VIERUNDZWANZIG

Engumschlungen schlafen wir ein, und als der Morgen anbricht, lieben wir uns noch einmal. Dann legen wir uns wieder auf die Liege vor dem Pool, um dem Sonnenaufgang zuzusehen, und so endet diese Nacht genauso, wie sie begonnen hat.

Wir sind vollkommen still, jedes Wort würde die Magie des Augenblicks zerstören, diese Ruhe nach dem Sturm bis an den Rand gefüllt mit Glück.

Ich verbiete es mir, an die Zukunft zu denken, zu grübeln, was morgen, was in Tarifa aus uns wird. Ich verbiete mir sogar, an heute zu denken, an die Ankunft meiner Eltern. Alles, was ich will, ist, in diesem Augenblick zu verweilen. Und die Liebe zwischen uns zu spüren.

Doch so, wie das Rosa des Himmels allmählich in Blau übergeht, so verflüchtigt sich auch der Moment.

„Ach, da bist du. Hab dich überall gesucht", brummelt Lucía und kommt ebenfalls noch im Pyjama zu uns.

„Du bist aber früh munter", erwidere ich überrascht.

„Musste aufs Klo." Wie selbstverständlich krabbelt sie zu uns auf die Liege und legt sich einfach auf uns drauf.

Fabio lacht leise über die Situation, dann krault er Lucías Haar. In diesem Augenblick frage ich mich, ob man jemanden noch mehr lieben kann als von ganzem Herzen. Denn in meinem Inneren zieht die Sehnsucht, keine Ahnung, wonach, vielleicht ist es die Sehnsucht nach Unendlichkeit. Ich lege meinen Arm um die beiden und schließe selig die Augen.

Erst als wir den Stallburschen hantieren hören, gehen wir rein, um zu frühstücken. Fabio macht Kaffee und pfeift dabei. Auf dem Weg zum Kühlschrank streiche ich ihm über den Rücken, da dreht er sich abrupt um, schnappt mich und tanzt ein paar Schritte Paso Doble mit mir, sehr zu Lucías Erheiterung.

Immer noch lachend öffne ich den Kühlschrank und stelle dann erschrocken fest, dass er leergefuttert ist. Da hatte ich wohl in letzter Zeit vollkommen andere Dinge im Kopf.

Schuldbewusst sehe ich die beiden an. „Tut mir leid, das Frühstück fällt leider etwas karg aus. Ich habe gestern vergessen, einzukaufen."

„Ach, nicht so schlimm." Fabio winkt ab und grinst. „Nachdem ich heute Morgen nicht trainieren konnte, brauche ich eh nicht so viele Kalorien."

Der Gedanke an heute Morgen und gestern Nacht kribbelt in mir. „Du hast die ganze Nacht trainiert. Du solltest doppelt so viel essen wie sonst", sage ich kichernd.

Gespielt drohend baut er sich vor mir auf. „Was heißt hier trainiert? Denkst du, ich brauche noch Übung? Ja?" Er will nach mir greifen, doch ich bin schon entwischt. Kreischend bringe ich einen Stuhl zwischen uns.

„Hilfe! Nein! Nein! Du brauchst keine Übung!" Doch er kriegt mich wieder zu fassen und lachend versinken wir in einem Kuss. Ich habe das Gefühl, mein gesamter Körper ist voller Licht und Sonne. So gelöst, so kindisch war ich schon ewig nicht mehr. Mit ihm ist alles leicht. Mit ihm fühle ich mich fast so unbeschwert wie in unserer Kindheit.

Im Aufblicken bemerke ich, dass Paloma in der Tür steht. Lucía wendet sich ihr flüsternd zu. „Die zwei spinnen heute total." Dann rollt sie übertrieben mit den Augen.

Doch zu meiner Überraschung hat Paloma durchaus Verständnis für uns.

„Ach, weißt du", sagt sie, während sie Lucía über das Haar streicht: „Cuando amor no es locura, no es amor." Den Spruch hatte einst meine Großmutter auf einen Wandteppich gestickt. Er hängt immer noch im Schlafzimmer über dem Bett meiner Eltern und bedeutet so viel wie: *Wenn Liebe kein Wahnsinn ist, ist es keine Liebe!* Gerührt lächle ich ihr zu.

Kurzentschlossen fahren Fabio und ich ins Dorf, um einzukaufen. Das würde ich natürlich auch allein hinkriegen, aber es kann sein, dass wir einfach jede Gelegenheit nutzen wollen, um zu zweit zu sein.

Im alten Land Rover ohne nennenswerte Klimaanlage dreht er das Radio laut auf und mit offenen Fenstern und fliegenden Haaren brausen wir los. Zärtlich legt er seine Hand auf meinen Oberschenkel und ich lege meine darauf. Dann singen wir mit verteilten Rollen, er macht auf Luis Fonsi und ich gebe hingebungsvoll Demi Lovato, als hätten wir es hundertmal geprobt.

Der erste Stopp im Supermarkt am Rande des Dorfes verläuft noch ruhig, dann am Markt und Hauptplatz frage ich mich, warum wir gedacht haben, wir könnten hier Zeit zu zweit verbringen? Überall werden wir lautstark empfangen. Alle sind hocherfreut, Fabio wiederzusehen, und schlagen ihm auf die Schultern wie einem verlorengeglaubten und wiedergefundenen Sohn. Hat er, als er bei meinen Eltern war, niemanden sonst besucht? Keine Freunde von früher? Nicht die alten Tanten, die noch leben?

„Warst du das letzte Mal inkognito hier, oder was? So wie sich alle freuen, dich zu sehen …"

„Hahaha … Das ist ja schon wieder ein paar Wochen her und hier passiert so wenig, da bin ich nun mal ein Highlight. Gewöhn dich dran." Er grinst mich schelmisch an. „Soll ich nur *manchego curado* oder auch *manchego viejo* nehmen?"

„Nimm beide, Papa isst abends gern Käse. Und, Fabio, du bist immer und überall ein Highlight." Da lässt er den Käse zurück auf den Markttisch fallen und küsst mich, dass der gesamte Dorfplatz jubelt. Sobald ich wieder Luft bekomme, beuge ich mich mit hochrotem Kopf über die Einkaufsliste, meine Backen tun schon weh vom vielen Strahlen.

Voll beladen fahren wir dann nach Hause zurück und bereiten gemeinsam das Mittagessen zu. Nun fällt es mir gar nicht mehr schwer, seine Hilfe anzunehmen, im Gegenteil, es ist eines der schönsten Dinge, die ich je erlebt habe, mit dem Mann, in den ich verliebt bin, zusammenzuarbeiten. Alles geht uns leicht von der Hand, stets haben wir ein lustiges Gespräch oder ein Lied auf den Lippen. Zwischendurch haben wir auch einander auf den Lippen.

Nun, wo endlich alle Hemmungen beiseitegelegt wurden, kann ich kaum genug von ihm kriegen. Immer wieder vergrabe ich die Nase an seinem Hals und atme seinen Duft. Immer öfter muss ich an seinen durchtrainierten Po fassen, wenn er mir den Rücken zudreht.

Er dagegen wirft bei jeder Gelegenheit grinsend einen Blick in meinen Ausschnitt, wohl um sicherzugehen, dass noch alles da ist. Und manchmal, gerade wenn ich es nicht erwarte, tritt er von hinten an mich heran, fasst mein Haar zusammen und küsst mich auf den Nacken. Jedes einzelne Mal löst das einen kleinen Taumel in mir aus.

Nur leider kommt mir Paloma, trotz ihres Plädoyers für die Liebe ein wenig betrübt vor, wenn sie uns aneinanderkleben sieht. Ich erinnere mich gut, wie es ist, ein Teenager zu sein und seine Sexualität noch nicht so frei und selbstbestimmt ausleben zu können wie eine Erwachsene. Ich weiß nur zu gut, wie es sich anfühlt, zu wollen, aber sich nicht zu trauen. Frustrierend. Ob das vielleicht ihr Problem ist?

Als sie kurz darauf das Haus verlässt, folge ich ihr hinaus. „Alles okay mit dir?"

Überrascht dreht sie sich um. „Ja, schon …", antwortet sie zögerlich. Nebeneinanderher gehen wir in Richtung Stall.

„Es ist doch nicht mehr wegen Marcos, oder?"

„Nein, wenn du Fabio mehr liebst …"

Liebe. Ja, ich liebe ihn. Es kommt mir vor, als hätte ich ihn immer schon geliebt. Die Rührung macht meine Augen feucht, doch ich blinzle sie schnell trocken.

„Was dann? Ist es wegen Sex?", raune ich, denn ich weiß nicht, ob Iago oder sein Vater irgendwo in der Nähe sind.

„Sex?", ruft sie verdattert aus. „Nein!"

Entschuldigend hebe ich die Hände. Könnte sein, dass ich wegen Fabio fixiert bin.

„Es ist … also … es … Ich frage mich, ob Iago auch zu uns kommen kann. Ob er mal mit uns essen, dann vielleicht auch Mama und Papa kennenlernen kann. Oder glaubst du, sie erlauben das nicht? Oder denkst du, sie werden ihn nicht mögen? So wie sie Marcos nicht mochten?" Aus schmerzerfüllten Augen blickt sie mich an.

Trotz des Glücks, das ich wegen Fabio empfinde, tut es immer noch weh, mir einzugestehen, dass meine Mutter recht hatte, was Marcos betraf. Ein dumpfer Druck sitzt unter meinem Magen. Ist es Scham? Ich weiß es nicht.

Ihr verzweifelter Gesichtsausdruck geht mir ans Herz. Ich umarme sie fest. „Aber nein. Nicht doch, mach dir keine Sorgen. Sie werden ihn ganz sicher mögen. Iago ist nicht Marcos und du bist nicht ich. Mama freut sich bestimmt für euch." Meine Worte sollen tröstlich klingen, aber für mich selbst sind sie wie Dolche zwischen meinen Rippen. Ja, Paloma ist nicht ich. Sie hatte zu Mama immer ein gutes Verhältnis, genauso wie Lucía. Es liegt eben an mir, dass wir uns nicht verstehen.

„Danke, große Schwester", flüstert sie an meiner Schulter. „Es ist so schön, dass du wieder da bist." Ich schlucke schwer. Denn ja, das ist es. Aber es ist auch so unglaublich schwer.

Hoffnungsfroh marschiert sie dann zum Stall, der Pferdeschwanz wippt wild entschlossen hinterher.

Am Nachmittag hilft Fabio mir, das Haus aufzuräumen und, wo nötig, zu putzen. Für die Ankunft meiner Eltern soll es einen guten Eindruck hinterlassen und außerdem muss es ohnehin gemacht werden.

Erschöpft, aber zufrieden lassen wir uns dann auf die Couch fallen.

„Ich wäre jetzt gern mit dir im Bett", raunt er mit heißem Atem in mein Ohr.

„Ich auch mit dir. Aber wir sollten noch die Büroarbeit erledigen", sage ich seufzend und kuschle mich an seine Brust.

„Dann lass uns nur noch kurz hier liegen bleiben, nur für einen Moment." Er streichelt mir über den Rücken.

„Gute Idee." Wir haben heute Nacht wirklich nicht viel Schlaf abbekommen. Schon fallen meine Augen zu.

Ich erwache durch ein Poltern und ein lautstarkes „Mami! Papi!" von Lucía. Benommen richte ich mich auf und auch Fabio reibt sich die Augen und hebt den Kopf. Am Fuß der Treppe stehen meine Eltern und werden von meiner Schwester stürmisch umarmt. Mama sieht blass aus und wirkt unsicher auf den Beinen, sie hält sich an Papa fest. Und doch wirft sie ihm einen Blick zu, den ich so noch nie gesehen habe, einen verschmitzten. Andererseits wurden sie ja auch noch nie so stürmisch willkommen geheißen.

Paloma rennt von draußen herein und fliegt in die Arme meiner Eltern, nur Alejandro fehlt. Er ist nach dem Mittagessen losgefahren, um Freunde zu treffen.

Etwas verlegen stellen Fabio und ich uns dazu. Ich erwarte von Mama einen Kommentar zu der Situation, in der sie uns vorgefunden haben, doch sie sagt nichts, umarmt mich nur vorsichtig und langsam. Ich bin richtig aufgeregt, es gibt so vieles zu berichten, doch sie wirkt so zart und verletzlich wie ein Grashalm im Wind. Also begnüge ich mich damit, mich zu freuen, dass sie wieder da ist.

Auch Fabio bekommt eine Umarmung. Mein Vater tätschelt ihm liebevoll die Wange, ehe auch er ihn umarmt, dann drückt er mich an sich.

„Mi corazón, mein Herz, meine Große." Schnurrend schmiege ich mich an ihn, doch dann fällt mir ein, dass ich hier die Verantwortung trage.

„Kommt, setzt euch doch, komm, Mama, du sollst dich doch ausruhen." Ich schüttle die Kissen auf, die noch warm und zerdrückt von Fabio und mir sind, und biete ihnen einen Sitzplatz an. Vorsichtig lässt sie sich nieder.

„Wollt ihr was trinken? Cerveza, Papa? Und du Mama? Wasser, Tee?"

„Ja, gern, Wasser bitte", sagt sie. Ihre Stimme klingt verändert, leiser, schwächer. War das schon vor ihrer Abreise so? Ich habe nicht darauf geachtet. Ein unsichtbares Band legt sich um meine Kehle, das mir das Schlucken erschwert. Bestürzt wende ich mich ab und hole in der Küche die Getränke. Schon seltsam, hier in ihrer Küche zu hantieren, obwohl sie da ist. In den letzten Jahren hat sie immer mich bedient, wenn ich zu Besuch war, ich hätte nicht im Traum daran gedacht, mich in ihren Haushalt einzumischen. Nun sind die Rollen irgendwie aufgeweicht, ineinander verschwommen.

Als ich zurückkomme und die Getränke auf dem Couchtisch abstelle, beichten meine Eltern gerade meinen Schwestern den wahren Grund ihrer Reise.

Mit großen Augen lauschen die beiden, Lucía sitzt ganz starr mit aufrechtem Rücken. Palomas Blick wandert von Mamas Gesicht zu ihrer Brust und bleibt dort kleben, als erwarte sie, eine offene Wunde, ein blutendes Herz zu sehen. „O… OP?", stammelt sie. „Wie geht es dir jetzt?"

„Es geht mir besser, das wird schon, ich muss mich einfach mehr schonen", erwidert meine Mutter und lächelt tapfer. Die volle Wahrheit wollen sie also doch nicht verraten.

Im Gegensatz zu Paloma, kann Lucía die Tragweite noch nicht verstehen. Sie erholt sich schnell von dem Schreck. „Arme Mami!", sagt sie mitfühlend und drückt sich an sie. „Wir werden uns alle richtig gut um dich kümmern."

„Das ist lieb, mein Schatz." Sie küsst ihre Stirn und schließt erschöpft die Augen. Beklommen drehe ich den Kopf und sehe, dass Fabio mich ansieht. Warm und zärtlich liegt sein Blick auf mir und schafft es, dass ich mich sofort besser fühle, getröstet.

Ich schenke ihm ein kleines Lächeln. Doch so klein es auch ist, es steckt Traurigkeit darin und Sorge, aber auch Glück und Dankbarkeit. Und Liebe, vor allem Liebe.

FÜNFUNDZWANZIG

Alles fühlt sich so seltsam an. Wie eine verkehrte Welt. Meine Eltern sind zurück und benehmen sich wie Gäste in ihrem eigenen Haus. Mama, die immer alles an sich gerissen hat, die die treibende Kraft in dieser Familie war, seit ich denken kann, sitzt die meiste Zeit herum, die Hände im Schoß gefaltet, als zwinge sie sich zum Stillstand.

Fabio und ich kümmern uns nach wie vor um das Kochen, die Wäsche und das Management. Paloma hat das Putzen übernommen, da sie nun, wo Papa wieder da ist, weniger Pflichten mit den Pferden zu erfüllen hat und, was Schmutz angeht, auch überhaupt nicht zimperlich zu sein scheint. Alejandro, nun durch weiteres Publikum ange-spornt, hat sich auf das Staubsaugen spezialisiert, und Lucía wird angelernt, die Waschmaschine zu bedienen. Läuft besser als erwartet.

Papa ist den ganzen Tag bei den Pferden, Mama spielt ruhige Spiele mit Lucía und hat wieder das Vorlesen über-nommen.

Als ich Isabelle am Telefon davon berichte, wie wir die Tätigkeiten aufgeteilt haben, ist sie überrascht.

„Du sagtest doch, deine Mutter sei so herrisch und kontrollierend. Wie ist das nun für dich, unter ihrer Beobachtung zu arbeiten? Gibt sie dir viele Anweisungen?"

„Nein, gar nicht." Und niemand ist deshalb mehr verwundert als ich. „Das ist ja das Seltsame. Sie schaut sich alles an, aber es kommt nichts, kein Kommentar, kein Verbesserungsvorschlag. Keine Anweisung. Und das ist so anders als in den dreiundzwanzig Jahren zuvor. Irgendwie beängstigend. Vielleicht macht sie eine Liste und reibt mir dann irgendwann alles gesammelt unter die Nase." Das sollte ein Witz sein, aber Isabelle ist bestürzt.

„Denkst du echt? Und wie ist es für sie? Ich meine, sie muss doch platzen, wenn sie früher so viel getan hat und nun nichts mehr darf."

„Ich weiß nicht, wir haben nicht darüber gesprochen." Ein heißes Knäuel Scham und Traurigkeit bildet sich in meinem Bauch.

„Warum nicht?" Sie ist ehrlich erstaunt.

„Nun, ich dachte, wenn sie mit mir sprechen will, ruft sie mich zu sich, aber nun sind schon ein paar Tage vergangen und es kam nichts.", sage ich kleinlaut.

„Dann rede doch du mit ihr."

„Hm." Unschlüssig zupfe ich an meiner Unterlippe. Schwierig, einer Außenstehenden zu erklären, wie ich mich in Anwesenheit meiner Mutter fühle und verhalte, nämlich zurückhaltend, meist vorsichtig, irgendwie ausgebremst. Isabelle kennt mich komplett anders.

„Ach, weißt du, wir sprechen nicht so viel über Gefühle, das war schon immer so … Bist du denn sehr eng mit deiner Mutter?" Ein leiser Funken Hoffnung glimmt auf, dass sie es irgendwie nachvollziehen kann.

„Nein, auch nicht besonders, aber seit ich ein Kind habe, sehe ich sie und was sie für uns getan hat, mit anderen Augen. Und ich fühle mich erstmals so richtig von ihr verstanden. Sofia war ja ein Schreibaby und ist immer noch sehr intensiv. Ich weiß nicht, was ich im ersten Jahr ohne meine Mutter getan hätte … und ohne dich natürlich." Ich höre das Lächeln in ihrer Stimme und mir wird warm ums Herz.

„Ich muss sagen, seit ich hier an ihrer Stelle arbeite, sehe ich sie auch mit anderen Augen. Es ist mir ein Rätsel, wie sie das geschafft hat. Sie muss all die Jahre übermenschliche Kräfte gehabt haben …" Zum ersten Mal spreche ich die Bewunderung für meine Mutter laut aus und es fühlt sich gut an. So als würde ich mir zum ersten Mal seit langem erlauben, auch ihre positiven Seiten zu sehen.

„Das könnte doch ein wunderbarer Anknüpfungspunkt für ein Gespräch sein", ruft Isabelle begeistert.

Und ihre Freude steckt mich an. „Du hast recht. Vielleicht versuche ich es. Danke, Isabelle. Ich freue mich schon riesig, wieder im Hotel zu sein und mit dir zu arbeiten. Ihr fehlt mir alle so." Wobei, mit Fabio ist es eigentlich auch ganz nett …

„Dauert doch nicht mehr lange", sagt sie lachend. „Mach's gut, meine Liebe!"

„Hasta luego, bis bald, Isabelle!"

Mit einem glücklichen Seufzen lege ich das Handy weg und tippe weiter unsere Ausgaben und Einnahmen in die Buchhaltungsdatei ein. Die Steuerberatungskanzlei hat geschrieben, dass wir sie morgen schicken sollen. In diesem Monat sah es mit drei Verkäufen gar nicht schlecht aus, aber vielleicht geht es nicht so weiter. Es braucht nur irgendetwas Unvorhergesehenes – ein Sturmschaden, eine große Tierarztrechnung oder Ähnliches – passieren und wir sind wieder bei null. Einen oder mehrere Mitarbeiter fürs Büro, fürs Putzen, die Zimmervermietung, kurz, jemanden, der meine Mutter ersetzen könnte, können wir uns momentan noch nicht leisten. Aber vielleicht bald. Und ich hoffe, Mama geht es schnell wieder so gut, dass sie gemeinsam mit Papa unseren Marketingplan weiterverfolgen kann, wenn wir nicht mehr hier sind. Eigentlich sollten wir ihn den beiden endlich präsentieren.

Da steckt Fabio wie gerufen den Kopf herein. „Hallo! Alles gut bei dir?"

Bei seinem Anblick explodiert ein kleines Feuerwerk in meinem Herz. „Hola! Ja, ich bin gerade mit der Buchhaltung fertig. Was meinst du, wollen wir meinen Eltern unsere Planung unterbreiten?"

„Sicher. Lass mich schnell zu mir duschen gehen, ich glaube, dein Vater macht sich auch schon fertig. Wir haben nämlich das Scheunentor repariert, bin total verschwitzt, aber jetzt lässt es sich wieder locker öffnen, das schaffst sogar du." Er grinst frech.

Ich zeige ihm lachend die Zunge, da kommt er rein und küsst mich. Das schweißnasse Haar klebt ihm am Kopf und seine Haut dampft. Ist das verrückt, wenn ich sage, dass mir das irre gut gefällt? Sogar sein Schweiß duftet für mich berauschend.

„Okay, ich hole die anderen und dann treffen wir uns wieder hier", sage ich, als ich mich endlich von ihm losreißen kann.

„Ist gut." Als er rausgeht, sind seine Schritte so beschwingt wie die Schläge meines Herzens.

Ich lege alle notwendigen Unterlagen bereit und will dann vier Gläser und einen Krug Wasser holen. In der Küche sitzt meine Mutter und blättert ein Kochbuch durch.

„Oh, hallo, wieso sitzt du hier so allein? Wo sind denn die anderen?", frage ich gutgelaunt.

„Lucía und Paloma sind bei Rayans Familie eingeladen. Alejandro ist bei Freunden, denke ich."

„Verstehe. Können Fabio und ich mit euch sprechen? Passt es dir?" Vor Aufregung reibe ich die Hände aneinander.

„Natürlich. Gern." Ihr Lächeln ist wissend, was meinen Magen vor Nervosität kribbeln lässt. Wahrscheinlich denkt sie, wir würden ihnen nun offiziell bekanntgeben, dass wir ein Paar sind. Wie überrascht sie sein wird, wenn wir stattdessen einen mehrseitigen Marketingplan zur Rettung des Gestüts präsentieren. Aber wird sie unsere Hilfe auch annehmen können oder sie als unwillkommene Einmischung abschmettern? Das nervöse Kribbeln verwandelt sich in ein angstvolles Flattern.

„Okay. Ich gebe Papa Bescheid und bringe was zu trinken mit. Du kannst ja schon mal ins Büro rüber gehen", rufe ich angespannt, während ich schon mit großen Schritten die Treppen nach oben nehme.

Auch meinen Vater, der sich gerade saubere Reithosen überzieht, lade ich zu unserem Meeting ein, doch er lehnt ab.

Nun schwindet auch der letzte Rest meiner Zuversicht, sie versickert wie Wasser aus der umgestürzten Vogeltränke in der Erde. „Aber, Papa, wir haben uns solche Mühe gegeben, etwas auszuarbeiten. Das ist wichtig für das Gestüt. Das betrifft dich schließlich auch."

Seine Zornesfalte wird sichtbar, dabei wusste ich gar nicht, dass er eine hat. Plötzlich hat er es auch furchtbar eilig. „Ihr macht das schon, ich habe vollstes Vertrauen in euch." Und damit lässt er mich einfach stehen.

Enttäuscht und verärgert trotte ich nach unten, hole die Getränke und gehe zurück ins Büro.

Mama sitzt auf ihrem Schreibtischsessel und sieht sich bereits die Unterlagen an. Eigentlich wäre es mir lieber gewesen, wir hätten erst mal erklärende Worte dazu sagen können, doch nun ist es zu spät. Ich stelle die Getränke auf den Tisch und bemerke, dass das Foto von mir, das ich umgedreht hingelegt hatte, wieder aufrecht steht. Einerseits freue ich mich darüber, andererseits fühle ich mich auf gewisse Art verdrängt. Sollte nicht eigentlich ich hinter dem Schreibtisch sitzen? Solang ich hier bin, kann sie sich doch noch schonen. Oder ist sie so unzufrieden mit meiner Arbeit, dass sie beschlossen hat, sie wieder selbst in die Hand zu nehmen? Trotz ihrer Schwäche? Der alte Dorn bohrt sich tiefer in mein Herz.

Doch sie lächelt müde und fragt: „Papa ist nicht mitgekommen?"

Es überrascht mich, dass es sie nicht zu kränken scheint, und dann doch wieder nicht.

„Ja, leider, aber Fabio wird gleich hier sein", beeile ich mich, zu erklären.

Stumm schiebe ich zwei Sessel auf die andere Seite des Schreibtisches und setze mich.

Die Stille zwischen uns ist unangenehm, und als ich es nicht mehr ertrage, fasse ich mir endlich ein Herz. „Also, wie geht es dir denn? Ist es sehr schlimm für dich, dass du gerade nicht so aktiv sein kannst?"

Sie sieht überrascht auf, scheint sich über meine Erkundigung zu freuen. „Ungewohnt, aber ich wäre auch kaum in der Lage dazu. Ich freue mich, dass du und Fabio das so toll hinkriegt …" Ihre Worte untermalend, hebt sie einen Zettel mit unseren Berechnungen hoch und legt ihn dann wieder fein säuberlich zurück.

Womöglich starre ich sie ein bisschen an. War das etwa Lob aus ihrem Mund?

„Wirst du dich denn so weit erholen, dass du die Führung der Yeguada wieder übernehmen kannst?", frage ich hoffnungsvoll. „Im Haushalt können die anderen jetzt wirklich schon helfen, das haben wir ja gesehen."

Sie lächelt und legt eine Hand an ihren Hals. „Du hast recht, das ist eine große Erleichterung. Aber um ehrlich zu sein, habe ich schon länger darüber nachgedacht, ALLE meine Aufgaben an die neue Generation abzugeben."

„Aha." Verwundert setze ich mich aufrechter hin. „Ernsthaft? Nun, Alejandro ist schon alt genug, aber er zeigt nicht gerade viel Interesse am Gestüt und Paloma ist noch zu jung …"

Sie schmunzelt. „Alejo steht auf Kerle und wird in unserem Dorf nicht glücklich. Ich denke, er wird schon bald in eine Stadt umziehen."

Mir fällt die Kinnlade runter. Sie weiß davon? Oder ahnt sie es nur? Ich dachte, ich bin die Einzige, die mein Bruder ins Vertrauen gezogen hat.

Doch sie fährt fort. „Und Paloma ist wie dein Vater, hat nur die Pferde im Kopf. Sie trainiert doch schon lange für die Aufnahmeprüfung an der *Real Escuela Andaluza del Arte Ecuestre* … Ich schätze, dort wird sie auch eine Weile bleiben."

Was, echt jetzt? Paloma will an die königliche Hofreitschule und fällt auch weg?

Erwartungsvoll blickt sie mich an. Mein Herz klopft mir bis zum Hals. Hitze steigt in mir auf. O verdammt … In dem Moment kommt Fabio herein und setzt sich neben mich.

Ich beuge mich nach vorn, um mich an der Tischkante festhalten zu können. „Ja … aber, Mama! Ich will das auch nicht! Mein Leben ist in Tarifa", rufe ich schrill.

Nun sieht sie verdutzt aus. „Ach. Ich dachte, jetzt, wo du eingewilligt hast, mit Fabio …"

Mein Blick zuckt zu ihm. Verhalten schüttelt er den Kopf und raunt warnend: „Dolores."

Ich sehe von einem zum anderen. „Was bedeutet das? In was eingewilligt?" Eiskalt krabbelt mir die Angst über die Arme bis hinauf unter die Kopfhaut.

Immer noch lächelnd legt sie die Hände vor dem Brustbein aneinander, fast wie im Gebet und sagt mit Begeisterung. „Nun, ich möchte, dass du und Fabio die neue Generation unseres Gestüts werdet. So war der Plan. Und nach dem, was ich gesehen habe, versteht ihr euch blendend. Da können wir uns bald auf eine rauschende Hochzeit freuen."

Meine Atmung setzt aus. Ich fühle mich, als würde über mir gerade ein Schwall kalten Wassers ausgeschüttet. Oder Pferdemist. Beides.

„Der Plan?" Meine Stimme klingt hysterisch.

Fabio schaut schuldbewusst drein und legt beruhigend eine Hand auf meinen Oberschenkel. „Mari, das war …" Vehement stoße ich sie weg.

„Du hast Fabio auf mich angesetzt, damit ich hierbleibe?", schreie ich. Mir ist plötzlich kotzübel. Alle seine Berührungen, seine stete Hilfe, die Zuneigung. Das war alles nur gespielt? Ich bekomme keine Luft mehr.

SECHSUNDZWANZIG

In meinem Magen brennt die Wut und trotzdem bin ich wie erstarrt. Ich habe so viel Zorn, so viel Enttäuschung in mir, dass ich keinen klaren Gedanken, geschweige denn ihn in Worte fassen kann.

Seit ich denken kann, mäkelt sie an mir herum, an meinen Noten, an meinem Fleiß, an der Art, wie ich die Dinge mache. Wie kann sie es wagen, mich nun auch noch derart zu demütigen, mich auszutricksen, mich in eine Falle zu locken? Und für sie habe ich mein Bestes gegeben, das Gestüt zu retten? Ich bin fassungslos.

Zu Fabio wage ich nicht einmal hinzusehen. Denn der Schmerz, der mich bei seinem Verrat erfasst hat, tobt wie ein Hurrikan in mir und reißt mich beinahe um.

Trotzdem versucht er es noch einmal – sanft und eindringlich. „Hör mir jetzt mal zu. Du kannst …"

Ich springe auf, ehe er mich noch einmal anfasst, und schreie fuchsteufelswild: „Dir höre ich NIE wieder zu, du … du … Du magst keine Spielchen, du Arschloch? Ist irgendetwas, was du sagst oder tust, kein Spiel?"

„Ja!", ruft er aus, doch ich habe schon kehrtgemacht und stürme aus dem Zimmer, aus dem Haus.

Draußen weiß ich im ersten Moment nicht, wohin ich mich wenden soll. Wehe, wenn Fabio auch nur wagt, mir hinterherzulaufen. Ich habe nichts bei mir, kein Geld, kein Handy, ich kann nicht mal den Bus nehmen. Der nächste Nachbar ist zu weit weg und vor allem gefühlsmäßig zu weit entfernt, dem kann ich doch nicht von meinen Problemen erzählen. Also bleibt mir kaum ein anderes Versteck als bei den Pferden.

So schnell ich kann, renne ich zum Stall und verkrieche mich in der Futterkammer. Hier kommt vor heute Abend sicher niemand mehr rein. Ich kauere mich auf den Boden, ziehe die Beine an und schlinge die Arme darum. So fühlt es sich zumindest etwas nach Trost an. In der Ferne höre ich Fabio nach mir rufen und halte so lange den Atem an, dass mir schwindelig wird.

Kaum wage ich wieder, Luft zu holen, laufen die Tränen. Es tut so weh, mein Innerstes ist wund, wie aufgerissen, nein, wie aufgeschlitzt. Ich war so verliebt. Trotz der kurzen Zeit habe ich bereits Liebe für ihn verspürt. Verdammt, ich habe seinetwegen meine Beziehung beendet.

Aber dass er mit meiner Mutter einen Plan geschmiedet hat, das schlägt dem Fass den Boden aus. Will er das Gestüt so dringend übernehmen? War er etwa deshalb so erschrocken über die miesen Zahlen? Hat er sich deshalb bei den

Kunden so ins Zeug gelegt? Nimmt er dafür sogar eine arrangierte Ehe in Kauf? Mich schaudert. Das ist einfach widerlich.

Ich hätte es wissen müssen. Er war viel zu engagiert für pure Hilfsbereitschaft. Immer schon hat er die Yeguada geliebt. Wie praktisch, dass sie ihm nun auf dem Präsentierteller dargeboten wird. Ich würge, mein Magen möchte sich nach außen stülpen. Nur ein tiefer Atemzug hält mich davon ab, die letzte Mahlzeit wiederzusehen.

Es braucht noch ein paar zusätzliche Atemzüge, bis auch die Übelkeit nachlässt. Doch der unsägliche Schmerz bleibt. Die letzten Tage waren so schön. So schön. Mein Herz blutet. Das Schluchzen kann ich nun nicht mehr zurückhalten, immer lauter bricht es aus mir heraus. Da geht knarrend die Tür auf und mein Vater steckt mit weit aufgerissen Augen den Kopf herein.

Als er mich erkennt, kommt er zögerlich in den Raum und hockt sich neben mich. „Aber, aber, mi corazón, was ist denn so schlimm?"

Da ich keine Ärmel an meinem Top habe, bleibt mir nichts anderes übrig, als Rotz und Tränen mit dem Handrücken wegzuwischen.

Und als ich ihm in die Augen sehe, ist da mit einem Mal diese furchtbare Vorahnung. „Wusstest du das, Papa? Wusstest du, dass sie und Fabio unter einer Decke stecken, um mich reinzulegen?" Gott dieser Schmerz geht mir durch Mark und Bein, mein ganzer Körper bebt dabei.

Seufzend lässt er sich aus der Hocke nach hinten plumpsen und setzt sich neben mich, sodass seine Schulter meine berührt. Dann nimmt er die Schieberkappe ab und reibt sich über die plattgedrückten Haare. „Ach, du weißt, ich mische mich nicht in die Angelegenheiten deiner Mutter ein. Aber so, wie du das sagst, klingt es allzu dramatisch. Es war vielmehr ein Wunsch, ein Versuch. Wenn es klappt, schön, wenn nicht, dann eben nicht. Es wäre doch wunderbar, wenn das Gestüt in eine achte Generation geht, findest du nicht?"

Wütend starre ich ihn an. Will er damit sagen, ich soll mich nicht so anstellen? Er ist auch noch auf ihrer Seite? „Doch, natürlich! Ich liebe die Yeguada. Aber nicht so! Freiwillig sollte es schon sein", rufe ich erbost.

„Ach, mein Herz." Um mich zu beruhigen, streichelt er meinen Rücken in großen kreisenden Bewegungen, fast wie das Striegeln eines Pferdes, da fehlt nur noch eine Kardätsche. Doch überraschenderweise tröstet es, es tut wirklich gut, zu gut, als dass ich es nicht zulassen würde. Dazu fährt er mit sanfter Stimme fort. „Freiwillig war es auch gemeint. Nicht so wie bei ihr damals. Sie hatte keine Wahl, wenn das Gestüt nicht verkauft werden sollte. Sie musste viele Opfer bringen … Du solltest es besser haben als sie, zuerst andere

Erfahrungen sammeln dürfen. Die Krankheit hat sie nun leider viel zu früh zum Handeln gezwungen."

„Und deshalb hat sie mir einen Ehemann ausgesucht?" Bitter spucke ich die Worte aus. „Eine Zweckgemeinschaft wie eure? Was soll daran besser sein?"

Vielleicht habe ich gehofft, dass mein Schmerz kleiner wird, wenn ich ihn auch verletze, doch das Gegenteil ist der Fall. Nun kann ich mich selbst nicht mehr leiden.

Einen Moment starrt er mich entgeistert an. „Du denkst, dass unsere Ehe eine Zweckgemeinschaft ist?", fragt er dann kummervoll.

Meine nächste Antwort fällt kleinlaut aus. „Nun ja, als Gestütserbin brauchte sie wohl einen fähigen Bereiter."

Er lacht ungläubig und schüttelt wild den Kopf. „Ich hoffe, du glaubst mir, wenn ich dir sage, dass unsere Ehe genau das Gegenteil war … ist. Wir verliebten und liebten uns heftig, sie war und ist die Liebe meines Lebens. Aber auch ich hatte niemals vor, ein Gestüt zu übernehmen. Als wir uns kennenlernten, war ich auf dem Höhepunkt meiner Reiterkarriere, ich habe Preise gewonnen, die höchsten Preise. Glaubst du, ich wollte den halben Tag im Büro sitzen, Telefonate führen und Buchhaltung machen?"

Der Mund bleibt mir offenstehen. Heftig verliebt? Die Liebe seines Lebens? So etwas habe ich bei meinen Eltern nie gesehen.

Sein Lächeln sieht nun sentimental und traurig aus. „Als sie sagte, sie müsse das Gestüt übernehmen, war meine Bedingung dafür, die großen Turniere und die Auslandsreisen aufzugeben, dass ich mit der Führung des Gestüts, mit allem außer den Pferden nichts, aber auch gar nichts zu tun haben musste. Und sie liebte mich genug, dem zuzustimmen. Wenn du so willst, war unsere Ehe zwar keine Zweckgemeinschaft, aber sie war ein Kompromiss für uns beide, auch wenn man ihn Liebe nennt …" Er presst eine Faust gegen den Mund und senkt den Kopf, doch die Tränen kann er so nicht vor mir verbergen.

Ihn so zu sehen, bricht mir das Herz. „Ach, Papa." Nun muss ich auch noch vor Mitgefühl weinen.

Er wischt sich über die Augen und sieht auf. „War es denn nicht auch ein kleines bisschen schön, wieder hier zu sein? Hier zu arbeiten? Ist es denn so viel schöner im Hotel?"

„Nein, natürlich war es auch schön. Wunderschön. Ich liebe unser Gestüt, die Pferde, aber ich kann hier nicht bleiben, nicht mit Mama, und vor allem nicht, nachdem …" Wieder tropfen die Tränen auf den Dielenboden.

Seine Miene lässt keinen Zweifel daran, wie sehr es ihn schmerzt, dass Mama und ich eine so schwierige Beziehung haben. Es schmerzt mich ja selbst.

„Gut", sagt er. „Da ich weiß, wie es ist, seine Freiheit aufzugeben, werde ich dich nicht dazu überreden, mein

Schatz. Ich hab dich lieb." Er drückt mir einen Kuss auf den Scheitel und steht auf. „Aber sagen solltest du es ihr selbst." Mit einem tapferen Lächeln presst er noch einmal die Lippen aufeinander und verlässt den Raum.

Mutlos bleibe ich sitzen. Ich kann jetzt nicht reingehen und mit ihr sprechen, mich einfach zum Abendessen setzen, als wäre nichts geschehen, und Fabios Nähe ertragen. Es geht nicht. Ich hasse sie. Beide. Sie haben mich ausgetrickst, mich willentlich getäuscht.

Leise schleiche ich mich aus der Futterkammer. Das Licht von draußen ist schon blasser geworden, die Sonnenstrahlen haben sich hinter die umliegenden Berge verzogen.

Utrerana steht friedlich in ihrer Box und blickt mich mit großen treuherzigen Augen an, als ich zu ihr trete.

„Bringst du mich weg von hier, mein Mädchen?", flüstere ich, während ich ihr den Sattel auf den Rücken lege. Ihr leises Schnauben schenkt mir einen Funken Sicherheit in diesem Sturm, der in mir tobt. Auch wenn ich nicht weiß, wohin, und keinen der Menschen sehen will, die in diesem Haus warten, ist es tröstlich, zu wissen, dass ich nicht allein sein werde.

SIEBENUNDZWANZIG

Ich lasse die Stute laufen, wohin sie will, es ist mir gleich. Der tobende Sturm in meinem Inneren ist einem unaufhörlichen Rauschen gewichen. Gedanken, die sich immer und immer wieder im Kreis drehen.

Kein einziges Mal habe ich in meinem bisherigen Leben ernsthaft in Erwägung gezogen, die Yeguada zu übernehmen. Ich dachte, Mama und Papa würden sie weiterführen, bis sie alt und runzlig wären. Und dann würde schon eines meiner Geschwister Interesse daran zeigen, vorzugsweise Paloma, die Pferdenärrin. Oder doch, irgendwo tief im Inneren fühlte ich vielleicht, dass es gar nicht schlecht wäre, später einmal zurückzukehren, meinen Lebensabend hier zu verbringen. Aber das liegt doch noch in allzu weiter Ferne.

In einem muss ich meiner Mutter allerdings recht geben. Eine Beziehung mit Fabio hätte mir die gemeinsame Rückkehr hierher durchaus versüßt. Dieser Scheißkerl.

Warum hat sie mich nicht einfach gefragt? Warum hat sie nicht gesagt: *Tochter, ich bin krank, ich kann das Gestüt nicht weiter leiten. Bitte komm zurück, zum Wohle unserer Familie.*

Und das hätte ich dann auch wohl getan. Nicht freiwillig, nicht glücklich, aber aus Pflichtgefühl und das ist doch besser als nichts. Besser als Hass.

Denn nun, nun bin ich voller Hass. Aber ist er groß genug, um sie, das Gestüt und die Familie im Stich zu lassen?

Mein Magen knurrt erbärmlich. Utrerana spitzt schon die Ohren aufgrund dieses unbekannten Geräuschs. Mittlerweile sind wir in der Nähe des Dorfes, umrunden es von hinten. Ich kann mir irgendwo was holen und behaupten, dass ich mein Portemonnaie vergessen habe. Meine Familie ist schließlich überall bekannt, das Geld kann ich jederzeit nachbringen oder ich werde sogar eingeladen. Und doch sträubt sich irgendwas in mir, auf den, um diese Zeit gut besuchten, Hauptplatz zu reiten. Zu viele bekannte Gesichter, zu viele Fragen, zu viel schmerzhafte Erinnerung an meinen letzten Marktbesuch mit Fabio.

Da sehe ich über mir am Hügel das Haus von Alonso, dem Tierarzt. Als ich kurz darauf mit klappernden Hufen auf das Tor zureite, wird ein Fenster geöffnet und der weiße Zopf von María, seiner Frau, erscheint.

„Wer ist da? Alonso ist unterwegs. Ist es ein Notfall?" Sie ist fast blind.

„María, ich bin's, Marisol Zambrano Bernal. Nein, es gibt kein Problem, ich wollte dich nur einmal besuchen kommen."

„Oh! Marisol! Das ist so schön. Komm rein, komm rein!"

Sie strahlt über das runzlige Gesicht. Also sitze ich ab, öffne das schmiedeeiserne Tor und führe Utrerana in den Garten. Dort lockere ich den Sattelgurt, lasse sie grasen und wende mich zur Hintertür.

„María, hier bin ich, an der Hintertür", rufe ich und höre ihre schlurfenden Schritte.

Sie öffnet und lässt mich hinein, zuerst in das Haus, dann in ihre Arme. Ausnahmsweise bin ich dankbar, dass sie schlechte Augen hat, denn meine werden schon wieder nass, bestimmt sind sie auch stark gerötet.

„Mein Schatz, komm, querida, es ist so schön, dass du da bist. Setz dich, ich habe gerade das Essen fertig, Alonso wird bestimmt gleich da sein."

Der Geruch von Kartoffeln, Zwiebeln und Fisch lässt mir mit jedem Schritt, den wir uns der Küche nähern, mehr und mehr das Wasser im Mund zusammenlaufen. Sehr sicher bewegt sie sich in Richtung Herd, in ihrer Küche kennt sie sich bestens aus. Während ich mich setze, nimmt sie einen Teller von der Ablage und legt eine dicke *Tortilla de patatas* darauf.

„Heute mit Thunfisch gefüllt", sagt sie stolz, als sie ihn vor mich hinstellt.

„Danke, María, das duftet köstlich. Mmh! Herrlich." Mit großem Hunger mache ich mich über die Tortilla her.

Sie setzt sich zu mir. „Erzähl, was gibt es Neues, querida?"

Die Frage verdirbt mir beinahe den Appetit. Leichte Übelkeit steigt in mir auf. Ich will gar nicht darüber reden, doch selbst wenn ich wollte, wo sollte ich anfangen?

Sie bemerkt mein Zögern. „Alles in Ordnung mit dir?"

„Doch, doch, alles okay." Meine Stimme bebt und es tropft in die Tortilla. Sie tastet über den Tisch nach meiner Hand, und als sie sie gefunden hat, drückt sie sie fest.

„Ach, ach, Mädchen, heimkehren ist manchmal gar nicht so leicht. Nicht wahr? Die vielen Erwartungen, vor allem die eigenen ..." Sie lächelt wehmütig. „Ich erinnere mich gut, wie du früher manchmal nach der Schule hier bei mir gesessen und abgewartet hast, bis das Gewitter sich verzogen hat. Wir hatten es doch immer sehr gemütlich. Auch im Leben muss nicht immer alles eitel Wonne sein. Denk nur immer daran, es dir in stürmischen Zeiten so gemütlich wie möglich zu machen, ja? Versprichst du mir das? Und irgendwann scheint dann auch wieder die Sonne. So war es, so ist es und so wird es immer sein. Vielleicht ist das die wichtigste Lektion, die zum Erwachsenwerden gehört. Aber nun iss, iss, querida, bevor es kalt wird."

Ich bin erleichtert, dass sie nicht weiter in mich dringt, dass sie mir mein Schweigen nicht übelnimmt. Und hier in ihrer Küche, in der die Zeit stehen geblieben zu sein scheint, und so liebevoll von ihr umsorgt, fühle ich mich tatsächlich wieder wie ein Kind. Und dabei dachte ich, ich wäre schon längst erwachsen ... Doch vielleicht war das ja auch alles nur gespielt, eine Rolle, in die ich geschlüpft bin. Vielleicht wollte ich etwas sein, was ich nicht bin, und das hat mir nur Unglück gebracht. In Wahrheit bin ich doch immer noch das kleine Mädchen, das seine Mutter stolz machen will und das sich wünscht, dass der Nachbarsjunge es liebt.

Stumm nickend widme ich mich wieder der Tortilla. Da steht sie auf und holt gleich noch eine weitere für mich.

Zwei Stunden später reite ich zum Gestüt zurück. Es ist dunkel und kühler, doch in mir drinnen ist es warm, dem vollen Bauch geschuldet vermutlich. Aber auch der tröstlichen Gesellschaft einer alten Frau, die mich mein ganzes Leben lang kennt, und eines Pferdes, das mich loyal und, ohne mich infrage zu stellen, auf seinem Rücken trägt. Dankbar kraule ich durch den Ansatz von Utreranas schwarzer Mähne.

Es gibt so viel Gutes hier. Es ist nicht alles schlecht. Was hält mich eigentlich in Tarifa? Marcos ist nicht mehr da, dafür die Gefahr, Fabio dort über den Weg zu laufen. Das Meer ist es nicht, die Berge hier, die Wälder, der See, sie haben mir immer mehr bedeutet.

Die Arbeit im Hotel ist es, vor allem mein Pflichtgefühl gegenüber Isabelle. Aber sollte mein Pflichtgefühl gegenüber meiner eigenen Familie nicht größer sein? Auch wenn sie mich verraten hat?

Habe ich denn durch die Krankheit meiner Mutter auch nur irgendeine Wahl? Ein Teil von mir sagt: *Natürlich, jeder Mensch hat immer die Wahl.* Der andere Teil fragt: *Zu welchem Preis?* Will ich diejenige sein, der zu Lasten gelegt wird, dass unser Familienbetrieb zugrunde geht? Wegen meiner persönlichen Freiheit, nur wegen der Anerkennung, die ich von meiner Chefin erhalte?

Am Stall angekommen, bringe ich die Stute in ihre Box und reibe sie ab. Dann gebe ich ihr eine Extraportion Futter und hänge Sattel und Zaumzeug in der Sattelkammer auf. Dort sitzt Paloma ganz allein und hat gerade das Material gereinigt und mit Pflegebalsam eingerieben. Es duftet heimelig, nach Leder, Fett und meiner Kindheit.

„Hey", sage ich und will schnell wieder rausgehen, weil ihre Augen allzu forschend auf mich gerichtet sind.

Doch sie hängt das letzte Teil auf. „Warte, ich bin auch schon fertig", sagt sie und begleitet mich zum Haus. Stumm gehen wir nebeneinanderher. Ich mag nicht reden. Außerdem bin ich völlauf damit beschäftigt, die Umgebung abzuscannen, denn je näher wir dem Haus kommen, umso größer wird die Panik, Fabio zu begegnen.

Unweigerlich stellen sich meine Haare auf, als wir am Gästehaus vorbeigehen, doch alle Fenster sind dunkel. Ist Fabio etwa noch im Haupthaus? Bitte nicht. Ich bin langsamer geworden, mitten auf dem Weg stehen geblieben.

Meine Beine führen aus, was mein Herz schon die längste Zeit vor sich hin schreit. *Nie wieder in seine Nähe!*

„Er ist weg. Papa hat ihn zum Bus gefahren", murmelt Paloma. Erst jetzt fällt mir auf, dass auch sie stehen geblieben ist. An meiner Seite. Weiß sie Bescheid? Weiß sie, dass die Liebe manchmal nur eine riesengroße Lüge ist? Ich hoffe nicht. Denn diesen Schmerz, den würde ich ihr nur zu gern ersparen.

Ich greife nach ihrem Arm, brauche Stütze, denn so sehr ich vor ihm fliehen wollte, so sehr tut es weh, dass er mich einfach kampflos aufgegeben hat. Obwohl ich die Lippen aufeinanderpresse, laufen die Tränen über meine Wangen.

Auch Paloma sieht traurig aus, doch stark wie ein Felsen steht sie da und gibt mir Halt. Nie war ich dankbarer für meine große kleine Schwester. Ich wische mir die Tränen aus dem Gesicht und setze mich wieder in Bewegung.

Unbemerkt von den anderen gelange ich in mein Zimmer, in mein Bett. Es ist kalt und dunkel und leer, doch mein Herz ist noch kälter, dunkler, leerer.

ACHTUNDZWANZIG

Als ich am nächsten Tag erwache, scheint eine Aussprache mit meiner Mutter unausweichlich und immer noch weiß ich nicht, wie ich mich entscheiden soll. Kündige ich und lasse Isabelle und außerdem meine Freiheit zurück, oder überlasse ich meine Familie sich selbst und gehe? Über Nacht ist mein Herz noch schwerer als schwer geworden, vielleicht hat es sich vollgesogen mit all den Tränen, die über meine Wangen gelaufen sind.

Mir ist flau im Magen, als ich mich spät zum Frühstück schleppe. Paloma und Papa sind schon weg, Alejandro zieht sich, ohne den Kopf aus seinem Buch zu nehmen, in den Garten zurück. Nur Lucía sitzt noch mit Mama am Tisch und quasselt auf sie ein. Kraftlos nehme ich mir eine Tasse Kaffee, bleibe an den Küchenschrank gelehnt stehen, will mich nicht in ihre Nähe setzen. Für einen Moment schließe ich die Augen. Doch sofort erscheint Fabio in der Küche, lachend, tanzend, küssend, und ich reiße die Lider wieder auf, denn diese Bilder durchbohren mein Herz. Immer wieder spüre ich die Blicke meiner Mutter, auch wenn ich sie, so gut es geht, zu ignorieren versuche.

„Ja, und da-hann, dann weiß Marinette endlich, dass Adrien Cat Noir ist, und er weiß, dass sie Ladybug ist, und dann verlieren sie wieder das Gedächtnis wegen dem Bösen, der eigentlich Adriens Vater ist. Das ist doch voll gemein, oder?"

Tja, kleine Schwester, Eltern können richtig fies sein.

„Wo ist Alejo, ist er schon schwimmen? Ich geh auch. Kann ich heute Nayra einladen? Rufst du ihre Mama an? Bitte! Danke, Mami." Und schon ist sie verschwunden.

Meine Mutter dreht sich im Sitzen zu mir, während ich versuche, in meiner Kaffeetasse zu versinken. Aber es nützt nichts.

„Also?", fragt sie und klingt eher sanft, nicht so angriffslustig wie sonst. „Was möchtest du mir alles an den Kopf werfen?"

Ihre Frage lässt mich überrumpelt zu ihr sehen. Sie legt die Hände in den Schoß und wartet. Ja, was möchte ich ihr sagen? Die Wut hinausschreien, die Enttäuschung schluchzen? Mein Hirn ist ziemlich leer, leergedacht, leergeheult. Es ist fast nichts mehr übrig außer Wirrwarr.

Sie räuspert sich, wohl um ihrer schwachen Stimme mehr Kraft zu verleihen. „Gut, du redest nicht, dann rede ich. Ich hasse es, so schwach zu sein. Ich hasse es noch viel mehr, von irgendjemandem abhängig zu sein, am allermeisten von dir."

Erschrocken starre ich sie an, in meiner Brust hallen ihre Worte noch als dumpfer, alter Schmerz nach. Wieso am meisten von mir? Weil ich es ihr nie recht machen kann?

„Glaubst du, ich weiß nicht, dass ich dir eine schlechte Mutter war? Glaubst du, ich spüre es nicht an der Art, wie du mich ansiehst? Daran, dass du überall glücklicher bist als hier?" Sie wischt sich über die Nase, doch schon rinnen Tränen über ihr Gesicht.

Das Blut rauscht in meinen Ohren, ich ziehe lautstark die Luft ein, bin erschüttert, sie so offen weinen zu sehen. Meinetwegen. Mit zitternden Händen stelle ich die Kaffeetasse ab, bevor ich sie noch fallenlasse.

„Weißt du, wie es sich angefühlt hat, immer nur überfordert zu sein, jeden einzelnen Tag? Immer Schulden, kleine, abhängige Kinder, immer Arbeit um mich herum? Nie eine einzige Stunde allein? Und keine Unterstützung?"

Bestürzt ziehe ich die Schultern hoch und schlinge die Arme um meinen Oberkörper, als wollte ich mir durch eine Umarmung Trost verschaffen – oder Schutz. Ihre Worte piksen mich wie spitze, kleine Nadeln. War es so schlimm?

„Vielleicht sagst du, es war meine eigene Schuld, vielleicht hätte ich von Anfang an um Hilfe bitten müssen, doch ich konnte nicht. Meine Eltern waren alt, richtig alt, und ich habe mich gegen sie gestellt, als ich Papa geheiratet habe. Wie hätte ich ihnen beichten können, dass er nur unter Bedingungen zugestimmt hat, hierzubleiben? Und wie hätte ich ihn zwingen können, auch noch zu tun, was er hasst, wo ich ihn doch schon gezwungen habe, aufzugeben, was er liebt?" Mit beiden Händen wischt sie sich die Tränen von den Wangen und atmet einmal tief durch.

„Ich wollte es dir so gern leichter machen, ich dachte, wenn du schon zurückkommen musst, dann sollst du einen Mann haben, der die Yeguada liebt, der fähig und geschickt ist, der dich in allem unterstützt. Du solltest nicht alles allein schaffen müssen wie ich. Du solltest auch ein Leben haben ..." Sie verstummt.

Mein Herz zerbröckelt. Nicht nur bei dem Gedanken an Fabio. Wieso konnte ich das all die Jahre nicht sehen? Wieso ist mir nicht aufgefallen, dass sie so hartherzig war, weil ihr alles über den Kopf gewachsen ist? Wieso habe ich nie hinterfragt, dass mein Vater sich aus allem raushielt? Ich dachte, es wäre ihre Schuld, sie hätte ihn vertrieben, in ihrem Perfektions- und Kontrollwahn.

Hätte ich nicht erkennen können, dass sie nur alles kontrollieren wollte, weil sie es musste? Weil sonst alles auseinandergebrochen wäre? So wie ich es jetzt muss? Nun stehe ich an ihrer Stelle und habe keine andere Möglichkeit, als zu funktionieren.

Auch über meine Wangen rinnen Tränen. Ich lege die Handflächen über meine Augen. Wie viele vergeudete Jahre. Erschreckend, wie wenig man seine Eltern doch kennt.

„Warum hast du nie etwas gesagt?" Meine Stimme ist dünn und höher als sonst.

„Wann denn?", fragt sie und ich lasse die Hände sinken, um sie anzusehen. Überfordert zuckt sie mit den Schultern. „Wann erzählt man denn seinen Kindern von den Träumen, die man aufgegeben hat, von den unzähligen Enttäuschungen, von den Kompromissen, die einem das Leben abgerungen hat? Zwischen den Schularbeiten? Oder dann, wenn sie erwachsen sind? Wann ist man denn alt genug, um die Wahrheit hören zu wollen und sie auch zu verkraften? Ich weiß es nicht. Aber nun, nun musste ich es dir erzählen."

Ich nicke benommen und schlucke. Man ist wohl dann erwachsen genug, wenn man es sein muss. In meinem Fall dreiundzwanzig Jahre alt. Vielleicht sind manche schon als Kinder so weit, andere womöglich nie.

Und ganz ehrlich, was bringen jetzt noch die Vorwürfe? Irgendwie sitzen wir alle im selben Boot. Das Pflichtgefühl und die Liebe der Yeguada gegenüber sind unsere Leitsterne und wir rudern immer weiter. Ja, ich bin verwundet, aber meine Mutter ist es auch, ebenso mein Vater. Ich kann sie beide verstehen, obwohl ich den Schmerz des verletzten Kindes in mir immer noch deutlich fühle.

Ich atme tief ein und begegne ihr zum ersten Mal seit vielen Jahren mit offenerem Blick und offenerem Herzen. „Danke, dass du es mir gesagt hast."

Die Frage ist nur: Was machen wir jetzt daraus?

NEUNUNDZWANZIG

Die erste Veränderung, die sich zeigt, ist, dass ich mich abends nicht sofort aus dem Staub mache wie früher. Dass ich bei ihnen sitzen bleibe, wenn meine Eltern gemeinsam den Tag ausklingen lassen.

Hätte ich das früher schon getan, hätte ich vielleicht mitbekommen, dass die beiden trotz der harschen Worte, die tagsüber während der Arbeit zwischen ihnen fallen, immer noch leise Zuneigung füreinander empfinden. Sie klammern das Geschäftliche einfach aus, so als wäre die Arbeit, das Gestüt eben nicht alles, was sie ausmacht. Und doch frage ich mich, wie viel Schmerz ihrer Beziehung erspart geblieben wäre, wenn es diese alte Abmachung nicht gegeben hätte.

Stattdessen sprechen sie über uns Kinder, über Politik, die Neuigkeiten aus dem Dorf. Vielleicht liegt es an der Krankheit meiner Mutter, vielleicht an meiner Gesellschaft, aber sie reden auch über früher.

Mama erzählt von meinen Großeltern, an die ich mich kaum erinnern kann. Und von der Zeit, als sie und Papa einander kennenlernten.

„Es war auf einer großen Pferdeschau. Dein Abuelo war mit mir da, weil er einen weiteren Zuchthengst kaufen wollte. José, also Papa, war auf der Suche nach einem noch unberittenen Pferd und sie kamen ins Gespräch. Mein Vater lud ihn ein, sich unsere Zweijährigen anzusehen, und so kam er eines Tages her."

Schmunzelnd fährt nun mein Vater fort. „Ich hatte längst ein anderes Pferd gekauft und kam nur ihretwegen. Das hat mir ihr Vater nie verziehen. Bei jeder Gelegenheit sagte er: *Meine Pferde sind nicht gut genug für dich, aber meine Tochter willst du schon, du Halunke.* Er war ein Mann, dem Ehre über alles ging. Männer von so einem Schlag gibt es heute ja gar nicht mehr, die sind längst ausgestorben …"

Hm, Ehre. Ich kann selbst mit dem Wort nichts anfangen, da entsteht kein Bild in mir. Vielleicht bedeutet Ehre, vor etwas Achtung zu haben oder sich Respekt von anderen zu erwarten. Vielleicht bedeutet es auch nur, dass man sich keine Fehler eingestehen, keine Kritik ertragen kann. Dann gibt es solche Männer immer noch.

„Zum Glück sind die jungen Männer von heute anders, anders als dein Großvater, anders als ich." Mein Vater presst schuldbewusst die Lippen aufeinander. „Sie sind flexibler, passen sich besser an, unterstützen ihre Frauen mehr …" Eindringlich sieht er mich an.

Vielleicht spielt er auf Fabio an, doch er hütet sich, seinen Namen auszusprechen. Anpassungsfähig ist der

Scheißkerl tatsächlich. Wie ein Chamäleon mit schleimiger Zunge.

Ein dicker, harter Klumpen Traurigkeit bildet sich in meinem Bauch. *Vergiss es, denk nicht mehr an ihn. Das ist er absolut nicht wert.* Dem Arschloch will ich nie, nie wieder begegnen. Weder hier noch zufällig in Tarifa.

Das ist der Moment, in dem ich beschließe, hierzubleiben, und zwar allein.

„Papa, es ist noch nicht zu spät für dich, du kannst immer noch lernen, uns zu unterstützen."

„Uns?", flüstert Mama.

Ich nicke. „Gemeinsam kriegen wir das hin."

Wer braucht schon Fabio? Fabio … wer? Ich kenne niemanden mit diesem Namen. Sie seufzt und lächelt. Doch erleichtert? Erleichtert sähe in meinen Augen anders aus …

Die zweite Veränderung ist jene, dass ich mir Gedanken mache, wie ich Isabelle wohl schonend beibringe, dass sie am Ende ihrer Schwangerschaft und in den ersten Monaten nach der Geburt nicht wie verabredet auf mich zählen kann. Das schlechte Gewissen zerreißt mich innerlich, denn ich befürchte, dass sie ihren Job dadurch in dieser Form nicht wird behalten können. Die riesige Hotelkette hat sich als internationaler Konzern die für sie rentabelste Mutterschutzregelung, also die amerikanische, zunutze gemacht und sie durch irgendwelche juristischen Schlupflöcher in all ihren Niederlassungen zur Anwendung gebracht.

Von schwangeren Frauen wird erwartet, bis zum Tag der Geburt zu arbeiten und nach acht Wochen wieder voll einsatzfähig zu sein. Isabelle liebt ihren Job, aber schon als Sofia als Schreibaby auf die Welt kam, war nicht daran zu denken, sie so bald bei jemand anderem zu lassen.

Nun, wir konnten es intern regeln. Weil wir längst zusammengewachsen waren, konnte ich wesentlich mehr ihrer Aufgaben für sie übernehmen, als in meinem Vertrag steht. Doch wie soll sie nun Ersatz für mich finden und so schnell einschulen? Noch dazu eine Person, die absolut verschwiegen sein muss. Unmöglich.

Ich hasse die Situation, in der ich mich befinde. Und anstatt Isabelle Bescheid zu geben, stürze ich mich in die Arbeit, vergrabe mich in Kalkulationen, verstecke mich hinter dem Computerbildschirm. Vielleicht merkt dann auch keiner, dass ich immer noch hin und wieder die eine ohne andere Träne vergieße, wegen ihm. Ihm, dessen Name nicht genannt werden soll.

DREISSIG

Meine Eltern tun ihr Möglichstes, mich wegen Fabio nicht zu bedrängen, aber ich sehe natürlich die Blicke, die Mama mir und Papa zuwirft, sorgenvolle Blicke, unglückliche. Doch unser neugewonnenes Einvernehmen ist viel zu frisch und noch zu zart, als dass wir unsere Gefühle so einfach und jederzeit voreinander auf den Tisch legen würden.

Doch natürlich fällt auch meinen Geschwistern mein Stimmungswandel auf. Als ich Lucía am Mittagstisch lustlos einen Batzen Kartoffelbrei auf ihren Teller klatsche, verzieht sie angewidert das Gesicht. „Warum kommt eigentlich Fabio nicht wieder? Ich finde, es war viel lustiger, als er hier war."

Während mir noch sein Name ins Herz sticht, wagen es Paloma und Alejandro auch noch, dazu zu nicken.

„Pff." Mehr fällt mir als Antwort nicht ein. Diese Verräter.

„Mama, warum ist er weggegangen? Ich dachte, er soll Marisol helfen." Was für eine neugierige Nase!

„Äh, also, Marisol will ihn hier nicht mehr", beginnt Mama vorsichtig.

„Nein, Marisol BRAUCHT ihn hier nicht mehr. Wir schaffen das auch gut allein", verbessere ich sie.

„Aha", sagt Lucía und zieht nachdenklich Kreise in ihrem Brei. „Ich brauch auch kein zweites Eis, will aber trotzdem eines, weil's einfach lecker ist und mich froh macht."

Paloma und Alejo sehen kichernd auf.

Wie eine Dampflok fährt die Wut in meinen Magen ein, vielleicht rauche ich sogar aus den Ohren. „Ja, weißt du was, Señorita Schlauberger? Nur weil jemand gut schmeckt und dich glücklich macht, heißt das noch lange nicht, dass er, äh, ES auch gut für dich ist. Und es kann sogar passieren, dass du reinbeißt und nur Scheiße schmeckst."

Lucía guckt erschrocken drein, Paloma und Alejo prusten los und meine Mutter wirft mir einen vorwurfsvollen Blick zu. Mir reicht's. Ich springe auf und verlasse die Küche und das Haus. Die Sonne ist furchtbar grell. Warum bin ich nur rausgegangen, warum nicht einfach auf mein Zimmer? Doch nun will ich nicht noch einmal an den anderen vorbei.

Also marschiere ich auf die Koppel des „Pferdekindergartens" zu und klettere über den Zaun. Da höre ich in der Ferne ein Lachen, ein männliches, doch hell und frech, und ich reiße den Kopf herum. Doch es ist nur Iago, der mit seinem Vater aus dem Stall tritt.

Mit einer Mischung aus Erleichterung und Enttäuschung im Bauch setze ich mich auf die unterste Zaunlatte, stütze die Ellenbogen auf meinen Knien ab und lege den Kopf in meine Hände. Ein paar neugierige Jungpferde kommen näher, stupsen mich mit ihren samtigen Nüstern an. Die P.R.E.-Pferde, also Vertreter der *Pura Raza Española*, der reinen spanischen Rasse, sind menschenbezogene Tiere und sehr sanft. Ich liebe ihre Zuverlässigkeit, ihren frommen, sensiblen Charakter trotz des muskulösen … Körpers. So ein Mist. Muss mich hier denn ALLES an Fabio erinnern? Kann ich ihn nicht einfach aus meinem Gehirn streichen? Aus meinem Herzen?

Da sind Schritte hinter mir und ich nehme die Hände vom Gesicht, tue so, als würde ich den Pferden zusehen.

An dem Schnaufen erkenne ich, dass es meine Mutter ist. Jede noch so kleine Anstrengung, nur ein paar Schritte an der heißen Luft, rauben ihr den Atem.

Bestürzt springe ich auf. „Mama! Du sollst doch mittags nicht rausgehen, bitte bleib drinnen."

Sie hält sich an der obersten Zaunlatte zwischen uns fest, um wieder Atem zu schöpfen, ich lege meine Hände neben ihre, so nahe wie ich mich traue, ohne sie zu berühren, und stelle einen Fuß auf die unterste Strebe.

Tapfer lächelt sie mich an und japst: „Es kann doch nicht sein, dass ich es nicht mal bis hierher schaffe." Ich presse die Lippen aufeinander und weiß nichts darauf zu erwidern.

Allmählich bekommt sie wieder Luft. „Weißt du eigentlich, warum ich Fabio gefragt habe? Warum ich überhaupt auf die Idee kam, gerade ihn zu bitten? Denn wenn ich dich verkuppeln hätte wollen, gäbe es hunderte junge Pferdewirte, die ein Gestüt samt bildhübscher Erbin mit Handkuss nehmen würden. Ich hätte doch nur ein paar einladen müssen und abwarten, bis es funkt."

Für einen Moment bin ich sprachlos. Zum einen, weil sie nun offen über Fabio sprechen will. Zum anderen, weil sie, die nie ein Wort über Äußerlichkeiten verliert, mich als bildhübsch bezeichnet.

„Weil er …", stammle ich, „sich mit Finanzen auskennt und hier aufgewachsen ist? Ich weiß, dass ihm die Yeguada was bedeutet …"

„Nein. Weil DU ihm was bedeutest." Eindringlich sieht sie mich an.

Resigniert schüttle ich den Kopf. Ihre Worte tun weh. „Nein, nie, Mama, da hat er dich angeschwindelt. Er hat mich immer nur wie eine nervige kleine Schwester behandelt."

„Ich rede nicht von eurer Kindheit … Als er vor ein paar Wochen hier durchkam und uns einen Besuch abstattete, da fragte ich ihn, ob ihr euch manchmal in Tarifa treffen würdet. Erst wollte er nicht mit der Sprache heraus, meinte dann aber, dass da etwas zwischen euch war, du dich aber für Marcos entschieden hättest. Und er würde das akzeptieren."

Mein Herz hält vor Entrüstung inne. Mir fehlen die Worte. Was meint er mit *entschieden*? So, als wären er und ich je eine Möglichkeit gewesen … Das ist ja lächerlich.

„Erst später, als du deinen Besuch, bei dem ich dir alles zeigen wollte, erneut abgesagt hast, rief ich ihn an und fragte, ob er uns während unserer Abwesenheit helfen könnte, DIR helfen könnte. Und trotz allem sagte er sofort zu."

Ich bin nach wie vor unversöhnlich, auch wenn die Geschichte, dass ich ihn angeblich abgewiesen habe, wie Balsam über mein zerkratztes Herz rinnt. „Aber er wusste doch von dem Plan. Er hat sich doch mit mir eingelassen in dem Bewusstsein, dass wir die nächste Generation sein sollen!", beharre ich mit schriller Stimme. Bei dem Gedanken an das Spielchen, dass sie mit mir getrieben haben, stellen sich meine Haare auf.

Mama macht eine schuldbewusste Miene. „Nun ja, nicht so richtig. Ich sagte schon: *Wäre es nicht toll, wenn ihr zwei das Gestüt einmal übernehmen würdet?* Doch er tat das als Scherz ab, sagte lachend: *Oje, ich denke, du solltest Marisol lieber nicht vorschreiben, was sie mit ihrem Leben anfangen soll. Du kennst doch das Sprichwort: Wer Wind sät, wird Sturm ernten.*"

Ohne es zu wollen, steigt ein Lächeln in mir auf, es blubbert direkt aus meinem Herzen die Kehle hinauf. Er hat sich für mich eingesetzt, gegen meine Mutter. Er wollte gar nicht Teil ihres Plans sein. Wie sagen die Franzosen? Engarde!

Mit einem kleinen Triumph in der Stimme frage ich: „Und was hast du darauf gesagt?"

Nun lächelt auch sie. „Ich sagte: *Durch Sturm bekommen Bäume tiefere Wurzeln.*"

Das nennt man dann wohl: Touché.

Was für eine Zentnerlast Traurigkeit von meinem Herzen gefallen ist, merke ich daran, wie ich zum Haus zurückfliege. Bis mir aufgeht, dass ich Fabio zum Teufel gejagt habe und ich Isabelle immer noch die Enttäuschung ihres Lebens zufügen muss. Und mein Triebwerk fällt aus.

Zumindest zu so viel reicht mein Schwung, dass ich mich bei meiner Schwester entschuldigen kann. Sie sitzt am Terrassentisch und zeichnet, die Zungenspitze seitlich herausgestreckt.

Ich setze mich neben sie. „Hey, Lu, tut mir leid, dass ich dich vorhin so angeschrien habe."

Sie sagt nichts.

„Bist du jetzt böse auf mich?"

Wieder antwortet sie nicht. Will sie nicht mehr mit mehr sprechen?

Da dreht sie sich freudestrahlend um. „Mama sagt, ich soll's nicht sagen, aber sie meint, dass Fabio sauer ist, weil du gemein zu ihm warst oder ungerecht oder so ähnlich.

Und da habe ich mir gedacht, ich zeichne euch beide, das bist du und das ist er, mit so einem großen Herz herum, siehst du? Und dann brauchst du es ihm nur zu geben und dann seid ihr wieder Verliebte, ja? Da, ich schenk's dir. Du musst nur noch so ein bisschen Glitzer drauf geben und es vielleicht falten ... so etwa ... und eine Schleife drum rum. Da, bitte."

In meinem Magen wird es ganz warm. Gibt es was Süßeres?

„Ich danke dir, Lu, von Herzen." Ich würde es ihm sogar geben, ich würde mit dicken Lettern *M und F forever* draufschreiben. Doch diese Bruchpilotin hat ihre Landebahn leider verpasst.

EINUNDDREISSIG

Als ich am nächsten Morgen in die Küche komme, ist mein Vater mit dem Frühstück schon fertig.

Er sieht auf seine Armbanduhr und steht auf. „Gleich kommen die Bauern und holen den Pferdemist ab. Kannst du vielleicht ein wenig Frühstück zu Mama bringen? Denn sie fühlt sich nicht so besonders und will noch liegen bleiben.“

Mir fährt der Schreck in den Nacken. Das hört sich gar nicht gut an. „Ja, klar.“

„Danke, mi corazón.“ Schon ist er draußen.

Während ich eine Tasse Kaffee trinke, richte ich ein Tablett für meine Mutter her. Ich würde meinen, ein Ei im Glas, ein Stück Brot und Rohkost geben wieder Kraft, dazu eine kleine Kanne Kräutertee. Ich bin schon richtig geübt als Wirtin.

Sobald alles fertig ist, trage ich das Frühstück hinauf ins Schlafzimmer. Die Tür ist nur angelehnt und so drücke ich sie mit der Schulter auf. Wie lange war ich schon nicht mehr hier drinnen? Der Raum wirkt kleiner auf mich und fremd, er riecht auch fremd, irgendwie sehr persönlich. Es ist mir ein wenig peinlich, derart in ihre Privatsphäre einzudringen.

„Hallo, darf ich?", flüstere ich.

Sie liegt, den Oberkörper durch zwei dicke Kissen etwas erhöht, im Bett und dreht den Kopf zu mir.

„Ja, komm nur", sagt sie lächelnd.

Ich trete ein und stelle das Tablett auf ihrem Nachtkästchen ab.

„Wie geht es dir?" Ihr diese Frage zu stellen, ist immer noch ungewohnt für mich, macht mich nervös.

„Hm. Nicht so …" Sie fährt sich mit der Hand über die müden Augen.

Ich setze mich auf den alten Polstersessel neben dem Bett, den sie als Kleiderablage nutzt. „Wie fühlt sich das an? Hast du Schmerzen?", frage ich bang.

„Nein, Schmerzen eigentlich nicht. Ich bin nur einfach so schwach und mir ist ständig kalt, weil der Blutdruck zu niedrig ist. Und ich habe durch die Blutverdünner überall blaue Flecken, sieh her." Sie zeigt mir ihren Arm. Allein bei dem Anblick tut mir meiner geradezu mit weh. „Doch fast das Schlimmste ist die Psyche. Ich bin schrecklich depressiv, ich könnte den ganzen Tag nur heulen. Weiß nicht, ob das mit der Herzschwäche zusammenhängt oder einfach Nebenwirkungen der Medikamente sind …"

Oder eine natürliche Reaktion auf das Bewusstwerden der eigenen Endlichkeit. Vielleicht von allem ein bisschen.

Wenn ich sie so betrachte, in ihrem Nachthemd, das von Grau durchzogene schwarze Haar ungekämmt, die Haut farblos und kein Glanz mehr in den dunklen Augen, dann möchte auch ich einfach nur losheulen. Und dann sehe ich wieder mich selbst als Siebenjährige, wie ich vor ihr stehe in dem Wunsch, ihr zu helfen, ihr Leiden ein Stück besser zu machen.

Es kostet mich ein gutes Stück Überwindung, zu fragen: „Kann ich etwas für dich tun? Bitte?"

Da streckt sie zaghaft die Hand nach mir aus, und als ich aufstehe, zieht sie mich neben sich. Mit klopfendem Herzen nehme ich an der Bettkante Platz. Immer noch hält sie meine Hand in ihrer und das versetzt mein Herz in Aufruhr. Es fühlt sich so schrecklich ungewohnt an. Ich weiß noch nicht, was ich dabei fühlen soll.

In ihren Augen schwimmen Tränen. „Du tust doch schon alles für mich. Zum ersten Mal im Leben darf ich mich zurücklehnen und nur auf mich schauen. Ich wünschte, ich hätte dir diese Aufgabe nicht schon jetzt aufgebürdet, ich wünschte, ich hätte sie dir noch viele Jahre lang erspart. Und …" Sie zögert, atmet einmal tief durch. „Um ehrlich zu sein, ich hab viel nachgedacht in den letzten Tagen. Die Wahrheit ist, die Familie, IHR seid so viel wichtiger als das Fortbestehen des Gestüts. Wenn ich das nur viel früher er-

kannt hätte. Niemand schreibt uns vor, die Yeguada fortzu-
führen, außer unserem Stolz, unserem Pflichtgefühl. Die
Generationen vor uns sind tot. Ich werde es vielleicht bald
sein."

Ich ziehe schmerzvoll die Luft ein, doch sie fährt unbeirrt fort.

„Wenn du diese Aufgabe nicht willst, dann werde ich
nicht von dir verlangen, sie zu erfüllen. Dieses Opfer ist es
nicht wert. Nicht noch einmal … Du bist eine wundervolle
Frau. Du bist auch ein wundervolles Kind gewesen. Leider
habe ich dir das nie gesagt, aber ich habe immer meine
Nachfolgerin in dir gesehen." Das Gefühl, das mich bei ihren Worten überkommt, kriege ich nicht zu fassen. Es ist
Schmerz und Hochgefühl, es ist schmerzvolles Hochgefühl
oder erhabener Schmerz. In jedem Fall stülpt es mein
Innerstes nach außen.

„Du bist willensstark, schlau und unabhängig. Und deshalb wollte ich stets, dass du das Beste aus dir herausholst,
zum Wohle unseres Gestüts. Aber ich lag so falsch. Denn
das Beste an dir waren immer schon dein großes Herz,
deine Hilfsbereitschaft, deine Lebensfreude. Und all das habe ich dir geraubt, indem ich dich auf etwas vorbereiten
wollte, von dem ich glaubte, dass es dir vorbestimmt sei.
Doch ich glaube nicht mehr an das Schicksal, ich glaube an
Entscheidungen und Konsequenzen. Und deshalb bin ich
der Meinung, dass du selbst die Entscheidung über dein

Leben treffen musst. Wir verkaufen die Pferde, wir verkaufen das Land und jedes von euch Kindern kann sich damit ein eigenes Leben aufbauen. Was sagst du?" Die Tränen rinnen ihr über das Gesicht, doch sie wischt sie nicht fort.

In meiner Brust weitet sich etwas und etwas Hartes zerbricht. Auch mein Gesicht ist nass, meine Nase verstopft. Ich habe gar nicht gemerkt, dass ich weine, denn ihre Worte erschüttern mein gesamtes Weltbild. Sprachlos schüttle ich den Kopf, um meine Gedanken zu ordnen. Kann es wahr sein, dass sie mich immer als ihre Nachfolgerin gesehen hat? Dass sie nur so viel Wert auf gute Noten, auf Disziplin gelegt hat, weil ich ihre Thronfolgerin sein sollte? Weil sie in Wahrheit große Stücke auf mich hält? Ich bin durch so viel Schmerz gegangen. Wir beide sind es. Und nun will sie das Königreich verkaufen? Da kriegt etwas Weiches in meiner Brust seltsame Kraft.

„Mama!" Meine Stimme klingt fassungs- und atemlos. „Das ist unsere Heimat, unser Erbe. Das ist unsere Züchtung, die an den König verkauft wurde. Verdammt noch mal. Auch ich wünschte, die Sache wäre anders gelaufen, und wie ich mir das wünschte. Aber hier wird sicher kein Haus verkauft und hier wird gar nichts aufgegeben, solang ich noch was zu sagen habe. Denn ich HABE mich bereits entschieden. Und wenn ich mich entschieden habe, dann bleibe ich auch dabei. Verstanden?" Ich stehe auf und schüttle noch einmal fassungslos den Kopf.

Mit großen Augen und offenem Mund blickt sie zu mir hoch, überrascht und bestürzt wie ein kleines Mädchen, das sich soeben in die Hose gepinkelt hat. Was für eine verkehrte Welt.

„Gern geschehen", sage ich ernst und verlasse den Raum, laufe die Treppe hinunter und durch das Haus, hinaus auf die Terrasse.

Blau ist der Himmel, grün sind die Wiesen und die bewaldeten Berge vor uns. Paloma galoppiert im Dressurviereck. Vor dem Mistplatz steht ein Traktor und Papa und Bauer Peréz schaufeln die Pferdeäpfel auf den Anhänger. Als der alte Mann mich bemerkt, winkt er überschwänglich, ich winke zurück. Rührung legt sich um meinen Hals. Ja! Hier bin ich und genau hier gehöre ich hin. Dann atme ich einmal tief ein und aus, schlage die Hände zusammen und mache mich an die Arbeit.

ZWEIUNDDREISSIG

Am frühen Nachmittag verlasse ich das Büro, um mir eine Tasse Kaffee zu holen, und bemerke, dass meine Mutter doch aufgestanden und gerade dabei ist, bleich und langsam die Treppe herunterzusteigen, die Hand fest um das Geländer gekrallt. Rasch laufe ich ihr entgegen und stütze sie auf der anderen Seite. Wir sind annähernd gleich groß und doch wirkt sie nun viel kleiner, viel zerbrechlicher, als ich meinen Arm um ihre Taille lege. Wie lange haben sie und ich einander nicht so berührt, gekuschelt oder Zärtlichkeiten ausgetauscht, abgesehen von einer hastigen Umarmung zur Begrüßung? Abgesehen von dem Halten meiner Hand heute Morgen? Haben wir es je? Ich kann mich nicht erinnern.

Früher hätte sich bei solchen Gedanken mein Herz verengt, vielleicht zu meinem Schutz. Doch nun, wo ihres langsam seinen Dienst versagt und meines weich und offen daliegt, da rinnen mir jählings die Tränen über die Wangen. Und ich schäme mich nicht einmal dafür, versuche nicht, sie zu verbergen. Denn so sehr es schmerzt, es ist auch eine enorme Erleichterung, ein bittersüßes Geschenk, endlich

Zugang zu meinen tiefsten Gefühlen, meiner vergrabenen Traurigkeit zu haben. Und die will jetzt ans Tageslicht.

Ich bleibe stehen. „Mama, musstest du erst sterbenskrank werden, damit wir einander kennenlernen? Damit ich weiß, dass ich gut genug für dich bin?"

Sie schluchzt laut auf und gemeinsam sinken wir auf die Stufen, fallen einander in die Arme, halten uns aneinander fest.

„Es tut mir so leid", wispert sie und streichelt mir fahrig über das Haar. „Es tut mir so leid."

Tränenüberströmt nicke ich an ihrem Hals. Ja, das sollte es auch.

„Ich würde zehnmal sterben, wenn du dadurch erführest, wie sehr ich dich liebe. Wie sehr mich unsere Beziehung und mein Unvermögen all die Jahre gequält haben."

Nun ziehe ich die Nase hoch. „Sag das nicht. Dir wird es wieder besser gehen, das muss es."

Mühsam zwingt sie Sauerstoff in ihre Lungen und schüttelt den Kopf. „Ich werde nicht mehr gesund, mein Schatz. Mein Herz will nicht mehr, das ist nur eine Frage der Zeit. Vielleicht habe ich es zu lange ignoriert, hätte mehr auf es hören sollen. Denn das habe ich nicht mehr getan, seit dem Tag, an dem ich die Yeguada übernommen habe." Sie bringt Abstand zwischen uns, sieht mich aufmerksam an. „Bist du dir sicher, dass du sie willst? Ich werde nicht enttäuscht sein, das verspreche ich. Es war mein Weg, es muss nicht der deine sein."

Nachdenklich betrachte ich sie. „Weißt du, es ist seltsam. Vor ein paar Wochen hätte ich mir nichts Schlimmeres vorstellen können, als hierher zurückzukehren. Bei jedem Besuch hat mein Magen sich verkrampft und mein Nacken sich versteift. Und ich dachte, es läge daran, dass ich fort von hier wollte. Doch in Wahrheit lag es wohl eher daran, dass ich nur allzu gern zurückgekommen wäre, es aber als unmöglich betrachtet habe. Ich war der Meinung, dass ich nur anderswo Bestätigung finden könnte. Und nun, nachdem du mir gesagt hast, dass du mir die Führung immer schon zugetraut hast, da frage ich mich, warum ich der Anerkennung überhaupt einen so großen Stellenwert eingeräumt habe. Ist es nicht viel erfüllender, für einen höheren Zweck zu arbeiten als nur für Lob? Ich schäme mich ein wenig dafür …"

„Nein, tu das nicht. Du musstest sie schließlich woanders suchen. Ich bin die, die sich schämen muss." Tieftraurig lässt sie den Kopf hängen und ich lege versöhnlich eine Hand auf ihre Schulter. Die Situation ist so grotesk. Hier sitze ich mit meiner schrecklichen, herrischen Mutter Arm in Arm und beide beteuern wir die Unschuld der anderen, trösten einander, weinen zusammen.

Ich kann nicht anders, ein leises Lächeln schleicht sich in meine Mundwinkel, ein verlegenes, irgendwie auch erleichtertes, übermütiges. Ich wische mir die Tränen ab. „Und was machen wir nun?"

Auch sie muss schmunzeln und zuckt mit den Schultern. „An deiner Marketingstrategie arbeiten? Stellst du sie mir vor?"

„Gern." Ich nicke ergriffen und helfe ihr auf die Beine. Arm in Arm gehen wir in ihr, in UNSER Büro. Sie nimmt auf der Chaiselongue Platz, ich ziehe mir einen Sessel heran. Und dann reden wir. Reden den ganzen Nachmittag über Budgets, Finanzen und Pläne, über Chancen, Möglichkeiten und Risiken. Wir reden über die Zukunft. Denn die Vergangenheit, diese alte Trantüte, die haben wir einsam und allein auf der Treppe sitzen gelassen, so lange, bis es ihr zu langweilig wird und sie das Weite sucht.

DREIUNDDREISSIG

Am nächsten Abend steht wieder einmal ein Gewitter vor der Tür, doch mein Vater, der Profi, spürt das Wetter entweder in den Knochen oder behält stets den Wetterbericht im Auge. Jedenfalls haben wir rechtzeitig alle Pferde nach drinnen gebracht, als der Sturm an den Dachziegeln rüttelt und der Sturzregen loslegt. Paloma bleibt im Stall, in der Meinung, sie könne durch ihre bloße Anwesenheit die Pferde beruhigen. Alejandro, Papa und ich nehmen die Beine in die Hand und sprinten zum Haus. Im Flur schütteln wir lachend die Tropfen von der Haut, denn nur durch die kurze Strecke kleben uns die T-Shirts auf den Schultern.

„Super Team, alle sind im Trockenen." Papa schlägt grinsend mit uns ein. „Vielleicht wird ja doch noch ein echter Pferdewirt aus Alejo."

„Wer's glaubt!" Prustend drehe ich mich um und bemerke, dass Lucía hinter uns steht, blass und kleinlaut.

„Ich denke, Mama geht's nicht gut", wispert sie.

Mein Vater stürmt an ihr vorbei ins Wohnzimmer, Alejandro hinterher. Ich beuge mich nach unten und umarme meine Schwester. Ihr schmaler Körper zittert.

„Es wird alles gut, es wird alles gut." Ich weiß nicht, ob ich es zu ihr oder zu mir sage. Oder einfach nur, weil man das so sagt. Aus dem Wohnzimmer höre ich Alejandro mit aufgeregter Stimme mit der Rettung telefonieren und meinen Vater fluchen.

„Lass das, verdammt, leg auf. Die brauchen eine Ewigkeit her und zurück, wir fahren selbst nach Ronda. Lauf, hol das Auto", zischt er. Alejandro rennt vorbei.

Mit Lucías Kopf an meinem Bauch drücke ich mich an die Wand, um meine Eltern durchzulassen. Ihren Arm über seine Schulter gelegt, führt Papa sie nach draußen. Sie ist bleich und presst eine Hand auf ihr Herz, doch sie geht auf eigenen Beinen. Gott sei Dank! So schwerfällig sie an uns vorbeitrottet, so federleicht streicht sie mit den Fingern über Lucías Kopf.

Ich öffne den Mund. Nichts zu sagen, fühlt sich grauenhaft an. *Alles Gute, bis bald, auf Wiedersehen*, fühlt sich noch grauenhafter an.

„Ich hab dich lieb, Mama." Das war Lucía und ich schließe meine Lippen wieder. Da dreht meine Mutter noch einmal den Kopf und sieht mich an, ihre Augen wirken farblos und alt, aber auch so vertraut. Ich nicke. Es bedeutet: *Mach dir keine Sorgen, ich bin da.* Und auch: *Ich hab dich lieb.*

Da deutet sie ein Lächeln an, sie hat mich schon verstanden.

Alejo hastet herein, vor der Tür steht das Auto mit offenen Türen und laufendem Motor. Er hält einen Schirm über meine Eltern, als sie zum Wagen gehen. Dann sind alle drei verschwunden und nur noch die roten Rücklichter zu sehen.

„Was wird mit ihr?", fragt Lucía bang.

Ich weiß es nicht. „Ach, sie geben ihr sicher gute Medikamente, vielleicht eine Infusion über Nacht. Und dann geht es ihr bestimmt wieder besser. Könnte sein, dass sie den Wetterumschwung so stark spürt. Oder hat sie heute zu viel gemacht? Wir müssen einfach noch besser auf Mama aufpassen, ja? Wie wär's, wenn ich uns Tee mache, und du malst ein richtig schönes Bild für sie, hm?" Zum Glück lässt sie sich leicht überzeugen … leichter als mein Herz.

Bis zu ihrem Zubettgehen setze ich ein Lächeln auf und spiele nicht nur Karten- und Brettspiele, sondern auch die Rolle meines Lebens: *Alles bestens, alles kein Problem.*

Als ich auch noch vorgelesen, Rücken gekrault und gewartet habe, bis ihr Schnaufen regelmäßig geworden ist, ist es dunkel, draußen und in mir. Ich kann mich nicht mehr verstellen. Auch mein Herz ist bang, auch ich will aus Überforderung ein paar Tränen vergießen. Ich wünschte, Fabio wäre hier. Ich könnte so dringend seinen Trost gebrauchen, seine Augen, die meinen Schmerz erkennen, seinen Körper, der meinen hält. Er fehlt mir so. Ich fühle mich einsamer als je zuvor.

Als ich zurück nach unten in die Küche komme, sitzt dort Paloma und isst Brotrinde. Sie wird den Pferden langsam immer ähnlicher.

„Wo sind die anderen?", fragt sie beiläufig.

Und wieder wappne ich mein Herz und zwinge meine Gesichtsmuskeln zu einem Lächeln. „Mama ging's nicht so gut, sie sind mit ihr ins Spital gefahren. Lucía schläft schon."

Der Bissen bleibt ihr beinahe im Hals stecken. „Was? Wann?"

„Vor zwei Stunden etwa. Papa schreibt, sie wissen noch nichts, sie wird aber vermutlich dortbleiben müssen."

„Okay." Schwer seufzend beißt sie ein weiteres Stück ab, verdaut das Gehörte anscheinend besser im Kauen.

„Nimm doch ein entspannendes Bad und ich erzähl dir sofort, wenn es was Neues gibt, okay?" Sie soll bitte endlich gehen. Ich will zwar nicht einsam, aber gerade eben doch allein sein.

„Stinke ich? Das kannst du auch deutlicher sagen", murrt sie.

Wenn es das ist, was sie bewegt. „Gut, du stinkst."

„Toll. Ich gehe ja schon." Sie nimmt sich noch eine Scheibe Brot und trollt sich.

Als ich sie die Badezimmertür schließen höre, atme ich auf und lasse mich auf einen Stuhl fallen. Die Hände lege ich auf den Tisch, den Kopf darauf. Nun, wo ich die Gelegenheit dazu hätte, verkriechen sich die Tränen. Vor Trockenheit brennen meine Augen und mein Hals. Einzig unsagbar müde fühle ich mich, nicht des Lebens, aber doch der gegenwärtigen Situation.

Wie soll das weitergehen? Erholt sie sich wieder? So einfach stirbt man doch nicht. Nicht, wenn man sich noch auf den Beinen halten kann. Es gibt doch heutzutage Möglichkeiten: Herzschrittmacher, Spenderherzen ... Oder?

Ich muss zu Isabelle, ich muss ihr endlich meine Entscheidung mitteilen. Das geht nicht am Telefon. Am Telefon habe ich schon mit Marcos Schluss gemacht. Das schlechte Gewissen frisst mich noch auf. Und die Sehnsucht nach Fabio ... auch wenn ich das nicht wahrhaben wollte.

Und doch sehe ich ihn in jeder Ecke des Gestüts. Ich höre sein Lachen von der Terrasse, wenn ich in der Küche stehe, doch komme ich nach draußen, ist niemand da. Sein Bett abzuziehen, habe ich auch sieben Tage nach seiner Abreise noch nicht gewagt, zu groß ist die Gefahr, seinen Duft einzuatmen, zu groß ist die Gefahr, das letzte Überbleibsel von ihm zu vernichten.

Sobald mein Vater zurück ist, fahre ich nach Tarifa und rede mit Isabelle. Soll ich dann auch, könnte ich dann auch zu ihm gehen? Würde er überhaupt mit mir sprechen? Aber ich kenne doch seine Adresse gar nicht.

Ich will jetzt nicht mehr denken müssen … Ich kann jetzt nicht mehr denken …

VIERUNDDREISSIG

Ich schrecke hoch, als Papa und Alejandro hereinkommen. Es ist kurz nach eins. Mein Nacken ist steif, die Hände, auf die ich meinen Kopf gelegt hatte, sind wie ich eingeschlafen und kribbeln nun bei ihrem Erwachen.

„Oh, mi corazón, hast du auf uns gewartet?" Papa seufzt und nimmt mich in die Arme.

„Wie geht's ihr?"

„Es war leider ein weiterer Herzinfarkt. Doch so weit ist sie stabil. Sie erhält wieder Infusionen und Tests. Morgen kommt ein Herzspezialist und wird mit ihr weitere Möglichkeiten durchgehen."

„Sieht so nun unser Leben aus?", frage ich mit belegter Stimme.

Sein Nicken ist resigniert.

„Wird es ihr nie mehr richtig gut gehen?"

Nun schüttelt er traurig den Kopf. „Lass uns schlafen gehen."

„Okay." Ich bin schrecklich müde. Doch dann fällt mir noch etwas ein. „Papa, kann ich morgen nach Tarifa fahren und mit meiner Chefin sprechen? Ich muss das persönlich tun. Im Kalender ist kein Termin eingetragen, wo du mich brauchen könntest."

„Ja, natürlich. Ist schon gut." Dann stapft er mit hängenden Schultern die Treppe hinauf. Es schmerzt mich sehr, ihn so zu sehen.

„Soll ich dich begleiten?", fragt Alejandro hoffnungsvoll. Auch er sieht blass und abgekämpft aus. Für Alejo ist unser Dorf tatsächlich zu eng, er ergreift jede Gelegenheit, etwas anderes zu sehen.

Ich zögere. „Eigentlich wollte ich dich fragen, ob du mit Lucía etwas Schönes unternehmen kannst. Sie war vorhin sehr erschrocken."

„Ich kann mit ihr an den Strand gehen, während du dein Gespräch hast …" So leicht lässt er nicht locker, doch ich bin unschlüssig. Einerseits wäre es gut, diesen Canossagang nicht allein antreten zu müssen, andererseits wollte ich doch vielleicht auch bei Fabio vorbei … Aber das war wohl ohnehin eine schlechte Idee. Eine unangenehme Unterhaltung pro Tag sollte genügen.

„Gut, also schön, um neun fahren wir los."

Erfreut umarmt er mich. „Gute Nacht."

„Schlaf gut."

An eine gute Nacht ist leider nicht im Traum zu denken. Keine Ahnung, wie lange ich mich und die Gedanken herumwälze. Immer und immer wieder gehe ich das Gespräch mit Isabelle durch, ständig sehe ich Mamas bleiches Gesicht und Lucías aufgerissene Augen vor mir.

Was für ein Unglück für so viele Menschen. Wenigstens bin ich nicht allein, zumindest habe ich meine Familie. Immerhin darf ich noch Zeit mit Mama verbringen, gerade jetzt, wo wir anfangen, einander zu verstehen. Ich will sie nutzen, diese Zeit. Wenn ich doch nur Isabelle nicht im Stich lassen müsste. Doch es hilft nichts, es geht nicht anders, also Augen zu und durch …

Ziemlich gerädert wache ich am nächsten Morgen auf, weil ich Lucía durch den Flur trampeln höre. Trotz ihres geringen Gewichts hat man das Gefühl, dass das ganze Haus vibriert.

Da es bereits acht ist, dusche ich, ziehe mich business-tauglich an und geselle mich zu den anderen in die Küche. Sogar Alejandro, der einzig wahre Langschläfer unter uns, ist bereits fertig angezogen und abfahrbereit.

„Guten Morgen." Ich scanne das Gesicht meines Vaters ab, doch er wirkt sehr ruhig, anscheinend keine aufwühlenden Neuigkeiten.

„Papa sagt, Mama geht es besser und ich darf mit dir und Alejo zum Strand fahren? Ist das wahr?" Lucía stellt sich vor Aufregung auf ihren Stuhl und hüpft auf und nieder.

„Das stimmt, aber setz dich hin, sonst fällst du noch runter."

Ich nehme mir eine Schüssel Cerealien, obwohl auch mein Magen vor Aufregung hüpft.

„Schaust du auch bei Fabio vorbei?", fragt Paloma eindringlich und animiert meinen Magen zu noch höheren Sprüngen. Vermutlich spielt sie auf unser Gespräch über Marcos an. Darauf, dass man an einer Beziehung arbeiten muss und sie nicht so mir nichts dir nichts aufgeben darf. Sie hat ja recht.

„Glaub nicht", murmle ich schuldbewusst in meine Schüssel und sie schüttelt seufzend den Kopf. Die anderen halten sich zum Glück raus. Dann gehen Alejandro und Lucía ihre Badesachen holen und auch Paloma steht auf.

„Ich geh schon mal vor, Papa. Soll ich Campéon satteln."

„Ja. Danke dir!" Schweigend trinkt er seinen Kaffee aus und ich leere die Schüssel.

„Und wie geht's dir?", will ich wissen.

Er zuckt mit den Schultern. „Was soll ich sagen? Das Leben ist eben nicht immer leicht. Natürlich frage ich mich, ob ihre Herzinfarkte vermeidbar gewesen wären, wenn ich sie besser unterstützt hätte. Wenn ich mich nicht stur auf unsere Abmachung verlassen, sondern meinen Stolz runtergeschluckt hätte. Ich würde es sofort rückgängig machen, wenn ich könnte, wenn ihr dadurch ein paar Jahre mehr geschenkt würden. Das kannst du mir glauben. Und doch war sie mir gegenüber immer so tapfer, hat sich nichts anmerken lassen. Aber es ist jetzt, wie es ist. Es bringt nichts, Schuldige zu suchen und die Umstände zu verfluchen. Wir hatten so viele Jahre, in denen wir alle gesund waren. Vier Kinder und eines wundervoller als das andere. Dafür bin ich unendlich dankbar." Er legt eine Hand auf meinen Arm. In meiner Brust wird es eng. Es tut mir so unendlich leid für ihn. Für uns.

„Wenn ich eines gelernt habe, mi corazón, dann, dass sich das Leben nicht zwingen lässt, genauso wenig wie ein allzu selbstbewusster Hengst. Egal wie viel Gewalt du anwendest, es lässt sich nicht brechen. Du kannst nur versuchen, dich festzuhalten, nicht runterzufallen und Vertrauen zu haben. Und das Wichtigste ist: Wenn du doch fällst, tut es weniger weh, wenn dich jemand auffängt, der dich liebt." Mit Tränen in den Augen steht er nun hastig auf. Ich will ihn noch festhalten, will sagen, dass ich ihn liebe, dass ich für ihn da sein kann, sollte er fallen. Doch ich stocke, denn er fischt einen zusammengefalteten Zettel aus der Hosentasche und legt ihn vor mir auf den Tisch. „Nur für den Fall." Dann nickt er mir zu und verlässt die Küche.

Aufgewühlt und zögerlich betrachte ich das weiße Rechteck. Ist das ein Brief von Mama? Oder doch eine schlechte Nachricht, die er mir nicht sagen konnte? Mit zitternden Fingern greife ich danach und entfalte ihn. Mit klopfendem Herzen schließe ich ihn dann schnell wieder. Auf dem Zettel steht Fabios Adresse.

FÜNFUNDDREISSIG

Als wir in Tarifa ankommen, habe ich mir zwei Stunden lang zurechtgelegt, was ich Isabelle sagen werde. Und trotzdem schwitze ich vor Nervosität. Ich lasse meine Geschwister am Strand aussteigen und fahre dann weiter zum Hotel. Als ich das Büro im ersten Stock betrete, muss ich feststellen, dass Isabelle nicht da ist, obwohl der Schreibtisch aussieht, als hätte sie ihn eben erst verlassen. Vielleicht eine kleine Kaffeepause? Also gehe ich wieder nach unten in die Lobby. Antonio, der langjährige Concierge, ist heute nicht da, sondern ein junger, den ich noch nicht so gut kenne.

Ich erkundige mich nach dem Aufenthaltsort von Señora Valle, doch er macht ein merkwürdiges Gesicht.

„Sie ist nicht im Haus", sagt er wichtig.

„Aha, also wo ist sie? Wann kommt sie wieder?"

„Entschuldigung, das darf ich nicht sagen."

„Pedro, mir kannst du es schon sagen, ich bin ihre Assistentin." Bei der ganzen Aufregung würde ich ihn am liebsten an seinem korrekt geknüpften Kragen über den Tresen ziehen und einmal kräftig schütteln.

„Tut mir leid, das ist privat."

Gott, der stellt auf stur. Dann eben nicht. Ich gehe ein paar Schritte zur Seite, nehme mein Handy heraus und wähle ihre Nummer. Zuerst läutet es ewig, dann hebt endlich jemand ab.

„Marisol?" Es ist Raúls Stimme.

„Äh, ich wollte zu Isabelle, aber Pedro sagt, sie ist nicht im Hotel. Weißt du, wann sie wiederkommt? Ich muss was mit ihr besprechen."

„Ja, weißt du ..." Er klingt angespannt. „Ich habe Isabelle vorhin abgeholt, weil sie auf der Treppe im Hotel ausgerutscht ist. Sie hat sich das Steißbein geprellt oder gebrochen. Gerade wird sie untersucht."

„O nein, geht's dem Baby gut?"

„Es scheint alles in Ordnung zu sein, aber sie wird wohl eine Weile liegen müssen, gehen und sitzen sind zu schmerzhaft. Wir wissen noch gar nicht, wie wir es zu Hause mit ihrer und Sofias Betreuung regeln sollen. Ich habe Wettkämpfe und meine Schwiegermutter kann auch nicht dauerhaft bleiben. Zum Glück ist dein Urlaub bald vorbei. Dann ist zumindest das Hotel in guten Händen."

In mir krampft sich jedes Organ einzeln zusammen. „Wie schrecklich. Ähm, sag ihr liebe Grüße, ich melde mich ein anderes Mal bei ihr."

„Das mach ich. Nos vemos! Wir sehen uns!"

Verdammt, gerade heute. Und wie soll ich jetzt kündigen? Sie braucht mich mehr denn je. Niedergeschlagen lasse ich mich in einen der Polstersessel in der Lobby fallen und starre durch die offenen Glastüren nach draußen auf die Terrasse.

Ich habe die Jahre hier geliebt, die emsige Betriebsamkeit eines Hotels, die glücklichen Urlauber, die netten Kollegen. Und die Zeit, in der Marcos und ich uns verliebt haben und Isabelle auftauchte, habe ich als eine der schönsten in Erinnerung. Doch heute kommt mir alles hier zu groß, zu glatt, zu unpersönlich vor. Zeiten und Umstände ändern sich. Ich ändere mich. Marcos habe ich wegen Fabio verlassen und Isabelle werde ich der Yeguada zuliebe zurücklassen. Aber nicht heute. Heute nicht. Ich bringe es nicht über mich, einer Verletzten noch mehr Schmerz zuzufügen.

Doch so wie es aussieht, habe ich nun eine unangenehme Unterhaltung für heute gut. Also nehme ich allen Mut zusammen, den ich in mir finde, und krame den Zettel mit Fabios Adresse heraus. Vielleicht gehe ich einfach nur vorbei, nur mal sehen, wie er wohnt, vielleicht aus der Ferne einen Blick auf ihn erhaschen. Das bedeutet doch nicht, dass ich auch mit ihm reden muss. Er ist bestimmt gar nicht zu Hause …

Die Straße, eine kaum befahrene Seitengasse, liegt nur wenige Minuten vom Hotel entfernt, doch welches Haus es ist, erkenne ich erst, als ich auf gleicher Höhe auf der gegenüberliegenden Straßenseite stehe, denn die Hausnummer wird von einer üppigen Palme verdeckt. Es ist ein lang gestreckter, moderner, weißer Bungalow. Eine Villa, um genau zu sein, mit einer Garage für mindestens vier Autos.

Ich verdrehe die Augen. War doch klar. Das Muttersöhnchen wohnt immer noch bei Mami und Stiefpapi. Wobei, bei DER Villa kann ich es ihm nicht verdenken.

Vor Schreck lasse ich beinahe einen Schrei los, denn genau in diesem Moment geht die Tür auf und Fabio kommt mit einer Reisetasche heraus. Er drückt auf den Autoschlüssel und der Kofferraum öffnet sich automatisch. Schwungvoll wirft er die Tasche hinein und ordnet die Dinge, die sich sonst noch im Heck des Wagens befinden. Gegenüber winde ich mich wie unter Krämpfen. Meine Beine wollen weglaufen, so schnell sie können, doch mein Herz zieht so stark in seine Richtung, dass es mich fast zerreißt. Was mache ich nur?

Als spüre er meine Anwesenheit, stockt er mitten in der Bewegung und dreht sich um. Er muss die Augen zusammenkneifen, denn die Sonne gibt mir Rückendeckung. Als er mich erkennt, lässt er die Arme kraftlos hängen und auf seinem Gesicht erscheint ein verletzter Ausdruck. Okay, das scheint mein Einsatz zu sein. Also gebe ich mir einen Ruck und überquere polternden Herzens die Straße.

Ich räuspere mich. „Hola." Trotzdem klingt meine Stimme belegt.

„Hallo." Er wartet, kaut auf seiner Unterlippe.

„Ich bin hergekommen, um Isabelle zu sagen, dass ich kündige und auf dem Gestüt bleibe. Doch sie hat sich verletzt und ist im Krankenhaus, deshalb konnte ich es ihr wieder nicht sagen. Voll blöd."

Er nickt und wartet immer noch. Das ist wohl nicht die Information, auf die er gehofft hat, und auch ich frage mich, was ich hier eigentlich plappere.

„Ähm, und Alejo und Lucía sind auch da, sie warten am Strand auf mich. Mama hatte wieder einen Herzinfarkt. Das war schrecklich. Sie ist jetzt im Krankenhaus in Ronda." Ich schlucke.

Schmerz und Mitgefühl legen sich auf sein Gesicht. So gern würde ich ihn umarmen, würde von ihm umarmt, getröstet und gehalten werden. Doch er macht keine Anstalten, sondern zieht nur fragend die Augenbrauen hoch.

„Du hast eine Reisetasche ins Auto gepackt. Fährst du weg?", frage ich leise und würde eigentlich lieber über uns reden. Aber er macht es mir nicht gerade leicht. Nun nickt er wieder. Hat er ein Schweigegelübde abgelegt? Oder soll das meine Bestrafung darstellen? Ich werde hier langsam verrückt.

„Also ich, ich sollte … Ich will …" Verdammt. Ich kriege es nicht raus.

„Marisol!" Carmens lautstarkes Rufen, als sie aus dem Haus heraustritt, lässt uns beide zusammenzucken. „Schätzchen! Es tut mir so leid. Das mit Dolores ist furchtbar.

Komm her. Kann ich irgendwas für dich tun?" Als sie bei uns ankommt, umarmt sie mich und drückt mich fest an ihren Busen. Und tatsächlich tut das gut und macht es gleichzeitig noch schlimmer. Denn ich verbinde so viel Kindheit, so viel von meiner Mutter mit ihr, es ist fast, als würde ich sie selbst umarmen. Und um so viel lieber würde ich jetzt in Fabios Armen liegen.

„Danke, Carmen", sag ich, als ich mich von ihr löse. „Aber, nein danke. Ich schaffe das schon."

„Ich weiß, Herz, du bist immer tapfer, genauso tapfer wie Dolores. Ihr könnt einfach keine Hilfe annehmen."

Das gibt mir einen Stich. Sieht sie mich wirklich so? Das stimmt doch nicht. Ich kann doch Hilfe annehmen. Auf keinen Fall bin ich wie meine Mutter.

Fragend sehe ich wieder zu Fabio, doch Carmen steht nach wie vor interessiert daneben. Gott, wie sie mich gerade in ihrer einmischenden Art nervt. Von Fabio kann ich natürlich nicht erwarten, dass er sie in die Schranken weist. Nun fährt auch noch ein schwarzer *Porsche* in die Einfahrt und Bruno, Carmens Ehemann, springt heraus.

„Oh, schau an, haben wir Besuch?", ruft er freudig.

„Das ist Marisol, Bruno, Dolores' Älteste. Du hast sie bestimmt nicht erkannt nach so langer Zeit ...", erklärt Carmen.

„Nein, natürlich nicht. Wie schön, dass du hier bist. Warum geht ihr denn nicht rein? Ich hole was Schönes aus dem

Weinkeller und wir machen es uns gemütlich, ja?" Er scheint richtig nett zu sein und doch will ich nichts als weg.

„Nein, nein, also ich muss dann meine Geschwister abholen. Tut mir leid." Und mit einem Blick auf Fabio noch mal: „Tut mir leid." Dann trete ich eilig den Rückzug an.

Wie peinlich. Was für ein verpatzter Tag. Wie viel Pech kann man haben? Wie unfähig ich doch bin. Und wie feige.

SECHSUNDDREISSIG

Schon aus der Ferne kann ich beobachten, wie Lucía und Alejandro im flachen Wasser Handstand üben. Ich lasse mich auf einem ihrer ausgebreiteten Badetücher nieder und sehe ihnen zu. Als sie mich bemerken, winken sie fröhlich. Träge hebe ich die Hand und gebe ihnen gern Zeit, habe es nicht eilig. Alles, was ich mir für heute vorgenommen habe, habe ich vergeigt. Zumindest für die beiden soll sich der Ausflug gelohnt haben, sonst wäre er tatsächlich vollkommen für die Tonne.

Rechts von uns, in ihrem Abschnitt, weit draußen auf dem Wasser, gleiten Surfer über die Wellen und erinnern mich ein weiteres Mal an Fabio. An seine Augen, von denen ich wünschte, sie hätten mir ein Zeichen gegeben, an seine schönen Lippen, die nur geschwiegen haben. Oder haben sie in Wahrheit alles gesagt? Hat mir sein Schweigen nicht verraten, wie es um uns steht? Wer weiß, vielleicht hätte eine Entschuldigung ja gar nichts geändert. Vielleicht war das nur meine naive Wunschvorstellung. Womöglich wäre er trotzdem stumm geblieben, weil er mir einfach nichts mehr zu sagen hat. Mein Herz wird wie von Sandsäcken beschwert nach unten gezogen und dicke Ketten machen es am Boden fest.

So wie meine Mutter es erklärt hat, hat er tatsächlich kein Spiel mit mir getrieben. Dass er nun seinerseits mein Verhalten nicht akzeptieren kann, ist nur zu verständlich. Er sagte, er würde nicht zulassen, dass ich einmal lieb und einmal abweisend zu ihm sei, und ich habe es wieder getan. Habe ihn weggestoßen und will ihn nun wieder zurück. Ich kann verstehen, dass er das nicht mehr mit sich machen lässt …

Gefrustet ziehe ich die Schuhe aus und grabe die Zehen in den warmen Sand, lasse aus meiner Hand weiße Körnchen darüber rieseln und stelle mir vor, mit jedem einzelnen entlasse ich das, was Fabio in mir hinterlassen hat, ein Stück mehr in die Freiheit. Ich will ihn herausrieseln lassen aus meinem Herzen, aus mir. Doch so viel Sand gibt es wohl in ganz Spanien nicht.

Irgendwann haben die beiden so großen Hunger, dass sie sich vom Wasser losreißen können. Wir packen die Sachen zusammen und wandern zur Strandbar neben dem Surferschuppen. Dort, unter dem schattigen Bambusdach, besetzen wir einen Tisch und essen Pizza und Burger. Es ist schön für mich, Lucía wieder so fröhlich und gelöst zu sehen und Alejandro dabei zu beobachten, wie er die männlichen Gäste abscannt.

Hier unten an diesem lustigen, bunten und freizügigen Fleckchen Erde könnte er sich bestimmt wohlfühlen. Doch mit seinen knapp neunzehn Jahren und seiner sensiblen Art ist er viel zu schüchtern, um ein neues Leben in einer fremden Stadt zu beginnen. Ohne Kontakte zur lokalen Gay Community, ohne Geld für eine Wohnung, ohne Plan, was er mit seinem Leben anstellen will. Er ist großartig mit Lucía, so viel habe ich in den letzten Wochen festgestellt. Geduldig, verspielt und lustig …

„Du, Alejo, hast du schon mal überlegt, Pädagogik zu studieren? Das ist doch ein schöner, erfüllender Beruf und du könntest arbeiten, wo immer es dich im Land hin verschlägt."

„Hm." Er lächelt und lässt den Gedanken sacken. „Hab ich noch nie darüber nachgedacht, aber das könnte schon Spaß machen."

„Was ist das, Padekogik?", fragt Lucía.

„Erzieher", erklärt er grinsend.

„Oh! Und dann kommst du in meinen Kindergarten, ja? Das wird so lustig!"

Wir lachen. „Wenn er mit dem Studium fertig ist, bist du schon lange in der Schule, Lu."

„Ach, so …" Sie zieht eine kleine Schnute. „Kann ich noch ein Eis haben?"

„Na gut, aber dann fahren wir nach Hause, okay?"

„Meinetwegen."

Am Tresen der Bar steht ein Mann mit dem Rücken zu mir, bei dessen Anblick sich mein Herzschlag ungesund beschleunigt. Ich halte den Atem an. Sein Haar sieht aus wie das von Fabio, er hat die gleiche Größe. Doch als er lacht, klingt es fremd, und während er sich umdreht, atme ich enttäuscht aus. Wie könnte er auch hier sein? Er ist verreist ohne ein Abschiedswort. Unwahrscheinlich, dass ich ihn so bald wiedersehe …

Auf der Heimfahrt ist Lucía ausgepowert und guckt erst schweigsam aus dem Fenster, dann sehe ich im Rückspiegel, dass ihr die Augen zugefallen sind. Alejandro und ich lauschen einträchtig der von ihm ausgewählten Playlist.

Irgendwann sagt er leise: „Ich weiß eigentlich nicht, ob ich schon studieren will. Das Abiturjahr war so anstrengend, ich mag nicht gleich weiterlernen müssen. Ist das schlimm? Hab Mama noch nichts davon gesagt, will sie nicht aufregen."

„Ich finde es nicht schlimm, kann dich schon verstehen. Aber einfach nur zu Hause rumsitzen macht dich doch bestimmt depressiv … Oder willst du im Gestüt mitarbeiten?"

„Auf keinen Fall! Aber zum Reisen fehlt mir das Geld."

„Dann arbeite doch etwas für ein halbes Jahr oder auch ein ganzes. Irgendwo in einer fremden Stadt. Da lernst du neue Leute kennen, neue Orte, das ist bestimmt toll."

„Ja, das wäre schon cool. Weiß nur nicht, ob ich mich traue …" Er guckt nach vorn auf die Fahrbahn. Dann flüstert er: „Ich traue mich auch nicht, mich zu outen, jetzt, wo Mama so krank ist. Obwohl es wirklich wichtig für mich wäre. Aber was, wenn es sie zu sehr aufregt? Muss ich das für mich behalten, bis sie, bis sie … tot ist?" Er legt die Hand über den Mund. Ich weiß nicht, ob er es tut, um dessen Zittern zu verbergen, oder aus Scham darüber, den Gedanken laut ausgesprochen zu haben.

„Aber nein, nein, Alejo!" Ich drücke seinen Arm, bevor ich auch die zweite Hand wieder auf das Lenkrad lege. „Sie weiß es längst, vielleicht hat sie es immer schon geahnt, sie hat kein Problem damit. Ehrlich."

Da vergräbt mein Bruder das Gesicht in den Händen und schluchzt. Und nur wenige Sekunden nach ihm rinnen auch mir die Tränen hinunter. Das war die erste gute Nachricht heute und dennoch fühlt sich alles in mir einfach nur beschissen an.

Ich weine um die Tatsache, dass meine Mutter sterben wird und uns viel zu früh zurücklässt. Ich weine für Lucía, für Paloma und für Alejo, der es zusätzlich so schwer hat, weil er seinen Weg noch nicht gefunden hat. Ich weine, weil ich Angst vor der Aufgabe habe, die vor mir liegt, weil es an mir ist, diese drei jungen Menschen, die ich liebe, aufzufangen, während ich selbst im freien Fall schwebe. Ich weine auch für Papa.

Für sie alle will ich die Yeguada wieder rentabel wirtschaften lassen. Und dieses Unterfangen hat sich mit Fabios

Entschlossenheit und Tatkraft so einfach angehört. Es nun allein tun zu müssen, schnürt mir vor Überforderung die Kehle zu. Ja, ich werde versuchen, meinen Vater einzubinden, Mama wird es versuchen, sofern sie noch kann. Aber ein Fisch fährt nun mal kein Fahrrad und aus meinem Vater wird wohl kein Bürohengst mehr.

Und dann Isabelle und das Hotel. Ich wünschte, wir könnten uns im Einvernehmen trennen, mit einem guten Gefühl auf beiden Seiten, doch ich befürchte, wenn ich endlich mit der Wahrheit herausgerückt bin, habe ich nicht nur eine wundervolle Chefin verloren, sondern auch eine Freundin.

Mein Bruder kramt im Handschuhfach, findet Taschentücher und reicht mir eines davon. Etwas verlegen putzen wir uns die Nasen und doch muss ich gerührt feststellen, dass es sich gemeinsam mit ihm vortrefflich weinen lässt. Es war das erste Mal. Bestimmt wird es nicht das letzte Mal sein. Tröstend wuschle ich ihm durch das Haar, da lächelt er wieder, wenn auch mit geröteten Augen.

SIEBENUNDDREISSIG

Als wir in den Hof einbiegen, steht ein Auto vor dem Haus. Mir wird heiß und kalt. Verdammt. Gab es heute doch einen Termin? Oder sind Gäste unangekündigt gekommen? Der Wagen kommt mir bekannt vor. Er sieht aus wie Fabios. Ach Blödsinn! Obwohl ich mich in keinster Weise für Autos interessiere, weiß selbst ich, dass es unzählige schwarze SUVs der Marke *SEAT* in Spanien geben muss. Trotzdem pocht das Blut in meiner Kehle.

Ich steige aus, und während Alejandro Lucía aufweckt, nehme ich die Badetasche aus dem Kofferraum. Die Klappe zuwerfend, hebe ich den Kopf und entdecke Papa in der Haustür. Und tatsächlich, neben ihm steht Fabio. Mein Herz macht Bocksprünge und ich muss mich am Wagen festhalten vor lauter Schwindel.

„Hallo, mein Schatz, wie war's am Strand?", nimmt Papa Lucía in Empfang und Alejandro begrüßt Fabio mit einer stummen Umarmung, ehe er Papa und Lucía nach drinnen folgt. Fabio bleibt und rührt sich nicht.

Wie schon heute Vormittag stehen wir ein paar Meter voneinander entfernt und beäugen uns schweigend.

Ich schlucke. „Bist du gekommen, um dich zu verabschieden?" Man hört durchaus die Bitterkeit in meiner Stimme. Sehe ich eigentlich noch verheult aus? Ist mir jetzt egal.

„Nein", sagt er ernst. Nicht mal das! Ich kann den Pfeil, der sich in mein Herz bohrt, nicht mehr abwehren. Es tut echt weh. Doch nun setzt sich Fabio in Bewegung und kommt langsam näher.

Ich wappne mich. „Warum dann?" Verdammt, nun rinnen wieder Tränen über meine Wangen. Die gestrige Nacht, der aufreibende Tag heute waren einfach zu viel für mich. Ich habe meinen Körper nicht mehr unter Kontrolle. Angestrengt presse ich die zitternden Lippen aufeinander und schließe für einen Moment die Augen, um mich zu sammeln.

Als ich sie wieder öffne, steht er nur noch eine Armeslänge von mir entfernt. Nur mit Mühe halte ich meine Hände davon ab, sich in sein Shirt zu krallen und an seiner Brust zusammenzusinken.

„Ich bin wieder hier, weil meine Mutter gesagt hat, dass wir miteinander reden müssen. Dass wir das, was zwischen uns war, nicht unausgesprochen lassen dürfen, weil wir es ein Leben lang bereuen werden. Egal wie das hier ausgeht … Und deshalb hör mir jetzt bitte zu."

Ich schlucke, nicke und lasse die Badetasche von der Schulter zu Boden gleiten, dann sehe ich wieder in seine gewitterwolkengrauen Augen. Zwei kleine Glühwürmchen verirren sich in meinen Bauch und schalten die Lichter an.

„Wie kannst du nur eine Sekunde lang annehmen, dass ich dir alles nur vorgespielt hätte? Wenn ich das könnte, wäre ich doch längst in Hollywood und hätte einen Oscar in der Tasche. Kennst du mich so wenig? Wirke ich auf dich wie jemand, der einer Frau, dem Mädchen, das er am längsten von allen kennt, so etwas antun würde? Denn wenn das so ist, dann ist es auch besser, wenn wir uns trennen, auf dieser Basis kann man wirklich keine Beziehung führen."

Uns trennen? Nun drehen sich die Glühwürmchen im Kreis. Sind wir denn noch zusammen?

Kleinlaut schüttle ich den Kopf und ziehe die Nase hoch. „Ich weiß überhaupt nicht mehr, was ich denken soll." Meine Stimme klingt piepsig, wie eine kleine Maus, die lieber in ihr Mäuseloch verschwinden würde. „Vor zwei Jahren, als ich dich geküsst habe, da fühlte es sich ... Ja, ich weiß, dass ich betrunken war, nur deshalb habe ich getan, was ich mich sonst niemals getraut hätte ... Aber der Kuss, der fühlte sich so echt an, so wahr. Als wäre es nie darum gegangen, nicht mehr einsam zu sein oder irgendjemanden zu finden, der mich liebt. Nein, er fühlte sich so an, als hätte ich mein Leben lang nur auf diesen einen Kuss gewartet. Von dir. Als wäre es Schicksal, dass wir uns erst aus den

284

Augen verlieren mussten, um uns genau an diesem Abend, in genau dieser winzigen Bar zu begegnen. Aber so war es wohl nur für mich, denn du …" Resigniert zucke ich mit den Schultern. Diese Enthüllung ist mir unendlich peinlich, er muss denken, ich bin eine hoffnungslose Romantikerin, wie so ein naives Schulmädchen. Ich schlage die Augen vor Scham nieder, doch dann spüre ich seine Finger, die zaghaft nach meiner Hand fassen.

„Mari, für mich war es genauso. Und ich sage dir ehrlich, ich habe deshalb nicht reagiert und nichts gesagt, weil ich zutiefst schockiert war. Es fühlte sich für mich an, als wärst du die Antwort auf jede Frage und dabei hatte ich gar keine gestellt. Ich wollte doch eigentlich was erleben, dem Klischee eines Surfers entsprechen, auch mal draufgängerisch sein, so wie meine neuen Freunde. So hatte ich mir das mein gesamtes Leben lang vorgestellt. Doch nachdem du kopflos davongelaufen warst, habe ich mich eine Woche lang mit der Frage gequält, was ich eigentlich vom Leben will. Ob ich ein lockeres Partyleben führen und jede Woche einem anderen Mädchen das Herz brechen will. Oder ein echtes Leben mit Verantwortung und Familie, mit wahren Gefühlen. Mit dir. Jeden verfluchten Abend habe ich in dieser Bar auf dich gewartet. Ich dachte, wenn du mich willst, dann kommst du bestimmt wieder. Aber du kamst nicht. Das nächste Mal, als ich dich sah, warst du mit Marcos zusammen und du bliebst es. Und ich dachte, ich hätte mich getäuscht. Wie soll man auch nach nur einem Kuss erkennen können, ob es die Richtige ist? Das ist doch Wahnsinn! Und da habe ich beschlossen, zu warten, auf ein tieferes Gefühl, darauf, dass es sich irgendwann richtiger anfühlen würde als mit dir. Doch das tat es nicht. Und hier, an diesem Ort, wurde es nur immer richtiger und richtiger."

Mir stockt der Atem. „Aber was meintest du dann damit, dass du energischer hättest sein müssen?"

„Ich hätte meine Mutter nach deiner Nummer fragen müssen, vor dem Hotel stehen und auf dich warten, ich hätte dich aus Marcos' Armen reißen müssen und dir sagen, dass wir füreinander bestimmt sind und immer waren. Denn ich liebe dich, Mari."

Kann man so etwas Schönes noch verzweifelter sagen? Mein Herz reißt sich von mir los und fliegt ihm entgegen. Durch meinen Körper läuft ein Schauer, ein Kribbeln vom Scheitel bis zur Sohle, eine Achterbahn in meinem Magen, ein Wirbelsturm des Glücks. Endlich fassen meine Finger in sein Shirt, ziehen mich an ihn heran, endlich schlingt er die Arme um mich und presst mich an sich, herrlich wild. Gott! Seine Lippen, die zärtlichsten, die köstlichsten Lippen, legen sich auf meine. Und meine Knie geben nach. Ist das eine Ohnmacht? Dann will ich ohnmächtig sein bis ans Ende meiner Tage.

ACHTUNDDREISSIG

Ich erwache auf dem Sofa liegend, drei männliche und ein kleiner weiblicher Kopf über mir. Alle recht besorgt. Von der Tür höre ich laute Schritte.

„Was ist denn hier los?" Paloma hat wieder mal alles verpasst.

„Sie ist umgefallen", erklärt Papa. „War einfach viel für sie in letzter Zeit."

„Sie ist auch schrecklich schmal geworden." Den Ausdruck hat Lucía sicher bei den alten Frauen im Dorf aufgeschnappt.

„Ja, und blass ist sie, sollte öfter in die Sonne", stellt Alejandro trocken fest. Wie nett.

„Hallo! Ich kann euch hören", maule ich und setze mich auf. Wer wieder nichts sagt, ist Fabio. Habe ich mir das Gespräch vorhin nur eingebildet? War das ein Streich meines Unterbewusstseins? Doch als die anderen sehen, dass es mir wieder gut geht, ziehen sie sich nach draußen zurück und Fabio bleibt, setzt sich neben mich.

„Kannst du noch mal wiederholen, was du vorhin gesagt hast?", bitte ich ihn schüchtern.

„Ich sagte, dass ich dich … Hey! Jetzt bist eigentlich du dran!", ruft er lachend aus.

„Okay, dann spreche ich jetzt aus, was ich dir unbedingt sagen wollte." Mit aller Kraft zwinge ich meine Gesichtszüge, ernst zu bleiben. „Ich bin einfach überglücklich, dass du … dass du immer auf deine Mutter hörst!" Nun kann ich das Glucksen nicht mehr zurückhalten, wie glitzernde Seifenblasen will es aus mir heraus.

„Na, warte!" Mit einem Kampfschrei wirft er sich auf mich, hält meine Hände über meinem Kopf gefangen und deutet an, mich bis zur erneuten Besinnungslosigkeit zu kitzeln. Doch dann hält er inne und legt sich ganz nahe zu mir. Rhythmusgleich trommeln unsere Herzen aneinander.

„Tja, wenn das so ist", murmelt er zärtlich, „dann wirst du jetzt schockiert sein. Denn den letzten Rat meiner Mutter habe ich vehement ausgeschlagen."

Tatsächlich? Das sind ja völlig neue Töne. „Welchen?"

„Sie wollte, dass ich so schnell wie möglich die Master-Arbeit schreibe."

„Und das wirst du nicht tun?" Angespannt halte ich die Luft an. Macht er eine so lange Reise?

„Nein, denn ich bleibe hier."

Mein Herz macht einen Freudensprung und noch einen, dann wird es langsamer und schwer. „Das ist … Das wäre wirklich schön … aber ich denke, ich möchte nicht, dass du hier mit mir arbeitest. Ich will nicht, dass du dein Studium und alles für mich aufgibst. Das ist einfach zu viel Druck auf eine noch junge Beziehung. Nein, bestimmt auf jede Beziehung. Ich will nicht, dass es das Gestüt ist, das uns am Ende entzweit." Um Verständnis flehend sehe ich in seine Augen. So schwer die Last auf meinen Schultern liegt, tragen werde ich sie allein. Carmen hatte, das muss ich zugeben, in allen Annahmen recht. Anscheinend bin ich doch wie meine Mutter.

Er lächelt und küsst sanft meine Nasenspitze, meine Augen. „Du hast recht, mi cielo. Lass uns das langsam angehen, nicht von heute auf morgen vierundzwanzig Stunden aneinanderkleben, obwohl ich mir das ziemlich großartig vorstelle … Aber dein Vater ist einverstanden, dass du noch so lange in Tarifa bleibst, bis Isabelle auf dich verzichten kann. In der Zwischenzeit werde ich dich mit seiner Hilfe vertreten. Wenn du vollständig hier bist, mache ich den Master fertig und dann sehen wir weiter. Vielleicht empfindest du dann in ein, zwei Jahren unsere Beziehung als stark genug, um mir zu erlauben, ein Teil dieser Familie zu werden …"

Mit offenem Mund starre ich ihn so lange an, bis er lächelnd mit zwei Fingern meinen Unterkiefer hochklappt. Sollte es wahr sein? Darf ich in beiden Welten leben und niemanden im Stich lassen? Darf ich von Montagvormittag bis Freitagmittag ein Hotel managen und von Freitagnachmittag bis Montag Früh hier mit ihm, mit meiner Familie sein?

So lange bis Isabelle wieder voll einsatzfähig ist oder einen Ersatz für mich gefunden hat? So lange bis ich mit ganzem Herzen, mit vollster Seele bereit bin, nach Hause zu kommen? Das Glück füllt mich aus wie goldleuchtendes Helium, die Erleichterung wirft alle schweren Säcke über Bord und die Liebe lässt mich schweben. Wie gut, dass er seine Hände um meine Wangen legt und mich mit seinen Lippen festhält.

Ein Poltern. Wir sehen zur Tür. Lucía steckt den Kopf herein und schreit: „Mama kommt in drei Tagen wieder nach Hause! Juhuuuu!" Und schon ist sie wieder verschwunden.

„Ach, übrigens", murmle ich, als er sich strahlend wieder zu mir dreht. „Ich liebe dich auch."

EPILOG

15 Monate später

Über dem Berg kreist der Mönchsgeier und die lilienweißen
Wolken türmen sich hoch über dem Gipfel. Der Himmel
dahinter ist blauer als blau. Der Herbst zeigt sich von seiner
besten Seite. Doch wo sind die Paukenschläge, die Trom-
peten? Da fehlt doch was. Bin ich nervös?

Alejandro lenkt sicher den Wagen. Das Haar trägt er
kurz und sexy, er braucht keinen Vorhang mehr, hinter dem
er sich verstecken kann. Seit er letztes Jahr mit mir nach Tarifa gezogen ist und gegen Bezahlung Isabelle bei Haushalt
und Kinderbetreuung unterstützt hat, ist er viel selbstbewusster geworden. Es könnte allerdings auch an seinem
neuen Freund Gael liegen. Wer weiß das schon?

Wir steigen aus.

Alle sind gekommen, ich fasse es nicht. Das halbe Dorf
ist versammelt. Da hinten ist ja auch María, neben Alonso.
Carmen, Bruno und Alicia sind natürlich auch dabei. Es bedeutet mir unendlich viel, all die altbekannten Gesichter zu
sehen, die Gesichter meiner Kindheit. Es berührt mich zu-

tiefst, zu spüren, dass ich hierhergehöre, dass ich ein Kind meiner Heimat bin.

Und doch bin ich kein Kind mehr, denn mir scheint, dies ist der letzte Schritt, der letzte Weg zum Erwachsensein. Wie beruhigend, dass du ihn mit mir gehst.

Ich sehe dich von der Seite an, deine dunklen Wellen, heute ordentlich nach hinten gekämmt, den schwarzen Bart rund um die zärtlichsten Lippen, die ich kenne, die doch auch so voller Schmerz sein können. Deine grauen Augen sind entschlossen nach vorn gerichtet. Wie gut du aussiehst, besser als gut in deinem Hemd, so ernst und feierlich.

Du nimmst meine kalte Hand in deine warme und gemeinsam schreiten wir voran. Dein Daumen spielt an meinem Ring, der noch so ungewohnt und fremd zwischen uns liegt. Zu beiden Seiten sitzen die Reiter hoch zu Ross und bilden ein Spalier auf unserem Weg. Allen voran Paloma und Iago in ihren schmucken Uniformen der Hofreitschule mit den grauen Jacken und dem komischen, schwarzen Hut.

Plötzlich wirbeln ein paar Blätter neben uns auf, mein Kleid flattert hektisch um meine Beine. Der Geier schreit. Besorgt richte ich den Blick in den Himmel. Wird es über dem Wald dunkler?

Hinter uns liegen knapp zehn Tage Flitterwochen, doch so viel Glück und Zweisamkeit, dass es für Jahrzehnte reichen wird. Vor uns liegen die weiße Finca mit dem roten

Dach, viele Hektar Land und unsere gemeinsame Zukunft. Ungeduldig tänzeln die Pferde auf der Stelle. Zieht doch ein Sturm auf? Gerade heute?

Am Ende des Spaliers inmitten aller Freunde, Nachbarn und Verwandten sitzt meine Mutter in ihrem Rollstuhl, flankiert von Papa und Lucía.

In Mamas Augen schimmern Tränen, während wir näherkommen. In meinen erst, als sie mit bebender Stimme sagt: „Willkommen daheim."

Sie reicht mir den alten, klobigen Eisenschlüssel, der zur Eingangstür gehört, und ihre Finger schließen sich fest und voller Dankbarkeit um meine. Denn mit dem heutigen Tag legt sie ihn, legt sie das Gestüt in meine Hände. Stolz lächelt sie mir zu. Schweigend teilt sich die Menge und lässt uns durch. Jedoch als ich mit lautem Knarzen die Drehung vollführe und die schwere, beschlagene Tür aufstoße, ertönt ohrenbetäubender Jubel hinter uns. Mein Herz zerspringt beinahe vor Freude. Soeben ist die Yeguada in ihre achte Generation übergegangen. Was für ein unglaubliches Gefühl, als sähen meine toten Ahnen über meine Schultern.

Doch bevor ich mich umdrehen kann, um all die Glückwünsche der Lebenden entgegenzunehmen, hast du mich geschnappt und unter meinem überraschten Aufschrei und dem Johlen und Pfeifen aller Anwesenden über die Schwelle getragen. Sanft lässt du mich herunter und wir versinken in einem Kuss.

Sogleich laufen Alicia und Alejandro herein und schieben uns lachend wieder nach draußen. Erst jetzt sehe ich auf der Wiese vor dem Gästehaus die geschmückten und mit Essen beladenen Biertische. Die Rührung treibt mir die Tränen in die Augen. Flamencogitarren werden gezückt, ein Fass Cerveza angestochen und die Luft flirrt bald vom Geschnatter der Menschen, vom Lachen der Kinder, vom Leben. Auch meine Eltern mischen sich fröhlich unter das Volk.

„Ist das nicht zu anstrengend für sie?", frage ich dich bang mit Blick auf meine Mutter.

„Willst du es ihr etwa verbieten? Jetzt, wo du die Chefin im Hause bist?" Dass ein einziges Grinsen einen so glücklich machen kann wie deines mich.

„Nein, ich werde mich hüten. Aber ich gebe zu, es ist doch ein schönes Gefühl, dass ich mich nun um sie sorgen darf."

„Dann sorge dich, mi cielo, wenn es dich glücklich macht. Das gehört jetzt schließlich zu deiner Stellenbeschreibung." Lachend drückst du mir einen Kuss auf den Mund und ziehst mich stürmisch zu den feiernden, tanzenden Menschen.

Bei dem Kosenamen *mein Himmel* richte ich einen letzten Blick nach oben auf die Wolken. Doch heute zerstört kein Gewitter unser Glück. Kein Sturm wirbelt an diesem wichtigen Tag durch unsere Familie hindurch. Ich weiß, das hebt er sich für einen späteren Zeitpunkt auf … Und doch kann ich nicht traurig sein, kann nicht anders, als beseelt in das Singen und Tanzen der Menschen um mich herum einzustimmen.

Alejo und Gael sitzen schunkelnd auf dem Zaun. Paloma wird von Iago im Kreis gewirbelt. Lucía lässt die bauschigen Röcke fliegen. Meine Eltern klatschen im Takt der Musik. Du schnipst mit ernster Miene mit den Fingern über dem Kopf und stampfst in Flamencomanier auf die Erde. Lachend werfe ich den Kopf in den Nacken. Da lockst du mich mit einer Handbewegung zu dir und ziehst mich an dich.

Rund um uns tost das Leben wie eine Welle, nein, wie ein Sturm, mal lauter, mal leiser. Doch ich sehe nur dich, ich spüre nur dich. Das Einzige, das ich höre, ist dein klopfendes Herz, wie es für mich schlägt. Keine Sorge der Welt, kein Unglück kann mich schrecken, denn ich weiß, du bist da, du gehörst hierher, zu mir, zu uns. Wir sind Familie. Das sind wir immer schon gewesen.

ENDE

DANKSAGUNG

Diesmal möchte ich mich an erster Stelle bei meiner Mutter bedanken. Mama, danke für deine Geduld in meiner Kindheit und dein Vertrauen, als ich zum Teenager heranreifte. Danke für dein offenes Ohr, deinen Zuspruch, deine Hilfe, wenn ich als junge Mutter an meine Grenzen stieß. Das Einzige, das dich mit Dolores in diesem Buch verbindet, ist ein geschwächtes Organ. Und vielleicht der wundervollste Schwiegersohn …

B., erkennst du dich wieder in gewissen Szenen? Von den Protagonisten meiner bisher erschienenen Bücher ist ganz bestimmt Fabio der, der dir am ähnlichsten ist. Weißt du, dass deine Unterstützung und Liebe mir die Welt bedeuten? Dass mir nichts geschehen kann, solange du da bist? Ich danke dir für schon beinahe zwanzig wunderbare Jahre.

Danke an Elja Janus, meine großartige Lektorin, die überzeugt ist, dass ich ihr etwas antun möchte, wenn das Manuskript zu mir zurückkommt. In Wahrheit bin ich unendlich dankbar, dass du wie ein Spürhund alle Ungereimtheiten aufdeckst und das Buch behutsam wie einen Schmetterling aus seinem Kokon ziehst.

Großen Dank an meine Korrektorin Britta Schmeinck. Du bist stets die Erste, die das lektorierte Buch zu Gesicht bekommt, und dein Feedback, deine Anmerkungen und Vorschläge sind unheimlich wertvoll für mich.

Danke an Renee Rott von *Dream Design - Cover and Art*. Ich liebe deine Cover, deine unkomplizierte Art, unsere harmonische Zusammenarbeit und freue mich auf weitere Projekte mit dir.

Meine lieben TestleserInnen, VorableserInnen, BuchbloggerInnen, danke für die Zeit, die ihr für mich und meine Bücher aufwendet. Danke für eure Unterstützung, eure Meinung, die traumhaften Fotos, die liebevollen Reels/Videos. Ich bin unendlich glücklich, euch an meiner Seite zu haben.

Und schließlich zu euch, ihr lieben LeserInnen. Danke dass ihr bis hierhin gelesen habt. Danke für euer Interesse an meinem Buch. Vielen Dank für all eure Sterne und Rezensionen, denn sie sind für mich von unschätzbarem Wert. Schreibt mir gerne über Social Media oder meine Website, wenn euch etwas auf dem Herzen liegt oder sich ein Fehler eingeschlichen hat. Für konstruktive Kritik bin ich immer offen und dankbar.

In diesem Sinne: Ich hoffe, wir sehen uns beim nächsten Buch! Es wäre mir eine Ehre.

Rezensiere meine Bücher gern auf:

www.amazon.de

www.lovelybooks.de

www.thalia.de

Vielen Dank dafür!

ÜBER DIE AUTORIN

Johanna Moertl wurde in Wien geboren und liebte das Lesen und Schreiben von Geschichten von Kindesbeinen an. Stand zu Schulzeiten noch fest, dass sie Journalistin und Autorin werden wollte, entschied sie sich letzten Endes doch für ein Wirtschaftsstudium. Mit dem Abschluss in der Tasche gründete sie mit zweiundzwanzig Jahren ein Unternehmen, in dem sie bis heute tätig ist.

Doch Leidenschaften kann man vielleicht aufschieben, aber niemals ablegen, und so wuchs der Wunsch, es endlich wieder mit dem Schreiben zu versuchen.

2021 erschien ihr Debütroman *So nah von dir entfernt.* Sie lebt mit ihrem Mann und ihren Töchtern in Wien.

Weitere Infos zu Johanna Moertl und ihren Büchern finden Sie auf www.johannamoertl.com oder Instagram @johanna_moertl

WEITERE BÜCHER

SO NAH VON DIR ENTFERNT

276 Seiten
ISBN 9783755786443
Auch als E-Book erhältlich

„Versprich mir, dass du dich immer selbst um dein Glück kümmern wirst. Gib das nicht aus der Hand."

Die 22-jährige Leni ist Krankenschwester und hat einen Grundsatz im Leben: Nie und nimmer funktioniert eine Beziehung zwischen Arzt und Pflegekraft.

Mats ist hinreißend, will Leni - und er ist Arzt! Wie soll die junge Frau nur an ihren Vorsätzen festhalten, wenn die Anziehungskraft zwischen ihnen beiden so groß ist?

Und dann ist da noch Mats' schwerkranker Vater, der Lenis Hilfe dringend benötigt ...

ALLES BLEIBT BESSER

241 Seiten

ISBN 978375342687

Auch als E-Book erhältlich

**„Verbündete kann man schließlich nie genug haben.
Nicht im Krieg und auch nicht in der Liebe."**

Ein Sommer in Wien. Eine turbulente Familiengeschichte.
Erzählt aus sechs Perspektiven.

Katharina ist Ende Dreißig und hat sich mit ihrer Teenie-Tochter gut arrangiert, trotzdem oder vielleicht sogar, weil ihr Ex-Mann genau gegenüber wohnt. Gerade als der um dreizehn Jahre jüngere Max in ihr Leben tritt, macht sie einen seltsamen Fund, der ihr Leben in der beschaulichen Wiener Vorstadt gehörig durcheinanderwirbelt.

JEDE WELLE FLÜSTERT DEINEN NAMEN

Teil 1 der Reihe: Liebe in Andalusien

Die Teile können unabhängig voneinander gelesen werden.

300 Seiten

ISBN 9783754328712

Auch als E-Book erhältlich

„Wie man eine Angst besiegt? Mach die Augen zu, spring ins kalte Wasser und schwimm!"

Die dreißigjährige Isabelle ist diszipliniert, ehrgeizig und lässt niemanden an sich heran. Um befördert zu werden, muss sie an jenen Ort in Andalusien zurückkehren, an dem ihr unbeschwertes Leben Jahre zuvor unter einer Welle von Schmerz begraben wurde. Raúl ist ein stadtbekannter Frauenheld und empfindet Liebe einzig und allein für seine

Familie ... und für das Meer. Aus Pflichtgefühl seiner Schwester gegenüber hat er seinen Traum von einer Profikarriere aufgegeben und lebt seither ziellos in den Tag hinein. Als er und Isabelle aufeinandertreffen, wird Salz in immer noch offene Wunden gestreut, und doch zieht es sie auf unerklärliche Weise wieder und wieder zueinander hin. Denn je häufiger sich die beiden begegnen, desto deutlicher spüren sie, dass sie weit mehr verbindet, als sie sich eingestehen wollen.